FRANÇOISE BOURDIN

D0681219

SERMENT D'AUTOMNE

belfond

Pocket, une marque d'Univers Poche,
est un éditeur qui s'engage pour
la préservation de son environnement
et qui utilise du papier fabriqué à partir
de bois provenant de forêts gérées
de manière responsable.

© Belfond, un département de 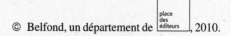, 2010.

ISBN : 978-2-266-23680-5

FRANÇOISE BOURDIN

Françoise Bourdin a le goût des personnages hauts en couleur et de la musique des mots. Très jeune, Françoise Bourdin écrit des nouvelles ; son premier roman est publié chez Julliard avant même sa majorité. L'écriture est alors au cœur de sa vie. Son univers romanesque prend racine dans les histoires de famille, les secrets et les passions qui les traversent.

Elle a publié une trentaine de romans chez Belfond depuis 1994 – dont quatre ont été portés à l'écran –, rassemblant à chaque parution davantage de lecteurs. Françoise Bourdin vit aujourd'hui dans une grande maison en Normandie.

Retrouvez toute l'actualité de l'auteur sur :
sur www.françoise-bourdin.com

SERMENT D'AUTOMNE

À Roger Dusson,
en toute amitié.

1

À la hauteur de Beaune, Guillaume quitta l'auto-route et commença à se sentir chez lui. Pourtant, cette fois, il ne descendait pas en Bourgogne d'un cœur léger et il n'éprouvait pas l'allégresse habituelle. Il lui avait fallu presque une semaine pour prendre les dispositions nécessaires, mais il était prêt à faire face, à rester le temps qu'il faudrait. En l'appelant à l'aide, son frère savait forcément ce qu'il faisait, jamais il n'aurait crié au secours pour rien.

De part et d'autre de la route, les vignes s'étendaient, bien alignées sur les coteaux ventrus. Un plaisir pour le regard que cette traversée des grands crus, où les parcelles prestigieuses étaient juste séparées par des murets de pierres sèches. Avant Chalon, Guillaume quitta la départementale en obliquant vers l'ouest. Là se trouvaient des terres un peu moins célèbres mais tout aussi généreuses, des villages typiques avec leurs toits de tuiles vernissées et leurs ruelles tortueuses. Quand il arriva devant la maison de Robin, il s'arrêta un instant avant de franchir le portail. Cette construction ultramo-derne s'intégrait sans heurt dans le paysage. Guillaume l'avait dessinée pour son frère quand celui-ci s'était marié, et il y avait mis tout son talent d'architecte.

Il s'engagea dans l'allée de gravier et alla se garer à l'ombre d'un grand chêne. L'arbre l'avait gêné pour élaborer les plans des abords et du jardin, mais pour rien au monde il ne l'aurait sacrifié. Alors qu'il sortait ses sacs de voyage du coffre, il entendit Robin le héler et il se retourna, sourire aux lèvres. Aussitôt, son expression se figea, se transforma en grimace. À quoi s'était-il donc attendu ? En fait, il n'avait rien imaginé de précis, refusant même d'y penser, et ce qu'il découvrait le bouleversait.

— Je sais, dit Robin en descendant de la terrasse. C'est la chimio, ça me crève.

Depuis leur dernière rencontre, il avait dû perdre une dizaine de kilos. Ses yeux étaient cernés, ses traits marqués, son teint jaunâtre et sa voix rauque. Presque tous ses cheveux étaient tombés, il semblait vieilli, transformé.

— Robin…, murmura Guillaume, laissant tomber ses sacs.

Il ouvrit les bras et son frère s'y jeta. Durant une longue minute ils s'étreignirent, aussi émus l'un que l'autre.

— Ne t'inquiète pas, souffla Robin. Les médecins ne sont pas trop pessimistes, la partie n'est pas encore perdue !

— Tu es bien soigné, au moins ? Tu vois les gens qu'il faut ? Tu devrais peut-être venir à Paris, il y a des services de pointe, tu…

— J'ai déjà consulté à Villejuif, tout va pour le mieux.

Les derniers mots lui arrachèrent un rire étranglé, et il ajouta, encore plus bas :

— Non, ça ne va pas, tu t'en doutes. Je ne suis plus bon à rien et j'ai une trouille bleue.

Son aveu glaça Guillaume. Peur de souffrir, peur de la mort ? Il rejeta l'idée, inconcevable. Ils étaient jumeaux, proches depuis toujours et, sans être en osmose, un lien très puissant les unissait. Si Robin disparaissait, Guillaume ne s'en remettrait pas.

— Tu ne m'en as pas parlé clairement, reprocha-t-il. Pourquoi ?

— Je ne voulais pas l'accepter. Te le dire, c'était admettre les progrès de la maladie. Se plaindre et être plaint. Tout ce que je déteste ! J'ai nié le plus long-temps possible. J'avais demandé à Laurence de se taire parce que je croyais que la chimio arrangerait les choses. Oh oui, je voulais te le cacher, te raconter l'aventure après, et comment j'avais triomphé du cancer ! Quelle connerie…

— Quel orgueil mal placé, rectifia Guillaume.

Il lâcha son frère, récupéra ses sacs. Il venait de réaliser qu'à partir de maintenant Robin s'en remettrait à lui. Sur son visage se lisait le soulagement de voir son jumeau enfin arrivé, il allait pouvoir lâcher prise et il devait en avoir sacrément besoin.

— Où est Laurence ? demanda Guillaume en se diri-geant vers la baie vitrée du séjour.

— Elle te prépare un déjeuner de gala. Nous t'atten-dions comme le Messie !

Désemparé, Guillaume s'efforça de sourire.

— Je m'installe dans ma chambre ?

— Non, on l'a squattée parce que je n'arrive plus à monter l'escalier. Tu veux prendre la nôtre ?

— La chambre d'amis m'ira très bien, j'adore la vue. Et la douche italienne ! Rappelle-toi, je connais ta maison mieux que toi.

En élaborant les plans, Guillaume avait privilégié les volumes, la lumière, et délimité des espaces indépendants. Laurence et Robin occupaient une vaste suite à l'étage, communiquant avec une nursery qui n'avait pas encore servi. La chambre d'amis, de l'autre côté de la maison, se prolongeait d'un petit bureau et disposait d'un escalier extérieur. Au rez-de-chaussée se trouvait la grande chambre destinée en principe aux séjours de Guillaume.

— Je monte mes sacs et je vous rejoins.

Il éprouvait le besoin d'être seul cinq minutes pour se reprendre. L'état de Robin était effrayant. Au téléphone, ces derniers temps, il s'était montré évasif, avait seulement évoqué une « bête rechute ». Quand Guillaume avait proposé de venir, il s'était heurté à un refus, Robin préférant attendre d'être « en forme ». Pourquoi avait-il tout minimisé ? Il n'existait aucune rivalité entre eux, chacun pouvait montrer ses faiblesses à l'autre. En y réfléchissant davantage, Guillaume se souvint d'avoir beaucoup parlé du projet exceptionnel qui mobilisait toute son agence depuis plusieurs mois. Un contrat mirifique qu'il tentait de décrocher et pour lequel il travaillait d'arrache-pied. Robin admirait trop le talent d'architecte de son frère pour le perturber, il avait dû différer le plus longtemps possible son appel au secours. Mais aujourd'hui il ne pouvait plus se permettre d'attendre, il semblait au bout du rouleau.

La chambre d'amis était inondée de soleil, accueillante, chaleureuse. Guillaume prit le temps de ranger ses vêtements, sachant qu'il s'installait pour un long moment. Dans la pièce attenante, il posa son ordinateur portable sur le petit bureau. Au besoin, il travaillerait la nuit. À toute son équipe, effarée qu'il s'en aille au beau milieu d'une période aussi cruciale, il avait promis de superviser les plans et de gérer l'affaire de loin. Néanmoins, il ne pourrait pas honorer les rendez-vous, il allait être obligé d'envoyer ses collaborateurs alors qu'il détestait déléguer. Et, se connaissant, il allait pester et bouillir. Mais quoi qu'il arrive, Robin passait en priorité.

Ouvrant la fenêtre, il jeta un coup d'œil aux rangées de ceps qui descendaient vers la plaine. Les vignes de Laurence, taillées et soignées par Robin, se gorgeaient de soleil. Combien de temps avant les vendanges ? Il se sentait incapable de s'improviser viticulteur, pourtant son frère était malade, et sa belle-sœur enceinte de plus de huit mois. Il n'avait pas le choix. Résigné, il descendit les rejoindre dans l'immense pièce à vivre qui tenait lieu de salon, de salle à manger et de cuisine.

— Ah, voilà notre sauveur ! s'exclama Laurence.

Souriante, épanouie, elle parvenait à bien vivre sa grossesse malgré le spectre de la maladie qui minait son mari. Se disait-elle qu'en cas de malheur il lui resterait un enfant de Robin ? Pouvait-elle avoir des pensées aussi morbides ? Guillaume la serra contre lui avec précaution.

— Le bébé va bien ?

— Il bouge tout le temps, je crois qu'il a envie de sortir. Mais, patience, encore trois ou quatre semaines et il pourra faire la fiesta. Moi aussi ! J'en ai assez de me priver de tout. Robin t'a-t-il annoncé que c'est une fille ?

Non, Robin n'avait parlé que de biopsie et d'analyses, se libérant enfin de son secret, et il n'avait pas fait allusion à l'enfant à venir comme s'il craignait de ne plus être là pour la naissance. À quarante ans, un cancer pouvait se révéler foudroyant.

— Quel prénom avez-vous choisi ?

— Marguerite ou Violette, en tout cas une fleur. Et si tu es d'accord, on se disait que tu ferais un très bon parrain pour elle…

— Évidemment !

Une responsabilité supplémentaire, à laquelle il ne pouvait pas se dérober non plus. Il adressa un sourire chaleureux à Laurence avant de s'installer sur l'un des hauts tabourets qui entouraient le comptoir de marbre en forme de T. Malgré tous les problèmes en suspens, il retrouvait la maison avec plaisir. Au moment de sa construction, quatre ans plus tôt, il s'était donné du mal pour combler les désirs contradictoires de son frère, qui appréciait l'intimité, et de sa belle-sœur, qui voyait les choses en grand.

— Je t'ai préparé un coq au vin ! annonça-t-elle fièrement.

Excellente cuisinière, elle aimait régaler Robin de bons petits plats, et il avait grossi au début de son mariage. À présent, il était squelettique et sa ressemblance avec Guillaume s'estompait. Mais s'ils avaient en commun un étrange regard bleu acier cerclé de noir, un menton volontaire et un nez droit, on ne les avait jamais confondus. Guillaume était grand et châtain clair, Robin plus trapu et carrément blond. Guillaume était coléreux et impulsif, Robin doux et têtu. Dans leur enfance, et bien qu'ils soient jumeaux, Guillaume avait été considéré comme l'aîné parce que c'était lui le meneur. Risque-tout et un peu tête brûlée, il entraînait Robin dans son sillage mais savait prendre sa défense. En vieillissant, Robin n'avait rien perdu de son admiration pour son frère, et Guillaume avait conservé son côté protecteur.

— Si notre petite fleur n'attend pas tout à fait le terme, murmura Robin, elle arrivera pendant les vendanges.

— Oui, j'ai compris ça. Eh bien, vous allez me donner vos directives, je prendrai des notes et je ferai au mieux !

Il essayait de plaisanter, mais sans conviction. Laurence lui adressa un clin d'œil compatissant et commença à dresser sa volaille dans un plat. Elle était jolie bien qu'un peu boulotte, entamant toujours des régimes mais mangeant avec un appétit féroce les menus qu'elle concoctait pour Robin. Avec ses yeux rieurs et ses dents du bonheur, elle irradiait la joie de vivre. Dotée d'une personnalité affirmée, elle avait patiemment attendu de rencontrer un homme selon ses vœux avant de songer au mariage. Robin l'avait conquise au premier regard, alors qu'il cherchait du travail et passait pour elle un entretien d'embauche. Prudente, elle n'avait pas voulu céder à cette attirance fulgurante et l'avait d'abord mis à l'épreuve. Comme elle était propriétaire de quelques hectares de bonnes vignes hérités de ses parents, elle refusait de se « faire avoir » par le premier venu. Mais Robin était bourguignon, son père possédait une ferme avec un imposant cheptel de charolaises, son frère était architecte : il n'avait rien d'un va-nu-pieds. Décidé à exercer le métier de viticulteur, il avait longtemps travaillé au sein d'exploitations sérieuses et pouvait se targuer d'une solide expérience. Laurence l'avait donc engagé, puis regardé faire, et un beau jour invité à dîner. Deux mois plus tard, ils annonçaient leur mariage.

Dans la région, les gens avaient un peu glosé sur une union si rapide et si commode. En épousant Laurence, Robin n'avait-il pas opportunément trouvé la terre qui lui manquait ? Mais les mauvaises langues s'étaient vite tues devant ce couple rayonnant qui semblait tant s'aimer et tant aimer la vigne.

— J'ai encore une mauvaise nouvelle à t'apprendre, soupira Robin.

— Attends le dessert, protesta sa femme, tu vas lui couper l'appétit !

— Ce n'est pas si terrible, et pas tout à fait urgent. Figure-toi que François envisage de partir pour de bon. Il a largement dépassé l'âge de la retraite.

Une épée de Damoclès au-dessus de leurs têtes depuis deux ans au moins. François, l'homme qui avait repris la ferme à la mort de leur père, s'estimait trop vieux pour continuer à s'occuper du bétail et réclamait qu'on lui trouve un successeur.

— De nos jours, ajouta Robin, plus personne n'est intéressé par ce type de location. Je n'arrive pas à dénicher un remplaçant.

— On a demandé partout, à tout le monde, précisa Laurence.

— Il n'y a pas d'autre formule que le fermage ? On ne pourrait pas envisager une sorte de location-vente ?

— On pourrait aussi tout bazarder, marmonna Robin.

— Pas dans la précipitation ! J'irai parler à François demain.

Laurence hocha la tête et disposa rapidement trois couverts sur le comptoir. Lorsqu'elle croisa le regard de Guillaume, elle eut un sourire triste.

— On aurait dû t'appeler plus tôt, je sais. Robin ne voulait pas qu'on t'embête…

— Ridicule ! protesta-t-il fermement.

Pourtant son jumeau avait bien deviné l'importance du projet qu'il menait, et il lui avait laissé le plus de temps possible. Pas tout à fait assez, hélas, pour parvenir à la signature du contrat. Tant pis, de gré ou de force il s'en accommoderait.

— Je me sens barbouillé, déclara soudain Robin d'une drôle de voix. Je vais me reposer un peu.

Il quitta son tabouret en chancelant et s'éloigna, le dos voûté. Après quelques instants d'un silence consterné, Guillaume tendit son verre.

— Donne-moi quelque chose à boire, j'en ai besoin.

Laurence prit la bouteille de pommard et versa lentement le vin.

— Robin tenait à te le faire goûter. En principe, il doit être exceptionnel, 1993 est une grande année. Je l'ai ouvert ce matin pour l'aérer.

Guillaume le huma, prit une gorgée qu'il laissa dans sa bouche quelques secondes avant de l'avaler.

— Quelle merveille ! s'exclama-t-il.

— Velouté, profond, ample…

— Et complexe, comme il se doit, Robin m'a appris ça.

Ils échangèrent un nouveau regard et, brusquement, Laurence se mit à pleurer. Guillaume avait beau s'y attendre, il n'avait pas prévu un tel débordement, une telle violence. Le corps secoué de sanglots convulsifs, elle hoquetait, les dents serrées sur les cris qu'elle retenait. Il la rejoignit, la prit dans ses bras et commença à la bercer.

— Il fallait m'appeler, Laurence. C'était de la folie de rester seuls ! Je serais venu beaucoup plus tôt si j'avais su. Pourquoi ne m'as-tu pas téléphoné ? Même sans le lui dire…

— Je refuse de l'infantiliser ! cria-t-elle à travers ses larmes. Il est malade, pas débile. Je ne veux pas qu'on le traite comme ça, qu'on décide à sa place ou qu'on parle dans son dos.

— D'accord, tu as raison. Je ne te reproche rien. Mais je suis son frère, son double, il a aussi besoin de moi.

Elle pleurait toujours, de façon à peine moins déchirante.

— J'aimerais accoucher maintenant, chuchota-t-elle. Pas lorsqu'il sera à l'hôpital ! Il y va tous les mois et ils le gardent quelques jours. Il en sort épuisé. Aujourd'hui, tu as de la chance, il n'est pas trop mal.

— Et toi ?

— Moi, je suis en pleine santé, mon bébé aussi ! Toute cette angoisse devrait me tuer, mais non, pas du tout… C'est si injuste, Guillaume, si terrifiant !

Fille unique, elle avait perdu ses parents dix ans plus tôt et Robin représentait toute sa famille. Guillaume resserra son étreinte, lui caressa les cheveux d'un geste apaisant. Ce n'était pas seulement son frère qu'il devait prendre en charge, mais aussi cette jeune femme affolée qui allait être mère. Et les vendanges de leur propriété qui étaient leur moyen d'existence. Et la ferme paternelle que Robin et lui s'étaient promis de ne jamais vendre. Trouverait-il l'énergie de tout gérer en même temps alors qu'il se sentait désespéré ?

18

— Qu'est-ce que les médecins te disent, Laurence ?

— Au début, ils m'ont annoncé que son état était sérieux. Ils faisaient des têtes de circonstance, et dans ces cas-là tu les comprends à demi-mot. Je ne savais pas ce qu'était un lymphome, ils ont dû me l'expliquer.

— Fais-le pour moi.

— Eh bien, c'est le cancer du système lymphatique, à savoir la moelle osseuse, la rate, les ganglions, les vaisseaux… Or ce système assure la défense de l'organisme. J'ai été horrifiée par le diagnostic, mais au moins je savais la vérité. Malheureusement, plus ma grossesse avance et moins les médecins me parlent honnêtement. Ils tournent autour du pot, font des périphrases ou emploient un jargon incompréhensible. Je ne sais plus quoi penser. On prétend que le mental d'un malade compte beaucoup dans sa guérison, alors j'essaie d'être gaie pour distraire Robin. Nous faisons des projets, nous évoquons l'avenir. Il y a l'enfant, qui doit être sa raison de se battre contre cette saleté de cancer.

— Oui, il luttera pour le bébé, j'en suis sûr. Il a tellement envie d'être père !

— Mais il est fatigué, Guillaume. Il s'use, il perd pied, j'ai peur qu'il renonce.

— Non, tu le connais, il est obstiné. Il tient à toi, à cette vie que vous avez bâtie ensemble et dont il avait rêvé. Il ne lâchera pas comme ça, il a beaucoup de force de caractère, il…

— Est-ce que ça suffira ? s'écria-t-elle en empoignant le bras de Guillaume.

Elle s'y accrocha comme si elle était en train de se noyer dans son chagrin et dans sa peur.

— Des tas de gens bien plus forts que lui ont été emportés !

— Et des gens moins forts que lui s'en sont sortis. Tu dois garder espoir, Laurence.

Y croyait-il ? Son frère n'était plus que l'ombre de lui-même, il semblait déjà aux portes de la mort. Une constatation accablante qu'il devait garder pour lui. Laurence l'avait eu sous les yeux chaque jour, mais lui n'avait pas vu Robin depuis des mois, et il avait reçu le choc de plein fouet.

— Je suis là pour vous deux, dit-il d'une voix ferme. Décharge-toi sur moi de tous tes soucis, du moindre problème. Ne pense qu'à ton bébé et à ton mari, je m'occupe du reste.

Il prit un rouleau d'essuie-tout sur le comptoir, en détacha une feuille qu'il lui tendit.

— Ton maquillage a coulé, ma jolie…

— Et le coq est froid.

Elle esquissa un sourire, apparemment plus calme. Pleurer avait été un soulagement, sans doute s'en empêchait-elle depuis trop longtemps.

— Je suis là, répéta-t-il.

Son caractère battant lui interdisait de se résigner, cependant il éprouvait une sorte de vertige face à ce qui l'attendait. Car même en jetant toutes ses forces dans la bataille, il avait peu de chances de changer le cours du destin. La veille encore, dans son agence de Versailles, il s'était senti prêt à renverser des montagnes, au mieux de ses capacités professionnelles, et plutôt heureux de son sort. Aujourd'hui, il était démuni et perdu.

**

Ralph quitta l'agence de très mauvaise humeur. Son père n'était pas là, parti en catastrophe et pour une durée indéterminée, direction la Bourgogne, chez Robin ! Du moins c'était l'explication donnée par ses collaborateurs, des architectes aussi arrogants que lui et qui déploraient son absence avec des trémolos dans la voix. Or Ralph avait concocté cette visite surprise dans l'espoir de prendre son père de court, et il était furieux que son initiative ait fait long feu. Depuis le jugement du tribunal, le père et le fils ne s'étaient pas adressé la parole, il était temps pour eux de se réconcilier. Johanna, rongée de culpabilité, ne supportait plus leur brouille et exigeait que Ralph arrange les choses. Mais avec le lourd contentieux qui existait entre eux, faire la paix ne serait pas chose facile.

Il gagna la rue Colbert et alla s'installer dans l'arrière-salle du pub O'Paris, le meilleur des bars à bière de Versailles d'après Johanna. Elle était en train de poser pour une séance photo dans le parc du château et tarderait sûrement à le rejoindre. Depuis qu'ils sortaient ensemble, combien d'heures avait-il passées à l'attendre ? Bah, ça valait la peine, rien que pour la voir entrer quelque part, toutes les têtes se tournant sur son passage. Avec ses jambes interminables, ses grands yeux gris-vert en amande, ses cheveux blonds jusqu'à la taille et sa bouche charnue, elle était sublime. Pas étonnant qu'elle poursuive une belle carrière de mannequin, on se l'arrachait pour les campagnes publicitaires. Contrairement à l'image de la trop jeune fille, elle incarnait la « femme ». Vingt-six ans, un mètre soixante-seize, cinquante petits kilos répartis dans une silhouette parfaite, et elle n'était même pas stupide ! Ralph n'en revenait toujours pas d'avoir décroché le gros lot, d'être celui qui l'escortait dans les cocktails et qu'elle ramenait le soir chez elle. Parfois, leurs nuits étaient torrides, mais la plupart du temps elle voulait juste qu'il la câline ou qu'il lui masse le dos. Peu importait, il était prêt à tout pour la garder, s'il fallait lui lire un conte des *Mille et Une Nuits* chaque soir, il le ferait sans se plaindre. Car il se posait inlassablement la question : pourquoi lui ? Il était plus jeune qu'elle et encore étudiant, du moins le prétendait-il. En réalité, il n'allait pas souvent en cours, ses examens risquaient d'être désastreux. Et son père serait fou de rage devant ses résultats. Bon, il hurlerait de son côté et Ralph ne l'entendrait pas.

Après avoir commandé une Guinness, il eut envie d'une cigarette mais dut s'en passer puisqu'on ne fumait plus dans les bars. Toutes ces lois imbéciles pour faire croire à un monde aseptisé ! Il étendit ses jambes devant lui et savoura une longue gorgée de sa bière. Qu'est-ce que son père allait donc faire chez Robin en pleine saison des vendanges ? Un impérieux besoin de s'évader ? Sa rupture avec Johanna commençait pourtant à dater, il avait dû s'en remettre. Mais peut-être ne digérait-il toujours pas l'humiliation d'avoir été fait cocu par son fils. Chaque fois qu'il y pensait, Ralph se sentait à la fois fier, honteux et stupéfait. Avoir « soufflé » la maîtresse de son père était tout de même un exploit. Il avait dragué Johanna sans trop y croire, persuadé qu'elle allait l'envoyer sur les roses ou se moquer de lui, mais elle lui était tombée dans les bras ! Certes, ce succès inattendu n'était pas dû qu'à son charme, il s'en doutait. En fait, à ce moment-là Johanna n'en pouvait plus des horaires de Guillaume, elle ne supportait pas d'être celle qui attend, or il quittait parfois son agence à minuit. Elle trouvait inadmissible qu'il fasse passer son travail avant elle, qu'il ne lui accorde pas toute l'attention qu'elle estimait mériter. Une belle fille comme elle, tellement plus jeune que lui, et qui se morfondait seule dans son lit ! Elle avait donc décidé de le rendre jaloux, de le tromper au besoin pour qu'il cesse de la négliger, et Ralph était là, éperdu d'admiration devant elle, tout disposé à la distraire si elle le souhaitait, et prêt à compatir en insistant sur les défauts de son père, surtout sur sa fichue *indifférence*. Il désirait Johanna comme un fou et la portait aux nues, la couvrant de fleurs, de compliments, d'attentions. Pour elle, il était toujours disponible, séchant allègrement la fac, il savait la faire rire ou lui servir de chauffeur, l'appeler vingt fois par jour alors que son père était trop occupé pour s'en soucier. Bref, un soir elle lui avait cédé, et par chance ils s'étaient bien entendus au lit.

Impressionné par sa victoire, Ralph en était encore à se demander quelle attitude adopter, quand Johanna s'en était chargée pour lui en avouant tout à Guillaume. La colère qu'il avait piquée ! Si elle avait souhaité le voir réagir, elle était servie, mais elle n'avait pas prévu qu'il puisse la quitter sur-le-champ. Du bout des lèvres, il lui avait souhaité d'être heureuse avec quelqu'un d'« à peu près son âge », et le soir même lui avait fait porter par coursier toutes les affaires qu'elle avait semées chez lui au fil de leur liaison. Johanna avait paru sonnée par l'issue de l'aventure, alors Ralph avait dû redoubler de prévenance et de romantisme pour qu'elle ne lui claque pas la porte au nez. Elle habitait un beau duplex près de la place Saint-Sulpice et son train de vie était à la hauteur de ses gains de mannequin. Elle aimait sortir le soir, et si Ralph ne pouvait pas suivre financiè-rement et se laissait inviter, au moins il dansait avec elle jusqu'à l'aube, ce que Guillaume n'avait jamais fait.

Aujourd'hui, elle avait profité de cette séance de photos à Versailles pour pousser Ralph à aller voir son père. L'agence n'était pas loin du château, le pub O'Paris non plus, c'était l'occasion de faire le premier pas. Ralph avait cédé parce qu'il cédait toujours, mais sans illusion. Son père ne lui pardonnerait jamais. Ou pas de sitôt ! Ralph savait bien qu'il avait exagéré car, outre l'histoire de Johanna, il existait à présent un contentieux judiciaire entre eux. Pour subsister, il avait besoin d'argent, il ne pouvait pas se faire entretenir par Johanna qui payait jusqu'à ses cigarettes, et il n'était pas décidé à travailler. D'ailleurs, pour l'instant, il ne savait rien faire. Après son bac il avait raté une prépa aux grandes écoles, commencé et abandonné une formation de journaliste, tenté les Beaux-Arts puis renoncé. Ensuite, il s'était accordé une année sabbatique qui avait fait grincer les dents de son père, et finalement il s'était inscrit en médecine. Quand il était devenu l'amant de Johanna, son père avait rompu tout contact et lui avait coupé les vivres. Que pouvait-il faire d'autre que s'adresser à un tribunal ? Les parents sont tenus d'aider leurs enfants durant leurs études, à la hauteur de leurs moyens. Fils unique d'un architecte de renom, Ralph avait obtenu sans mal une pension que son père devrait lui verser jusqu'à obtention de son diplôme. À condition d'aller de temps en temps à la fac, il en avait pour des années de tranquillité ! Bien sûr, il avait donné d'excellentes raisons à Johanna, prétendant qu'une véritable vocation de médecin le tenaillait, et elle avait trouvé normal que la loi contraigne Guillaume à l'aider : « Tout ton avenir ne peut pas être bousillé parce que tu as couché avec moi. » Elle l'avait déclaré très sérieusement et il s'était senti conforté. Grâce à cette pension, il pouvait payer le loyer de son minuscule studio où il ne mettait les pieds que lorsque Johanna voulait passer une soirée seule. Il pouvait aussi s'acheter quelques vêtements à la mode, avoir un téléphone portable dernier cri et mettre de l'essence dans son scooter rouge.

Les conversations du pub s'arrêtèrent une seconde lorsqu'elle fit son entrée. Ayant été maquillée et coiffée pour sa séance photo, elle était carrément irrésistible. Comme presque toutes les maîtresses de son père. Ralph l'avait toujours vu en compagnie de très belles femmes, mais en principe il les choisissait de sa génération, et Johanna était une exception.

— Ouf ! dit-elle en se laissant tomber sur un siège en face de lui. J'ai bien cru qu'on n'en finirait jamais…

Son délicieux accent anglais fit sourire Ralph, qui lui commanda aussitôt un cocktail Tagada, mélange de Martini rosé, de jus d'ananas et de sirop de grenadine qu'elle affectionnait.

— Alors, comment ça s'est passé avec Guillaume ? voulut-elle savoir.

— Il n'est pas là. D'après les gens de son agence, il est en Bourgogne.

— Chez Robin ? Je le croyais très occupé par son super projet…

Chaque fois qu'elle parlait de Guillaume, il y avait une exaspérante petite note de regret dans sa voix.

— Je te répète ce qu'on m'a dit, marmonna-t-il. Il est parti et n'a pas donné de date de retour.

Elle eut une petite moue contrariée, mais cette expression lui allait aussi bien que n'importe quelle autre.

— Tu n'as qu'à faire le voyage ! Et ce sera encore mieux pour une réconciliation parce que vous serez en terrain neutre. Je suis sûre que Robin et Laurence te recevront à bras ouverts, ils t'adorent. En plus, ton père est toujours très détendu là-bas, profites-en.

Durant sa liaison avec Guillaume, elle l'avait accompagné à plusieurs reprises en Bourgogne et elle gardait un très bon souvenir de ces séjours.

— Leur maison est une merveille, ajouta-t-elle. J'aimerais vivre un jour dans un endroit de ce genre…

Son regard se perdit dans le vague, et Ralph se sentit agacé. Elle avait toujours l'air de vouloir être ailleurs quand elle était avec lui. À certains moments, il se sentait exclu, insignifiant et en sursis. Bien sûr, il n'était qu'un étudiant sans moyens alors qu'elle gagnait très bien sa vie depuis l'âge de seize ans. Que pouvait-il lui apporter ?

— Ton père a un talent fou, on ne peut pas lui enlever ça. Mais quel fichu caractère !

Elle avait souri en le disant, ce qui porta l'exaspération de Ralph à son comble.

— Est-ce qu'il te manque ? ricana-t-il.

Cette fois, les beaux yeux gris-vert s'arrêtèrent sur lui, le voyant enfin.

— Ne sois pas stupide.

Sans s'expliquer davantage, elle termina son cocktail et posa un billet sur la table.

— Non, protesta-t-il, c'est moi qui t'invite.

Tant pis s'il manquait d'argent pour finir le mois, là, tout de suite, il avait besoin de s'affirmer devant elle.

— Je suis en retard, déclara-t-elle en consultant sa montre. Je dois passer chez mon agent avant d'aller me changer.

Elle l'avait prévenu qu'elle ne serait pas libre, étant invitée à une soirée où elle ne pouvait pas l'emmener. Ce genre d'obligations – premières de spectacle, dîners de gala, projections privées, réceptions organisées par les grandes marques dont elle était l'égérie – faisaient souvent partie de son emploi du temps. Quand elle l'y conviait, même pour n'être que son chevalier servant, il avait l'impression d'appartenir à la jet-set et il jubilait. Encore une chose que son père avait refusé de faire.

— Je te retrouve après ? proposa-t-il d'un ton léger.

— Non, je me sens déjà fatiguée, et quand je pourrai enfin me coucher, ce sera pour dormir !

Il dissimula sa déception du mieux qu'il put. Il passait fréquemment la nuit chez elle, mais parfois elle ne voulait pas de lui et il avait du mal à l'accepter. Elle commanda un taxi qu'ils attendirent ensemble sur le trottoir, puis il rentra seul en RER.

**

— Mais tu n'es pas vieux, François ! s'exclama Guillaume.

— Ça, c'est toi qui le dis, bougonna le fermier, mes rhumatismes me chantent une autre chanson.

Installés dans la cuisine au plafond bas, ils avaient bu un café au lait avant d'entamer la discussion.

— J'ai trop de bêtes, trop de soucis pour un seul homme.

— Vends une partie du cheptel !

François fronça les sourcils et son visage buriné se couvrit de rides.

— Tu as donc tout oublié ? Je suis obligé d'attendre que les vaches aient trois ans, sinon je rate l'appellation charolaise.

Guillaume hocha la tête, mais en effet ses souvenirs étaient un peu flous. Il avait quitté la ferme paternelle très tôt pour aller faire ses études, bien décidé à ne jamais être éleveur. Le bétail ne l'intéressait pas et les contraintes étaient trop lourdes. Robin était parti en même temps que lui, mais dans une autre direction. Si leurs parents avaient été déçus, ils n'en avaient rien montré, apparemment heureux que leurs fils s'élèvent dans l'échelle sociale. Mais ils s'étaient retrouvés seuls, comprenant qu'il n'y aurait personne pour leur succéder. Par bonheur, ils vivaient dans l'aisance, payaient des employés pour les seconder, et la ferme était devenue au fil du temps une maison confortable, presque bourgeoise. Hélas, leur mère n'avait pas eu le temps de beaucoup en profiter, emportée par un cancer dix ans plus tôt. Elle avait connu les premiers succès de Guillaume, mais pas sa complète réussite. En revanche, elle avait été soulagée de voir Robin demeurer dans la région, même si c'était pour la vigne. Après son décès, leur père s'était muré dans le silence. Seules les visites de ses fils le tiraient de son mutisme, et alors il déplorait amèrement que le travail de toute sa vie soit condamné à disparaître après lui. Guillaume et Robin lui avaient promis qu'il n'en serait rien.

— Essayons de trouver une solution, reprit patiemment Guillaume, il doit bien en exister une. Nous ne voulons pas vendre, mon frère et moi. Ce serait un crève-cœur…

28

— Ben oui, mais moi, ça va me crever tout court ! Tu sais ce que c'est d'avoir autant de vaches et autant de terres ? Non, tu ne sais plus.

— Si c'est un problème d'argent…

— Pas du tout ! Au contraire, l'exploitation est rentable, là-dessus rien à dire. Sauf que je n'arrive plus à travailler comme avant et qu'il me faudrait une personne de plus.

— Embauche quelqu'un.

— Les jeunes ne veulent plus faire ce genre de boulot. On peut se donner à fond quand on est chez soi, pas pour un patron. L'époque a changé.

Guillaume recula sa chaise, croisa les jambes et se mit à pianoter sur son genou. Ses origines terriennes lui avaient servi dans son métier, il pouvait mener d'interminables discussions sans rien lâcher, aussi obstiné qu'un vieux paysan. Mais devant François, il se sentait dépassé. Cet homme avait été l'employé de leur père durant quinze ans, puis l'avait secondé, et à sa mort il avait accepté un avantageux contrat de location. Il connaissait l'exploitation mieux que personne, chaque étable, chaque clôture de chaque pré, et il appelait les vaches par leurs noms.

— Il faut que tu restes encore un peu, soupira Guillaume. Robin a un cancer.

Il aurait préféré ne pas l'avouer mais il n'avait aucun autre argument.

— Ah, merde…

François avait connu les jumeaux enfants, et bien que les ayant un peu perdus de vue il leur conservait son affection.

— Je me disais bien qu'il n'était pas venu depuis longtemps. En principe, il passe presque chaque mois me faire un petit coucou. En coup de vent parce qu'il est toujours préoccupé par ses vignes, et la plupart du temps il ne rentre même pas dans la maison. Je crois que c'est pour ne pas me gêner. Mais comme tu vois, je n'ai quasiment rien changé ici.

— Ce n'est pas un sanctuaire, François. Tu es chez toi.

— Ta mère avait tout bien arrangé en son temps, ça me va. Alors dis-moi, pour ton frère, tu es inquiet ?

— Oui.

— On ne peut pas l'opérer ou…

Il s'interrompit, haussa les épaules.

— Bon, je le vois à ta tête. Et tu es là, tu quémandes. Ce n'est pas ton genre. Écoute, je vais te donner un peu de temps et chercher de mon côté. Je ne te promets rien, sauf que je ne vous laisserai pas tomber, évidemment. Je l'aime bien, Robin…

Guillaume détourna les yeux pour ne pas céder à l'émotion. François disait vrai, le décor de la ferme n'avait pas changé. Au-dehors, les mêmes bâtiments anciens, bien entretenus, avec les lourdes portes des étables, les réserves de fourrage jusqu'aux toits des granges, les tracteurs en bon ordre. Et à l'intérieur la vieille cheminée monumentale toute noircie. Par la porte ouverte vers le séjour, il aperçut les meubles qu'il connaissait. Robin et lui avaient passé leur enfance et leur adolescence entre ces murs avec l'envie de les quitter. François gérait déjà beaucoup de choses sur l'exploitation et leur père ne voyait plus les vaches que de loin. Mais elles étaient là, avec le bruit des cloches et des sabots dans la cour. D'énormes bêtes couleur crème qui donnaient une viande exceptionnelle. La vie était rythmée par les saillies et les mises bas tandis que les jumeaux rêvaient d'autres horizons, se promettaient un avenir différent.

— Tu as gardé la pendule ?

— Je vous ai tout gardé. Ce qui n'est plus là se trouve au grenier.

Un temps, François avait vécu avec une femme du pays, mais l'histoire n'avait pas duré, il était resté vieux garçon.

— Qu'est-ce qui t'attend pour ta retraite ?

— Une petite maison neuve, pas loin d'ici. Pas comme celles que tu construis, bien plus modeste et de plain-pied. Je ferai pousser des fleurs. J'ai hâte d'y être.

Ce n'était pas une menace, mais une constatation. Il avait gagné le droit de se reposer.

— Laisse passer les vendanges, plaida Guillaume, je reviendrai te voir après.

— C'est toi qui vas t'en charger ?

— Je superviserai. Robin et Laurence me guideront.

— Eh bien… T'as du pain sur la planche, on dirait ?

Un éclair de compassion brilla un instant dans son regard avant de s'éteindre. Que pensait-il de ce fils de fermier devenu citadin ? Comment jugeait-il le blouson en agneau, les mocassins trop fragiles, la grosse berline noire garée dans la cour ?

— J'y arriverai, articula Guillaume.

— Je sais que tu es têtu, mais tu n'as pas le savoir-faire. Ils le disent tous, la vigne, c'est un métier. Comme élever des vaches.

Il n'avait pas compris, à l'époque de leur départ, qu'aucun des deux fils ne soit intéressé par la ferme. Mais au moins, Robin n'avait pas quitté la Bourgogne, il n'avait pas renié la terre et il continuait d'en vivre, d'une autre manière.

— Je te donne un mois ou deux, trois maximum. Que ce soit bien entendu, je ne passerai pas Noël ici.

Guillaume s'abstint de répondre, ne voulant pas s'engager sur un délai. Il se leva et tendit la main à François, qui eut une hésitation avant de la prendre.

— Veille sur ton frère, et bon courage.

Mal à l'aise, Guillaume retraversa la cour. *Veiller* sur Robin ? Il était là pour ça bien sûr, rien d'autre ne comptait. Il jeta un dernier coup d'œil aux bâtiments, qui ne le laissaient pas indifférent contrairement à ce que François semblait croire. Mais s'il le fallait, il vendrait tout sans états d'âme.

**

Johanna s'étira comme un chat, le téléphone coincé dans son cou.

— Arrange-toi pour que j'aie quelques jours de repos, je n'en peux plus, dit-elle à son agent.

— Ton jeune amant te fatigue ? ricana-t-il.

Bien qu'il ne puisse pas la voir, elle lui tira la langue. Personne ne comprenait ce qu'elle faisait avec Ralph, elle moins que tout autre. D'accord, c'était un très beau garçon, toujours disponible et souvent amusant, mais c'était un *gamin*. Comparé à son père, il ne pesait pas lourd, tous les jours elle regrettait de l'avoir mis dans son lit, pourtant elle le gardait comme un animal de compagnie.

— Viens déjeuner avec moi lundi, proposa son agent, je te soumettrai les propositions que j'ai reçues. Des trucs qui vont te plaire !

Du travail, encore du travail, mais combien d'années lui restait-il pour être autant sollicitée ? Elle avait une conscience aiguë de la brièveté d'une carrière construite uniquement sur l'apparence. Pour l'instant elle était belle, photogénique. Elle prenait bien la lumière, ce qui ne serait sans doute plus le cas passé la trentaine. Elle posa son téléphone, leva les jambes et considéra d'un œil critique le vernis de ses ongles de pieds. Être parfaite demandait du temps, des efforts. À l'époque de sa liaison avec Guillaume, il lui suggérait de lâcher prise, au moins lorsqu'ils passaient un week-end dans une auberge de campagne. Ces jours-là elle se dispensait de maquillage, ramassait ses longs cheveux en queue-de-cheval, enfilait avec plaisir un vieux jean et un grand pull confortable. Elle conservait un souvenir nostalgique de ces moments. Balades sur des chemins forestiers, dîners de gourmets devant des feux de cheminée, nuits voluptueuses. Guillaume n'avait pas un caractère facile mais elle s'en était très bien accommodée, lasse d'être celle à qui on cède le moindre caprice. Habituée à régner sur des hommes qu'elle subjuguait, il avait été le premier – et le seul jusqu'ici – à ne pas se comporter en amoureux transi. Elle avait aimé leur différence d'âge, peut-être parce qu'elle était à la recherche de l'image du père, peut-être parce qu'elle en avait assez de se débrouiller seule sans pouvoir s'appuyer sur personne.

— Ah, Guillaume…

Prononcer son prénom la rendait triste. Elle avait commis une grosse, une énorme erreur en voulant le rendre jaloux, en choisissant son fils pour le blesser davantage. Mais, aussi, pourquoi ne disait-il jamais de mot d'amour ? Pourquoi privilégiait-il son fichu travail ? Pourquoi ne faisait-il aucun projet d'avenir avec elle ? Elle n'était que sa maîtresse, d'après lui une charmante parenthèse dans son existence alors qu'elle aurait voulu être la femme de sa vie. Avec lui, et pour la toute première fois, elle avait évoqué le mariage, les enfants, mais il s'était contenté de sourire en secouant la tête comme si elle proférait une bêtise. Puis, lors d'une dispute, il avait déclaré qu'il se jugeait trop vieux pour fonder une nouvelle famille. « Mais pas trop vieux pour me baiser ? » avait-elle répliqué, furieuse. Une première faille entre eux. Il n'aimait ni la vulgarité ni les ultimatums, elle n'avait pas de prise sur lui. De là à lui opposer Ralph...

Elle se leva, gagna la cuisine. Surveillant sa ligne, elle mangeait toujours légèrement, mais ce soir elle rêvait de pâtes et elle mit de l'eau à bouillir. En principe, elle avait rendez-vous avec des amis dans une boîte à la mode, et Ralph devait venir la chercher vers minuit.

— Non, dit-elle à voix haute, pour une fois je vais me coucher tôt devant la télé !

La perspective de boire et de danser jusqu'à l'aube l'amusait de moins en moins, elle commençait à en avoir assez de toutes ces sorties mondaines. Mais il fallait se faire voir pour ne pas être oubliée, se montrer toujours à son avantage devant les photographes qui traînaient dans les endroits branchés.

Un coup de sonnette la fit sursauter et elle faillit se brûler. Comme elle détestait être dérangée à l'improviste, elle alla ouvrir de mauvaise humeur. Elle vit d'abord le bouquet de marguerites que Ralph agitait sous son nez.

— Surprise ! Et bon anniversaire...

— Ce n'est pas mon anniversaire, protesta-t-elle, éberluée.

— Encore heureux, sinon ce ne serait pas une surprise !

Elle aurait dû le rabrouer mais elle n'en eut pas le courage.

— Viens, je fais des spaghettis.

— Oh, génial ! Veux-tu que je les prépare à ma façon ? Si tu as un œuf, de la crème, du…

— Un filet d'huile d'olive me suffira.

— Tu n'as pas besoin de suivre un régime, tu es parfaite.

— Je tiens à le rester.

En les disant, elle se rendit compte de la vanité des mots qu'elle venait de prononcer spontanément. Depuis sa puberté, on lui avait répété qu'elle était jolie, belle, sublime. Une vraie blonde avec une chevelure de lionne et des jambes de gazelle, une bouche d'enfant et des yeux de femme fatale. Elle avait eu tous les hommes qu'elle voulait, et ceux dont elle ne voulait pas couraient derrière elle. Le seul à ne pas lui avoir adressé de compliments plats était Guillaume. Lui s'était contenté de la regarder avec un sourire énigmatique et elle avait quasiment dû lui faire des avances.

— Je n'ai pas très envie de sortir, annonça-t-elle.

— Alors, on ne bouge pas d'ici, on s'organise une soirée en amoureux.

Bien sûr, il était d'accord, toujours d'accord, prêt à accourir, à la suivre ou à rester en adoration devant elle. Tout en remuant les spaghettis, elle lui jeta un regard. Il pouvait lui tenir compagnie un moment, il savait écouter quand il le fallait, et raconter des histoires drôles lorsqu'elle était d'humeur morose. Ensuite, il lui masserait la nuque et les épaules pour la détendre. Si le désir venait, ils feraient gentiment l'amour, sinon elle s'endormirait sans plus s'occuper de lui. Elle avait bien conscience de le traiter comme un caniche, mais elle ne faisait que céder à son insistance. Il était ébloui d'avoir le droit de la tenir dans ses bras, grisé de s'exhiber à ses côtés, bouffi d'orgueil d'avoir séduit la petite amie de son père. Mais ce n'était qu'un beau gosse sans aucune expérience de la vie.

— Ça se passe bien à la fac ?

— Les cours n'ont pas encore commencé, protesta-t-il.

Avait-il vraiment envie de devenir médecin un jour ? En aurait-il les capacités et la volonté ? Guillaume risquait de lui payer des années d'études en pure perte, et autant elle avait trouvé juste qu'il soit condamné à verser une pension, autant elle doutait des motivations de Ralph. La route était trop longue entre cours magistraux, examens, concours, et plus tard des nuits de garde. Il prétendait qu'il serait chirurgien, mais jamais il n'y consacrerait une décennie d'assiduité. Dommage pour lui, en ce qui la concernait elle aurait adoré qu'on lui offre une vie insouciante d'étudiante. Malheureusement, ses parents n'en avaient pas eu les moyens, et dès qu'elle avait eu l'âge légal elle s'était dépêchée de quitter l'école pour gagner sa vie.

— Tu dois te réconcilier avec ton père, déclara-t-elle en posant le plat de pâtes d'un geste brusque. Je me sens fautive, c'est insupportable !

— Il n'est pas là, Jo, je ne peux rien faire de plus.

— Mon prénom est Johanna, je déteste les diminutifs.

— Oui, pardon, mais…

— Descends chez Robin, prends Guillaume à part et explique-toi avec lui.

— Qu'est-ce que ça changera ? Il m'en veut, il ne m'écoutera pas. Et puis lui dire quoi ? Que je regrette ? Non, je ne regrette pas du tout.

— On l'a trahi, c'est moche.

— S'il avait été avec une femme de son âge, je ne l'aurais pas regardée. Je ne suis pas tombé amoureux des précédentes ! Mais toi… Il était condamné à te perdre, il devait bien le savoir.

Dès qu'il parlait de son père, il y mettait une hargne disproportionnée. Se doutait-il qu'elle pensait à lui avec nostalgie, qu'elle se mordait les doigts de sa mauvaise stratégie ?

— Tu vas aller en Bourgogne. Rien que pour me faire plaisir. Au moins tu auras essayé, je n'aurai plus de remords.

— Non, je n'irai pas, s'obstina-t-il, l'air effrayé. Papa tout seul ce n'est pas une sinécure, mais papa avec son jumeau, c'est trop pour moi !

Il ne disait jamais « papa » mais plutôt « mon père » avec dédain, et l'usage de ce vocabulaire d'enfant prouvait son malaise.

— Ils font toujours bloc et j'aurai deux juges au lieu d'un. Robin me donnera tort, son frère est son dieu. D'ailleurs, nous devons être en train d'alimenter leurs conversations, je les entends d'ici ! Sans compter Laurence, qui peut avoir la dent dure. Tu tiens à m'envoyer devant le tribunal familial ?

— Je veux qu'on liquide ce contentieux. Je ne veux pas avoir à changer de trottoir si je rencontre Guillaume. Nous sommes tous des adultes, même toi, et on doit se comporter comme tels.

— *Même moi ?* Merci !

— Écoute, j'ai une idée, proposa-t-elle d'une voix radoucie. On va se faire un petit week-end dans le coin. On se dégote un très bon hôtel au milieu des vignes et on passe deux jours à respirer l'air pur, ça me changera de Paris. Toi, tu fais un saut chez ton oncle et tout le monde sera content.

Ralph haussa les épaules, boudeur, mais elle savait qu'il finirait par accepter. En revanche, elle n'avait aucune certitude quant à la manière dont Guillaume recevrait son fils. Sans doute était-il capable de le prendre par la peau du cou et de le jeter dehors. Tant pis, si ça tournait mal Ralph se consolerait avec le luxe de l'hôtel, elle allait choisir la meilleure auberge de la région.

**

Guillaume ferma le robinet et s'enveloppa d'un drap de bain. Il aimait beaucoup cette douche italienne sans parois, faite d'un subtil dégradé de mosaïque bleue. Gagnant la chambre dont la fenêtre était restée grande ouverte, il s'accouda à la rambarde. La nuit tombait sur les vignes, le paysage était paisible et bien ordonné. D'ici deux jours il serait là, entre les rangées de ceps, occupé à surveiller des journaliers qui en sauraient dix fois plus que lui sur la manière de cueillir les grappes. Laurence en connaissait certains, déjà employés les années précédentes, et elle prétendait que tout irait bien, qu'ils feraient le travail sans problème. Elle affirmait aussi que l'année serait exceptionnelle, grâce aux conditions climatiques du printemps et de l'été. Le raisin était à parfaite maturité, ce qui le rendait fragile, donc il faudrait être vigilant. Fatiguée par sa fin de grossesse, elle avait néanmoins promis d'épauler Guillaume. Elle était passionnée par son métier, tout comme Robin, et avait passé toute la soirée à en parler, racontant des anecdotes, alignant des chiffres. Quatre mille vendangeurs à recruter en Bourgogne, pour une production d'environ quarante-cinq millions d'hectolitres. De quoi donner le vertige. Guillaume avait écouté de son mieux, mais sans pouvoir détacher son regard du visage ravagé de son frère. L'épuisement et la souffrance se lisaient dans ses cernes, ses joues creuses, ses yeux hagards. La chimio, censée le soigner, était peut-être en train de le tuer. Et malgré tous les efforts de Laurence, les repas étaient sinistres.

Le ciel se teintait de violine, l'obscurité commençait à s'étendre. Guillaume frissonna et referma la fenêtre, mais il continua à regarder à travers les carreaux. Il était devenu citadin après toutes ces années passées en région parisienne, pourtant il ne reniait pas ses origines et se sentait attaché à la région de son enfance. Si pour rien au monde il n'aurait repris l'élevage de son père, en revanche il éprouvait une sorte de tendresse pour la ferme familiale. Son architecture, typiquement bourguignonne, le charmait toujours, et cent fois il avait imaginé de quelle façon il pourrait la réaménager pour la mettre en valeur. Robin lui suggérait de s'en faire une maison de vacances car, comme lui, il n'envisageait pas qu'elle puisse être vendue. Puisque François voulait partir, pourquoi ne pas se séparer du cheptel et de la plupart des prés, en conservant les bâtiments avec un ou deux hectares autour ? Mais ce serait une opération compliquée, la succession n'était même pas réglée en raison de l'exploitation agricole qui perdurait. D'autre part, pour avoir envie de faire une maison de famille, encore fallait-il en avoir une ! Or Guillaume, divorcé depuis longtemps, n'avait qu'un fils, carrément odieux. Et un frère en sursis…

Il ramassa le drap de bain tombé au sol et s'éloigna de la fenêtre. Penser au cancer de Robin le rendait fou, il devait s'occuper l'esprit. Après avoir enfilé une robe de chambre, il prit son ordinateur portable et alla s'installer dans le petit bureau attenant. Alors qu'il commençait à lire les nombreux courriels qui l'attendaient dans sa messagerie, il entendit la voix angoissée de Laurence.

— Guillaume ! Oh, Guillaume…

Il se précipita vers la porte-fenêtre donnant sur l'escalier extérieur. Laurence était en bas des marches, cramponnée à la rampe, son visage à peine discernable dans la pénombre.

— Conduis-moi à la clinique, je ne peux plus attendre ! J'ai perdu les eaux, et Robin est hors d'état de conduire.

Elle se plia en deux sous la douleur d'une contraction. Depuis combien de temps le travail était-il commencé ? Avait-elle espéré que Robin puisse l'accompagner ? Guillaume se rua dans la chambre, s'habilla à toute vitesse et la rejoignit en bas.

— Tu as ta valise ?

— Elle est sur la terrasse, avec mon sac à main.

— Je m'en occupe, va t'installer dans ma voiture.

Il récupéra les bagages, les jeta dans le coffre et démarra en douceur.

— Tu veux incliner le siège ?

— Non, ça va, mais dépêche-toi, s'il te plaît.

— C'est bien à Chalon ?

— Oui, la maternité du centre William-Morey.

— Quai de l'hôpital ? Je connais la route, détends-toi.

— Impossible, les contractions se rapprochent. Je les ai ignorées au début parce que je voulais rester le plus longtemps possible avec Robin. De toute façon, pour un premier ça prend des heures, non ?

— Je n'en sais rien, dit-il avec un sourire piteux.

Son unique expérience, déjà lointaine, était la naissance de Ralph. Sa femme, Marie, s'était précipitée à la clinique dès la première douleur, et le bébé n'était arrivé que le lendemain matin. Comme elle ne souhaitait pas qu'il assiste à l'accouchement, Guillaume avait somnolé dans la salle d'attente toute la nuit. Il conservait le souvenir d'un instant d'intense fierté lorsqu'il avait découvert son fils. Le petit visage tout fripé, surmonté d'un bonnet, l'avait profondément ému.

— À mon avis, ajouta-t-il, tu as du temps devant toi, il ne va pas naître dans la voiture !

— Tu étais là, pour Ralph ? voulut-elle savoir comme si elle avait deviné ses pensées.

— Non.

— Moi, j'aurais tellement aimé que Robin me tienne la main ! Qu'il soit près de moi, qu'il me rassure, qu'il me parle… Je n'ai pas envie d'être seule avec des médecins. Est-ce que tu voudrais bien…

Incrédule, il lui jeta un coup d'œil, vit qu'elle semblait terrorisée.

— D'accord, accepta-t-il précipitamment, je resterai avec toi jusqu'à ce que tu me dises de partir. Mais n'aie pas peur, tout ira bien. Tu as prévu une péridurale ?

— Oh oui ! Je vais réclamer l'anesthésiste dès que nous serons arrivés à la maternité. Je refuse de souffrir, il faut que ce soit un moment de bonheur.

— Marguerite, ou Violette ?

— Violette. C'est un des arômes du vin, ça me plaît. Robin voulait entendre son premier cri, voir ses yeux s'ouvrir, il voulait... Oh, il a tellement désiré un enfant ! Toi, tu avais Ralph depuis longtemps, mais lui n'a pas connu la joie d'être père. Il dit que tu étais gâteux de ton fils quand il est né et que ça le rendait triste. Pas jaloux, seulement triste.

— Nous n'avons jamais été jaloux l'un de l'autre. Pour rien.

— Mais vous avez eu des vies si différentes !

— J'ai fait les choses bien trop tôt. Si Marie n'avait pas été enceinte, je ne l'aurais pas épousée et il n'y aurait jamais eu de Ralph. Robin a pris son temps pour te trouver, il a eu raison. Quand je vous vois tous les deux...

Il n'acheva pas sa phrase et Laurence corrigea :

— Quand tu nous *voyais*.

Elle prit une grande inspiration et se pencha en avant. À cause de son gros ventre, elle n'avait pas bouclé sa ceinture de sécurité. Guillaume ralentit un peu, attendant qu'elle se redresse une fois la contraction passée. Ils n'étaient plus qu'à cinq kilomètres de Chalon.

— En principe, articula-t-elle avec effort, je dois rester quatre jours à la maternité. Tu pourras m'appeler tant que tu veux, si tu as des soucis avec les vendanges. Robin est totalement épuisé, il ne t'aidera pas. Peut-être sera-t-il obligé de retourner à l'hôpital s'il va vraiment trop mal. Il ne supporte pas cette chimio, ni physiquement ni moralement. C'est terrible. Nous avons très peur de l'avenir.

Guillaume chercha désespérément quelque chose à dire pour l'apaiser et, ne trouvant rien, il lui posa la main sur l'épaule. Ils roulèrent quelques minutes en silence puis il murmura :

— On arrive. Une sage-femme va te prendre en charge et je reste avec toi. Ne pense plus qu'au bébé, d'accord ? C'est l'heure de Violette, de personne d'autre.

Sa voix était convaincante, rassurante, mais il avait aussi peur qu'elle.

**
*

Le jour se levait sur les vignes, une aurore bleutée qui annonçait une belle journée. Robin s'était bourré de médicaments, dépassant les doses prescrites, et il avait fini par somnoler, assis dans le fauteuil club près de la fenêtre. La chambre du rez-de-chaussée donnait sur la terrasse où il aurait aimé aller prendre son petit déjeuner, mais il n'en avait pas la force. Il pensait à sa femme, à la naissance de leur fille qu'il ne verrait pas. Pourquoi était-il si faible, si nauséeux ? Était-ce uniquement la conséquence de sa chimio, ou bien la maladie progressait-elle malgré les traitements, se répandant dans tout son corps ? Au début, il s'était beaucoup documenté, avait lu des centaines d'articles sur le cancer, avait posé une foule de questions aux médecins. Les chiffres donnaient le vertige. Un million de milliards de cellules, chacune jouant un rôle. La multiplication anarchique des cellules anormales migrant n'importe où dans l'organisme pour y créer des métastases. Et une seule d'entre elles pouvant donner un million de cellules tumorales… Il avait considéré son corps avec horreur, s'était imaginé cette usine de mort tournant à plein régime à l'intérieur de lui-même. Un temps, la chimiothérapie lui avait redonné espoir, mais il la supportait très mal, était anémié au point d'avoir régulièrement besoin d'une transfusion de globules rouges. Ce matin, alors qu'il allait devenir père et qu'il s'agissait du plus grand jour de sa vie, il était là, amorphe, cloué dans un fauteuil. Il envisageait sa fin avec terreur, horreur, pourtant il y était quasiment résigné, ayant perdu tout instinct combatif. Le regard effaré de Guillaume, à son arrivée, lui avait appris qu'il était fichu.

La sonnerie du téléphone qu'il avait posé sur ses genoux le ramena à la réalité.

— Tu as une fille magnifique ! cria son frère dans son oreille. Elle pèse trois kilos sept et elle a nos yeux ! Laurence va très bien, elle t'appellera tout à l'heure à partir de la ligne fixe de sa chambre. Ils n'aiment pas tellement les portables dans cet hôpital.

— Oh, Guillaume…, murmura-t-il.

— Réjouis-toi, vieux, la petite Violette est une merveille, tu vas tomber à la renverse quand tu la verras. Mère et fille rentreront à la maison vendredi, comme prévu. Et moi, je ne vais pas tarder, je t'apporte les croissants.

— Oui…

— Robin ? Est-ce que ça va ?

L'envie de pleurer lui serrait la gorge mais il ne voulait pas se laisser aller. S'il commençait à verser des larmes, il ne pourrait plus s'arrêter.

— Pas de croissants pour moi mais reviens vite, j'ai hâte que tu me racontes tout en détail.

Il n'avait pas besoin de remercier Guillaume, entre eux la reconnaissance n'était pas de mise.

— J'arrive, affirma son frère d'une voix encourageante.

Robin reposa le téléphone sur ses genoux et ferma les yeux.

2

Johanna avait réservé à l'hôtel Le Cep, en plein centre-ville de Beaune, parce qu'elle avait envie d'une grande chambre avec un lit à baldaquin. Ralph, bluffé par le décor, s'était extasié sur tout, y compris la cour Renaissance et la cave voûtée où on servait les petits déjeuners. La veille, ils étaient allés dîner au Jardin des remparts, un restaurant dont elle se souvenait pour y avoir passé une merveilleuse soirée en compagnie de Guillaume, deux ans auparavant. Elle avait un peu l'impression de faire un pèlerinage et se le reprochait, mais elle regrettait Guillaume, et le charme de Ralph n'y changeait rien.

Elle avait retrouvé du premier coup la route menant chez Robin et Laurence, avait déposé Ralph devant le portail.

— Je m'offre une balade dans les environs, je reviendrai d'ici une heure et je t'attendrai.

Sans lui laisser le temps de discuter, elle s'était éloignée. Au fond de son cœur, elle souhaitait que père et fils se réconcilient ou, à défaut, trouvent un terrain d'entente. Et elle espérait vaguement apercevoir Guillaume, peut-être même lui dire bonjour. À condition qu'il raccompagne Ralph, il serait bien obligé de la saluer. Dans ce cas-là, que lui dirait-elle ?

Elle gara sa voiture en haut d'un coteau d'où elle avait une belle vue sur les vignes. Elle ne se rappelait plus quelles terres appartenaient à Laurence mais elle ne devait pas en être loin. Ici aussi elle avait passé de bons moments, en particulier un certain week-end d'hiver. Devant la cheminée de cette maison dessinée par Guillaume pour son frère, ils avaient bu du gevrey-chambertin dans de grands verres tout en grignotant des morceaux de cheddar que Johanna avait rapporté de Londres et leur avait offert. Les Anglais dégustent les grands vins de cette façon, et Laurence avait été conquise. Ils avaient ri ensemble, ouvert une autre bouteille, refait le monde. Et ce soir-là, Johanna s'était sentie en famille. Pourquoi avait-elle mis fin à une si belle aventure ? Pourquoi s'était-elle comportée en gamine capricieuse, réclamant plus de temps et d'attentions que Guillaume ne pouvait lui en donner ? Et pourquoi choisir Ralph, comme une vengeance imbécile et cruelle ?

Descendant de voiture, elle se mit à marcher sur le bas-côté. La vie l'avait gâtée jusqu'ici, elle s'en sortait bien. Depuis presque dix ans, et parce qu'elle travaillait dur, elle avait gagné pas mal d'argent et avait su ne pas le dilapider. Propriétaire de son appartement, elle s'estimait plus fourmi que cigale. Mais combien de temps lui restait-il pour négocier de bons contrats ? Jusqu'à quand plairait-elle ? Dans son métier, les premiers signes de l'âge annonçaient le déclin. Après toutes ces années de défilés de mode et de séances photo aux quatre coins du monde, elle aspirait à autre chose. Une vraie vie de femme, un jour des enfants…

Elle s'arrêta et mit une main en visière. Les vendanges avaient dû commencer ces jours-ci car elle voyait des tas de gens s'affairer au milieu des rangées. Tout le monde portait un chapeau de paille, un foulard ou une casquette, et était muni d'un seau. Johanna se souvint que la récolte du raisin ne se faisait qu'à la main, ainsi que Laurence le lui avait expliqué. Robin et Guillaume se trouvaient-ils parmi les vendangeurs ? Plissant les yeux, elle essaya d'identifier les silhouettes, mais il y avait trop de mouvement et elle ne reconnut personne.

✳

— Tu es gonflé, répéta Robin.

Ralph le considérait avec une telle expression de stupeur et de pitié qu'il tenta de lui sourire.

— Ne fais pas cette tête-là. Tu es choqué par mon état ? Comme tu vois, couper les ponts avec sa famille peut réserver de très mauvaises surprises.

— Ce n'est pas moi, se défendit son neveu. Papa ne veut plus me parler depuis des mois.

— On le comprend. Tu lui as fauché sa petite amie et tu l'as traîné en justice pour qu'il t'entretienne à ne rien faire. Il ne doit pas avoir très envie de bavarder avec toi.

— Mais il aurait pu me prévenir que tu étais…

— Subclaquant.

— Robin !

Étouffant un soupir de lassitude, Robin se jucha sur l'un des hauts tabourets.

— Puisque tu es là, prépare-moi donc du thé. Même la bouilloire me semble en fonte, je suis une loque.

Il passa sa main sur son crâne presque chauve, regarda avec écœurement les quelques cheveux pris dans ses doigts.

— Ton père ne sera pas de retour avant midi. Si tu as des choses à me dire, profites-en.

— Où est Laurence ?

— Tu cherches toujours l'appui des femmes, hein ? Figure-toi qu'elle se trouve à la maternité, où elle a accouché d'une jolie petite fille. Tu as une cousine, prénommée Violette.

— Ah, c'est trop fort ! s'exclama Ralph en tapant du poing sur le comptoir de marbre. J'arrive ici, je ne suis au courant de rien, je tombe des nues. Vous me prenez vraiment pour un paria.

— Tu l'es.

— Pour toi, bien sûr, tu donnes toujours raison à ton jumeau.

— Toujours, confirma Robin. Car Guillaume est un type génial, dommage que tu sois le seul à l'ignorer.

Ralph haussa les épaules avec désinvolture et attrapa la bouilloire.

— Je suis le fils indigne, c'est ça ?

— Indigne et impardonnable.

— Oh, arrête, à la fin ! Je n'ai pas tous les torts, je ne suis pas un monstre. Je me suis révolté contre papa parce qu'il a exigé que je reste avec lui quand maman est partie. J'en ai souffert, et maman aussi, mais il s'est obstiné à me garder au nom d'une stupide fierté pater-nelle qui n'était qu'une basse vengeance contre elle. Si tu savais comme elle m'a manqué, et comme il s'en foutait !

— Ta mère ? Elle n'a jamais proposé de... Où es-tu allé chercher qu'elle souhaitait s'encombrer d'un gamin ? Elle était décidée à refaire sa vie et elle t'a délibérément laissé derrière elle.

— Tu mens !

— Non, mon bonhomme. Au stade où j'en suis on ne ment plus. Et de toute façon, la question n'est pas là. Même si le tête-à-tête avec ton père n'était pas idéal, tu n'as jamais fait le moindre effort. Il y a des années que tu te rebelles comme un petit con, que tu le rejettes, que tu prétends le détester, et je trouve qu'il a été patient avec toi. En couchant avec Johanna, tu as dépassé la mesure. Et le coup du tribunal a vraiment sonné le glas de vos rapports. Qu'est-ce que tu viens chercher ici ? L'absolution ? J'espère qu'il te donnera plutôt un coup de pied au cul, c'est tout ce que tu mérites.

Fatigué d'avoir autant parlé, Robin se tut, cherchant à reprendre son souffle.

— Tiens, ton thé, murmura Ralph.

Il déposa une tasse fumante devant lui et le scruta avec inquiétude.

— Est-ce que tu… Comment ça se passe pour toi ?

— Le remède est pire que le mal. Franchement, la chimio n'est pas une partie de plaisir. Perdre mes cheveux et vomir toute la journée me serait bien égal si j'avais un espoir au bout, mais les médecins ne m'en laissent pas beaucoup. En ce moment, je ne tiens pas debout, je crois que je vais devoir retourner à l'hôpital. Laurence aura bien assez à faire avec le bébé, je ne veux pas qu'elle ait en plus la charge d'un grand malade.

Ralph continuait de le dévisager d'un air grave.

— Il y a forcément quelque chose à tenter, quelqu'un à voir ?

— Ah, tu as bien fait de venir, je n'y aurais pas pensé sans toi ! ricana Robin. Au début, crois-moi, je me suis démené, j'ai consulté partout. À présent, je suis fatigué, dégoûté, à peu près résigné.

— Tu dois te battre !

— Ce sont les gens bien portants qui disent ça. En réalité, le combat est trop inégal. Quand le crabe décide de se balader un peu partout, personne ne peut l'arrêter.

Sa voix était si rauque qu'elle devenait presque inaudible. Pris de vertige, il se cramponna au comptoir.

— Je ne suis pas sûr que Guillaume soit ravi de te trouver ici, chuchota-t-il dans un dernier effort.

Penché au-dessus de lui, le visage de Ralph devint flou, puis tout s'obscurcit.

**

Johanna avait fini par repérer Guillaume parmi les nombreuses personnes qui s'activaient dans les vignes. Il ne portait ni seau ni hotte mais allait de l'un à l'autre, montant et descendant le coteau. Après avoir longuement hésité, elle s'approcha pour venir à sa rencontre, affichant son plus chaleureux sourire. À l'instant où il la vit, il marqua un temps d'arrêt, puis il fit les quelques pas qui les séparaient.

— Je suppose qu'il ne s'agit pas d'un hasard ? lui lança-t-il d'un ton froid.

— Bonjour…, bredouilla-t-elle.

Elle était allée vers lui de manière impulsive mais n'avait rien préparé et ne savait absolument pas quoi lui dire. Comme il se contentait de la toiser, elle enchaîna :

— Ralph voulait te voir.

— Moi ? Je pensais être la dernière personne qu'il ait envie de voir.

Il ironisait, détaché, lui faisant sentir son impatience de repartir vers les vendangeurs.

— Guillaume, attends.

Elle voulut lui poser la main sur le bras mais il se déroba.

— Quel plan êtes-vous en train de monter, tous les deux ? Tu n'as rien à faire ici, et lui non plus.

— Il veut se réconcilier avec toi !

— Vraiment ? Eh bien, j'attendrai ses explications. D'ailleurs, où est-il ?

— Je l'ai déposé chez ton frère.

— Ah…

Elle le vit s'assombrir, se détourner.

— Robin est très malade, annonça-t-il sans la regarder. Vous n'auriez pas dû débarquer sans prévenir.

Son profil régulier se découpait sur les rangs de vignes derrière lui, et elle le trouva très beau, très séduisant.

— Retournez d'où vous venez, dit-il en reportant son attention sur elle.

Elle l'avait aimé, elle l'aimait encore, et elle se sentait affreusement mal à l'aise. Comment avait-elle pu être assez folle pour le trahir ? Qu'avait-elle espéré ? Qu'il serait suffisamment jaloux et malheureux pour enfin lui consacrer tout son temps ? Il n'était pas le genre d'homme qu'on fait marcher, qu'on rend fou.

— Va chercher Ralph et allez-vous-en, répéta-t-il avec un geste vers la voiture qu'elle avait laissée sur le bas-côté.

— Laisse-lui une chance. Parle-lui, même pour l'injurier.

— Lui et moi, on s'est déjà tout dit. Toi et moi aussi.

Cette fois, il s'éloigna à grandes enjambées, la laissant dépitée.

✲✲

Laurence regardait son bébé avec émerveillement, pourtant elle continuait à pleurer. Jamais elle n'aurait pu imaginer que cette naissance tant souhaitée la rendrait aussi triste. Mais elle était seule, Robin ne lui tenait pas la main et ne s'extasiait pas avec elle. Quelques mois auparavant, quand elle avait su qu'elle était enceinte, ils avaient fait la fête tous les deux, ivres de joie et d'amour. Et puis les résultats de la biopsie étaient tombés, la maladie avait fondu sur eux. Toute la grossesse de Laurence avait été placée sous le signe de la menace, même si elle avait réussi à tenir la peur à distance. À présent, Violette était là, minuscule petit être sans défense, et Laurence paniquait.

Guillaume avait été parfait, acceptant de rester à côté d'elle, et elle s'était accrochée à sa main jusqu'au bout, jusqu'au premier cri du nouveau-né à qui elle avait tendu les bras. Sans doute s'était-il senti peu à sa place dans cette salle d'accouchement, obligé de tenir le rôle de son jumeau absent, mais il l'avait fait de bonne grâce, comprenant qu'il ne pouvait pas la laisser. Elle n'avait plus ses parents, elle était fille unique, sa seule famille était Robin. Pour combien de temps ? Elle ne voulait pas y penser, ou bien elle deviendrait folle.

Elle tourna la tête vers l'énorme ours en peluche qu'on venait de lui apporter. La carte portait le prénom de Robin, mais l'écriture était celle de Guillaume. Il avait trouvé le temps de faire ça aussi, et à présent il devait être dans les vignes, essayant de masquer son

53

inexpérience. Par chance, elle avait pu choisir ses journaliers l'avant-veille, et à trois exceptions près elle les connaissait pour les avoir employés les années précédentes. Tout irait bien, elle voulait s'en persuader. D'ailleurs, elle ne tarderait pas à rentrer chez elle, à reprendre les choses en main. Cueillir les grappes n'était que la première étape, l'aboutissement de neuf mois de labeur depuis la taille, mais ensuite commencerait le travail du chai. Ôter la plupart des tiges avant l'écrasement du raisin pour éviter un trop fort taux de tanin, fouler puis refroidir, pomper vers les cuves de fermentation, séparer le vin de goutte et le vin de presse, transférer en tonneaux de chêne jusqu'à la maturation… Grâce à son expérience dans des caves prestigieuses, Robin était devenu un expert pour toutes ces opérations, mais il serait cette année incapable de donner le moindre coup de main. Laurence ne pourrait compter que sur elle-même, or la petite Violette allait la distraire de sa tâche. Entre un nouveau-né et un grand malade, avec pour unique secours un beau-frère qui n'y connaissait rien malgré toute sa bonne volonté, elle se demandait comment elle allait s'en tirer.

Une infirmière entra dans sa chambre et s'écria depuis le seuil :

— Oh là là, que se passe-t-il ici ? C'est la déprime ? Le baby-blues ? Il ne faut pas pleurer, votre bébé a besoin de sourires !

Elle s'approcha, tendit une boîte de mouchoirs à Laurence.

— Ne vous inquiétez pas, ça arrive à plein de nouvelles mamans. Je vous apporte le médicament pour stopper la montée de lait. Vous ne voulez vraiment pas allaiter ?

— Non ! Si vous saviez ce qui m'attend chez moi…

— Vous n'avez pas à vous justifier si c'est votre choix. Je ne devrais pas le dire mais chaque femme a le droit de faire à son idée. Donner le sein à contrecœur n'est pas la meilleure solution, à mon avis. Mais je suis la seule à le penser dans cette maternité !

Son rire insouciant arracha un sourire à Laurence, qui avoua spontanément :

— Mon mari a un cancer.

— Oh, ma pauvre ! Votre mari ? Il a pourtant l'air en pleine santé.

— L'homme que vous avez vu est mon beau-frère.

L'infirmière fronça les sourcils, craignant de ne pas comprendre.

— Ils sont jumeaux et ils s'adorent. D'ailleurs, Guillaume sera le parrain de Violette.

— Elle en a, de la chance ! Parce qu'il n'est pas mal du tout, votre beau-frère… Bon, avalez ces comprimés, je vais vous chercher un biberon. Je resterai avec vous pour voir si vous vous y prenez bien et on pourra bavarder pendant ce temps-là. Mais plus de larmes, hein ?

Elle quitta la chambre d'un pas énergique et Laurence se laissa aller contre ses oreillers, serrant le bébé sur son cœur. Plus de larmes, oui, le désespoir ne servait à rien. Tant que Robin aurait un souffle de vie, elle continuerait à croire au miracle. Rémission inattendue, guérison inexplicable, il existait des exemples et elle s'y accrocherait.

Le bébé émit un léger bruit de succion, ouvrit les doigts puis les yeux. Son regard clair semblait du même bleu acier cerclé de noir que celui de son père.

— Violette, chuchota-t-elle d'une voix très douce. Ma petite fille…

L'infirmière avait raison, comme tous les nouveau-nés Violette avait besoin de sourires.

*

Paniqué, Ralph avait retenu Robin dans sa chute, puis s'était débrouillé pour l'allonger sur le sol. Saisissant son portable, il avait appelé en vain celui de son père avant de se souvenir que celui-ci ne répondait pas à ses appels. Il avait alors joint le SAMU, puis changé de téléphone en utilisant la ligne fixe de la maison. Cette fois, Guillaume avait pris la communication et annoncé qu'il arrivait sur-le-champ. En dernier lieu, Ralph avait prévenu Johanna.

Il était agenouillé près de Robin quand Guillaume arriva, essoufflé d'avoir couru comme un fou depuis les vignes.

— Bon sang, Ralph, qu'est-ce qui s'est passé ?

— Je ne sais pas ! On parlait, je lui avais fait du thé…

Guillaume l'écarta sans ménagement et prit le pouls de son frère. Puis il le fit basculer sur le côté, en position de sécurité au cas où il vomirait.

— Combien de temps, le SAMU ?

— Ils m'ont dit qu'ils arrivaient.

— Ils l'aideront sûrement à surmonter son malaise, mais je pense qu'il faudra le transporter à Dijon, au centre anti-cancéreux où il est soigné.

— Son état est effrayant, chuchota Ralph.

Choqué, bouleversé, il était livide. Guillaume lui jeta un regard puis se releva.

— Johanna t'attend, dit-il avec un geste vers la porte.

Le prénom de la jeune femme mit une distance entre eux et acheva de déstabiliser Ralph, qui bredouilla :

— Je reste.

— Non, je n'ai pas besoin de toi. Si tu veux voir ton oncle, il sera au centre Georges-François-Leclerc.

— J'aime beaucoup Robin, tu le sais, et aussi Laurence, je…

— Tu ne leur as pas donné de nouvelles depuis des mois ! C'est ta façon d'aimer les gens ? En réalité, tu avais peur de te faire engueuler, or tu n'es pas très courageux. Allez, sauve-toi.

— Je reste, redit Ralph plus fermement. Tu ne peux pas être tout seul au milieu de ce chaos.

La réflexion sur son manque de courage l'avait humilié, touchant un point sensible. Certes, il s'était montré lâche en s'abritant derrière un juge pour réclamer une pension, mais pouvait-il demander de l'argent à son père après avoir couché avec Johanna ? La procédure lui évitant l'affrontement, il n'avait pas hésité.

— Je me suis mal comporté, admettons… Mais là, on est dans une urgence familiale, tu ne pourrais pas passer l'éponge ?

Sa voix sonnait faux, il s'aperçut que son père lui faisait peur. Si, adolescent, il l'avait défié avec désinvolture et parfois obstination, en se plaçant sur le terrain de la rivalité masculine il s'en était fait un ennemi.

L'arrivée de l'ambulance du SAMU les interrompit. Guillaume s'entretint aussitôt avec le médecin sans que Ralph puisse entendre ce qu'ils disaient. Il sortit sur la terrasse, hésita puis rejoignit Johanna qui s'était garée dans la rue. En quelques mots, il lui résuma la situation et lui demanda son avis.

— Si ton père ne veut pas de toi pour l'instant, n'insiste pas. On va rentrer à notre hôtel et on avisera.

Navré de ne pas pouvoir se rendre utile alors qu'il s'était accroché à cette idée, Ralph finit par monter en voiture avec elle.

— Tout de même, maugréa-t-il, c'est le moment ou jamais pour se réconcilier.

Jusqu'ici, c'était Johanna qui l'avait poussé à faire la paix, mais à présent il la désirait vraiment. Son affection pour Robin n'était pas feinte, le voir perdre connaissance l'avait traumatisé. Depuis toujours, il trouvait son oncle moins intransigeant que son père et il s'était bien entendu avec lui durant des années. Au moment de « l'affaire Johanna », Robin avait pris ses distances mais Ralph ne lui en avait pas tenu rigueur.

— Si tu dois retourner à Paris demain, je me trouverai un petit hôtel pas cher pour rester dans le coin.

Johanna haussa les épaules et lui fit remarquer que sans voiture il n'irait nulle part.

— Je peux en louer une. Avec Laurence qui a accouché à Chalon, Robin hospitalisé à Dijon et les vendanges en cours, papa sera forcément obligé d'accepter un coup de main.

— Ne l'oblige à rien, crois-moi.

— Je sais que tu le connais bien, répliqua-t-il d'un ton acide, mais moins que moi !

Elle lui lança un regard qui lui donna envie de rentrer sous terre. La dernière chose qu'il souhaitait était une dispute, aussi préféra-t-il avouer piteusement :

— Ça m'a rendu malade de voir Robin tourner de l'œil. J'ai cru qu'il allait mourir là, par terre. Et même quand il me parlait, il avait l'air…

— Allons déjeuner, tu te sentiras mieux après, décida-t-elle en démarrant.

Ralph fut blessé par son ironie. Jamais il n'aurait cru posséder le sens de la famille, pourtant il n'envisageait pas de s'en aller. Contre l'avis de son père et, bien plus étonnant, contre l'avis de Johanna, il allait trouver le moyen de rester.

*
**

— Vous devez être Guillaume ? Quand on connaît Robin, on ne peut pas se tromper, vous avez le même regard ! Je m'appelle Marc Lessage, je suis viticulteur trois coteaux plus loin.

L'homme qui lui tendait la main avait un sourire franc et la carrure d'un boxeur.

— Laurence m'a téléphoné ce matin pour m'apprendre la bonne nouvelle de la naissance, et surtout pour me parler de vous.

Il observa quelques instants les journaliers qui s'activaient le long des rangées de vigne puis se tourna de nouveau vers Guillaume.

— Vous êtes architecte, paraît-il ? On adore tous la maison de Laurence et Robin, vous l'avez bien réussie alors qu'on avait très peur pendant la construction ! On est plutôt traditionnels par ici… Mais enfin, à chacun son métier et les vaches seront bien gardées, comme on dit. Bon, je vous donne un coup de main vite fait parce que ça vendange aussi chez moi. Alors, le premier truc, vous voyez votre porteur, celui qui a un tee-shirt jaune ?

Mettez-le plutôt à la cueillette, sinon il ne finira pas la journée.

— C'est lui qui l'a demandé.

— Bien sûr ! Se promener de l'un à l'autre est plus amusant que rester plié en deux, et ça permet même de draguer les filles. Mais porter la hotte n'est pas un truc de mauviette, c'est très physique, ce soir il aura charrié deux ou trois tonnes. Deuxième chose, allez surveiller de près les coupeurs en leur rappelant de prendre la grappe par le bas et de ne pas mettre de feuilles dans le seau.

D'un grand geste du bras, il désigna les journaliers dispersés un peu partout et ajouta :

— L'équipe doit avancer en ligne, chaque coupeur menant une rangée. Va falloir réorganiser votre corps de ballet !

Il éclata d'un rire tonitruant puis tapota gentiment l'épaule de Guillaume.

— Après ça, allez voir le type qui conduit la remorque et dites-lui de ne pas traîner, il doit transporter le raisin le plus vite possible à la cave pour éviter un début de fermentation non contrôlée.

Guillaume écoutait ces conseils avec attention, acceptant la leçon sans discuter.

— Je pourrais leur parler moi-même, ajouta Marc, mais c'est à vous qu'ils ont affaire et il faut qu'ils vous respectent.

— Je vais essayer.

— De toute façon, ce ne sont pas des professionnels, ils ne vous jugeront pas. Et puis c'est vous qui payez !

— Franchement, je ne me souvenais pas d'un travail aussi précis. Il m'est arrivé de venir de Paris pour les vendanges et ça me semblait moins…

Marc l'interrompit d'un nouveau rire.

— Oui, on fait tous ça avec la famille et les copains, on les laisse s'amuser une journée ! Après, on passe aux choses sérieuses. Là, vous êtes en plein dedans. Écoutez, vous allez faire de votre mieux et je repasserai demain vers la même heure voir si tout va bien.

— C'est très gentil, merci.

— Je trouve normal de ne pas laisser tomber Laurence. Au fait, elle m'a appris, pour Robin.

Redevenu sérieux, il dévisagea Guillaume.

— Il n'avait parlé de sa maladie à personne. Dommage, on se serait organisés. Il existe une vraie solidarité entre viticulteurs, il le sait et il aurait dû en profiter. Je suis désolé pour vous.

Il soupira, secoua la tête puis regarda sa montre.

— Bon, je file. Besoin de rien d'autre ?

— Ça va aller.

Marc le scruta encore une seconde avant de laisser tomber :

— Vous êtes des orgueilleux dans la famille, hein ? En principe, ça aide…

Il tourna les talons et descendit vers le vélo qu'il avait abandonné au pied du coteau. Amusé, Guillaume le suivit du regard. Son intervention était évidemment bienvenue, autant que sa promesse de repasser. Depuis la maternité, Laurence avait donc pensé à l'appeler à la rescousse, sans doute inquiète pour sa récolte. Inquiète pour tant de choses, hélas ! La veille, Guillaume était arrivé trop tard pour l'heure des visites, mais les infirmières, compatissantes, lui avaient permis de rester un moment avec sa belle-sœur. Obligé de lui apprendre l'hospitalisation de Robin, il avait minimisé son malaise. Apparemment, les médecins étaient décidés à le garder plusieurs jours, et Guillaume avait pris rendez-vous avec le chef du service pour le surlendemain.

Il repartit vers ses journaliers et remit de l'ordre dans les rangs avant de changer le porteur de hotte. Ne pas avoir une minute à lui était la meilleure façon de tenir le coup, s'il s'arrêtait pour réfléchir il serait forcément gagné par la panique. Machinalement, il cueillit un grain de raisin et le croqua, mais il regretta aussitôt son geste. Est-ce que les *vrais* viticulteurs font ça ? La fin de la matinée approchait, il commençait à faire chaud. Devait-il donner le signal de la pause ? Il se sentait maladroit et impuissant, pas du tout à sa place, ce qu'il détestait. Plus grave encore, il s'était écroulé tout habillé sur son lit en rentrant de Chalon et avait dormi sept heures d'une traite au lieu de travailler sur son ordinateur. Dans son agence de Versailles, ses collaborateurs devaient penser qu'il était devenu fou pour ne pas donner de nouvelles. Mais il avait un ordre de priorités, son frère d'abord, la vendange des terres de Laurence, sa nièce nouveau-née qui avait besoin de sa mère, et François qui menaçait de tout plaquer à la ferme. Le gros contrat qu'il tentait de décrocher avec la ville de Paris risquait de lui passer sous le nez, mais que faire ? Il était seul à la barre d'un navire chahuté et n'avait pas de matelot avec lui. Sauf s'il acceptait l'aide proposée par Ralph.

Il fit signe au chef d'équipe d'arrêter le travail. Il était assoiffé, affamé, et il se dépêcha de rentrer. Robin et Laurence avaient la chance d'avoir pu construire la maison à proximité de leurs vignes, et les caves se trouvaient à cent mètres de là, dans les anciens bâtiments où la famille de Laurence avait exercé une activité viticole pendant plus d'un siècle.

Avant de se confectionner un sandwich géant, il appela l'hôpital pour avoir des nouvelles de son frère. À sa grande surprise on put le lui passer et il échangea quelques mots avec lui, réitérant sa promesse de veiller sur Laurence et sur le bébé. Comme toujours, Robin refusa de s'apitoyer sur lui-même, éludant les questions qui se rapportaient à son état, mais sa voix n'était pas trop faible.

Tout en mangeant, debout devant le comptoir, Guillaume songea de nouveau à Ralph. S'il voulait absolument se rendre utile, il pouvait aller tenir compagnie à son oncle, quitte à s'asseoir sur une chaise et à se taire. Au moins, Robin ne serait pas seul.

« Ralph aura le meilleur rôle. C'est ce que je voudrais par-dessus tout en ce moment, être avec mon frère et lui parler, le soûler de paroles jusqu'à ce qu'il oublie que la mort est en train de le rattraper. »

L'appétit coupé, il regarda son sandwich entamé et le reposa sur l'assiette. Il vivait un cauchemar, tout était irréel. Tirant son portable de sa poche, il sélectionna le numéro de son fils. Il ne l'avait pas appelé depuis des mois, l'avait mis en dehors de sa vie comme une brebis galeuse. Ses sentiments paternels n'étaient pas éteints mais Ralph s'était posé en rival, puis en victime devant un juge aux affaires familiales, et tant que ce conflit ne serait pas réglé ils ne pourraient pas reprendre une relation normale. L'éloignement apaisait les choses, Guillaume en était persuadé, mais puisque son fils était venu le relancer ici…

— Tu es toujours en Bourgogne ? demanda-t-il en guise de préambule.

— Je t'ai dit que je ne bougerais pas.

— Jusqu'à quand ?

— Le temps qu'il faudra.

— Alors, va donc voir Robin au centre Georges-François-Leclerc. Les visites sont autorisées et il s'ennuie. Moi, je ne peux pas bouger pour l'instant.

— Entendu. Il n'a besoin de rien ?

— D'affection, c'est tout. Tu sauras ?

— Avec lui, pas de problème.

— Je ne t'en demande pas plus.

Guillaume raccrocha, agacé, pourtant il finit par ébaucher un sourire. Son fils serait-il aussi têtu que lui ? Si c'était le cas, qu'il s'en serve donc pour ses études ! Quant à son aventure avec Johanna, elle n'avait aucun avenir mais il le découvrirait lui-même d'ici peu. Connaissant la jeune femme, elle ne se contenterait pas longtemps d'un garçon si jeune et sans expérience de la vie. Elle était plutôt en quête du père sous ses airs affranchis, à la recherche d'un homme solide pour fonder une famille. Parfois, Guillaume se demandait ce qui serait arrivé sans l'irruption de Ralph dans leur liaison. Aurait-elle duré, se serait-elle transformée en véritable histoire d'amour ? Il ne voulait plus le savoir, il avait tiré un trait.

Son attention fut attirée par un changement de lumière dans la cuisine. Cinq minutes plus tôt elle se trouvait envahie de soleil, et à présent il faisait sombre. Le ciel était devenu noir, menaçant, sans doute la chaleur avait-elle apporté l'orage.

— Ah non !

Il imagina l'effet dévastateur d'une grosse averse sur le raisin mûr. Reprenant son portable, il demanda aux renseignements le numéro de Marc Lessage.

❖❖

Vexée par l'attitude de Guillaume, Johanna se sentait d'humeur morose. Elle devait bien s'avouer qu'elle avait espéré quelque chose, sans savoir exactement quoi, mais pas cet accueil froid, presque méprisant. Elle aurait préféré le voir en colère, comme le jour où il avait rompu. L'avait-il tout à fait oubliée ? Pourtant aucun homme ne pouvait la regarder avec indifférence, elle était habituée à l'admiration et au désir.

— J'ai trouvé un petit hôtel très abordable, annonça Ralph.

Il arpentait la chambre, le téléphone collé à l'oreille, organisant son séjour tandis qu'elle faisait ses bagages. Elle plia la ravissante robe légère qu'elle portait le matin même, et à laquelle Guillaume n'avait même pas jeté un coup d'œil. Ni au décolleté flatteur, ni à ses longues jambes bronzées. Et il ne l'avait pas suffisamment approchée pour sentir ce parfum qu'il adorait et qu'elle avait mis exprès.

— Oui, une Twingo m'ira très bien, je viendrai la prendre d'ici une demi-heure.

L'air satisfait, Ralph lâcha enfin son téléphone et se tourna vers elle.

— Tout est réglé ! J'ai les horaires de visites du centre anticancéreux, j'ai ma piaule, et j'ai loué la voiture la moins chère. J'espère seulement que ma carte bancaire passera… Je vais appeler la banque pour qu'ils m'accordent un petit découvert.

Était-il en train de lui demander de l'argent ? Elle soupira, tendit la main vers son sac mais suspendit son geste. Après tout, Guillaume lui avait téléphoné une heure plus tôt, ils étaient sur le chemin de la

heure plus tôt, ils étaient sur le chemin de la

réconciliation et ils allaient se voir toute la semaine alors qu'elle serait à Paris.

— Je descends payer la note, annonça-t-elle.

Aussitôt, elle se sentit mesquine. C'était elle qui avait traîné Ralph en Bourgogne, elle qui avait réuni le père et le fils. Pour être la seule à en profiter ? Pour se faire regretter par un homme qu'elle rêvait de reconquérir ? Quelle idiotie !

— Je te dépose chez ton loueur de voitures, si tu veux. Combien de temps penses-tu rester ?

— Aucune idée. Sûrement quelques jours, tout dépendra de Robin.

Il l'enlaça, soudain câlin, la serrant contre lui.

— Tu vas me manquer…

Un peu plus grand qu'elle, il avait la stature athlétique de son père. Mais pas ses yeux, pas son sourire indéchiffrable, pas son assurance. Il n'était qu'un tout jeune homme, un charmant amoureux transi qui ne la faisait pas vibrer. Fallait-il qu'elle se sente seule pour l'avoir toléré plus d'une nuit !

— Je t'appellerai, promit-elle. J'ai plein de boulot, cette semaine.

Encore et toujours des séances de photos, des heures à se faire coiffer et maquiller, des obligations mondaines.

« Et dans dix ans à peine je serai finie, bonne à poser pour la crème des peaux matures si on veut bien de moi. »

Ce genre de pensée l'accablait de plus en plus souvent. À quoi allait donc ressembler son avenir ? Même si elle réussissait à se mettre à l'abri du besoin, l'essentiel risquait de lui manquer. Une vie de femme épanouie, des enfants, vieillir en paix dans un bonheur serein.

— Tu as l'air triste, Johanna. Ça t'ennuie que je reste ?

Elle faillit rire de sa naïveté mais se trouva peu charitable.

— Non, pas du tout. Tu en profiteras pour avoir une vraie explication avec ton père, après tout nous sommes venus pour ça !

Se dégageant de son étreinte, elle empoigna sa valise et quitta la chambre.

**

— Tu fais tes cartons ? s'exclama Guillaume. Je te rappelle que tu m'avais promis d'attendre. Je n'ai pas eu une minute à moi, je ne peux pas m'occuper de ton problème pour l'instant.

— C'est toi qui as un problème, pas moi, maugréa François. J'emballe mes affaires, mais je ne suis pas encore parti.

— Tu as cherché quelqu'un ?

— Tu aurais été le premier au courant si j'y étais arrivé. Les vaches n'intéressent plus personne, je te l'avais dit.

— Bon sang, François ! Robin est à l'hôpital, Laurence a eu une petite fille, je me suis tapé une averse de grêle sur la vendange en cours…

De rage, il donna un coup de pied dans un carton plein de casseroles puis se laissa tomber sur le banc.

— Accorde-moi deux ou trois semaines. Je vais passer une annonce, je crois qu'il faut vendre.

— Ton père se retournera dans sa tombe.

— Seulement les bêtes et les terres.

— Tu veux garder la ferme pour la laisser s'écrouler lentement ? Ta vie est à Paris, tu l'as assez dit quand tu étais jeune. Trouve donc un vrai successeur, l'exploitation est valable, et rappelle-toi qu'on ne peut jamais avoir le beurre et l'argent du beurre.

Le regard que François dardait sur lui était dénué de sympathie. Aurait-il discuté plus gentiment avec Robin ? Reprochait-il à Guillaume d'avoir quitté la région sans regret et d'être devenu un étranger ?

— Je t'ai fait quelque chose, François ?

— Ne cherche pas midi à quatorze heures. J'en ai marre, je suis vieux, c'est tout. Maintenant, si tu veux le savoir, je te trouve une mentalité de citadin. Tu parles, tu parles, tu cherches à m'endormir pour gagner du temps mais tu n'as rien fait de ton côté.

— Quand ? Je ne peux pas être partout ! Et j'ai laissé mes affaires de « citadin » en plan pour venir m'occuper de trucs auxquels je ne comprends rien !

Dressés l'un contre l'autre, ils se toisaient comme deux coqs en colère.

— Ce qui arrive à ton frère me donne à réfléchir, articula François. Cette saloperie de cancer peut s'abattre sur n'importe qui. Je ne sais pas combien de temps il me reste à vivre mais je tiens à en profiter. Je veux habiter ma maison et cultiver mes fleurs avant de mourir, tu comprends ça ? Les saillies, les naissances, les veaux sous leurs mères, assez mignons pour qu'on leur donne un petit nom gentil avant de les manger, j'en ai assez. Avec l'âge, on devient sensible. Quand j'ai repris après ton père, c'était provisoire, je vous avais prévenus, seulement vous aviez toujours mieux à faire, Robin avec ses vignes, et toi avec Dieu seul sait quoi !

Ici, je me sens seul au monde et loin de tout, il y a des jours où je ne vois personne à part le facteur, et tu crois que je vais rester parce que ça t'arrange ?

— Eh bien, va-t'en, va faire pousser tes bégonias ! explosa Guillaume.

Il sortit en claquant la porte et traversa la cour, ivre de rage. Il perdait son temps avec cette tête de mule de François alors qu'il aurait voulu être au chevet de Robin. Heureusement, il y avait Ralph, si amer et paradoxal que ce soit.

Une fois dans sa voiture, les deux mains sur le volant il se contraignit à retrouver son calme. La colère servait peut-être d'exutoire mais n'arrangeait rien. François était un vieil homme fatigué, usé par toute une existence de travail et sclérosé par la solitude. Ses habitudes, comme ses jugements, dataient d'une autre époque. Sans doute y avait-il des fermiers plus jeunes que lui dans la région, qui géraient leurs exploitations autrement et qui savaient se servir d'Internet.

« Je vais mettre une annonce en ligne. Je peux aussi contacter les deux notaires du coin. Tous les agriculteurs prennent conseil chez leur notaire… Je pourrai sûrement vendre vite la plus grande partie des terres et tout le troupeau. On aurait dû s'en soucier avant, François n'a pas tort. Parce que maintenant je vais être obligé de demander une procuration à Robin. »

Il s'engagea prudemment sur le chemin de terre que l'averse du matin avait détrempé. Un rayon de soleil commençait à percer les nuages, il devait remettre ses équipes au travail. Au téléphone, Marc Lessage lui avait dit de laisser passer l'orage sans trop s'inquiéter, mais l'inquiétude faisait partie de chaque heure de ses journées depuis qu'il était arrivé en Bourgogne.

Son téléphone se mit à sonner, affichant le numéro de son agence, et lorsqu'il voulut se ranger sur le bas-côté pour répondre, il s'embourba.

✻✻

Au lieu de remonter vers Paris, Johanna avait mis cap au sud, direction Chalon. Avant d'abandonner la partie, elle pensait avoir une dernière carte à jouer en rendant visite à Laurence. Du temps de sa liaison avec Guillaume, elle avait toujours été gentiment reçue par Robin et Laurence. Aller féliciter cette dernière pour la naissance de sa fille ne semblait pas trop incongru, du moins elle l'espérait.

En entrant dans la chambre, elle comprit à l'expression de Laurence qu'elle n'était pas la bienvenue, mais elle afficha son plus beau sourire.

— Je ne pouvais pas m'en aller sans avoir vu ta merveille ! Oh, quel joli bébé… Et toi, comment vas-tu ? Pas trop épuisée ? Je t'ai apporté un petit cadeau de naissance, une bêtise achetée en vitesse.

Elle s'était arrêtée en double file devant une boutique du centre et avait choisi une gigoteuse rose bonbon. Évitant de regarder Laurence, elle se pencha au-dessus du berceau.

— Tu as trop de chance…

La phrase était sincère cette fois, venue du fond du cœur. Mais elle n'avait pensé qu'au bébé et Laurence eut un petit rire sans joie.

— Je ne suis pas sûre d'avoir de la chance, en ce moment.

Aussitôt, Johanna se redressa et vint vers elle, les mains tendues.

— Pardon, je sais ce qui arrive à Robin, je suis désolée pour vous deux. Mais votre fille est superbe, vraiment.

Elle passa de l'autre côté du lit, tira une chaise et s'assit sans y être invitée.

— Ma visite te surprend, j'imagine ? J'ai accompagné Ralph jusqu'à votre porte parce que je voulais absolument qu'il puisse se réconcilier avec Guillaume. Nous étions loin de nous douter de tous ces… événements. Si je peux faire quoi que ce soit, n'hésite pas.

— Non, je te remercie, répondit froidement Laurence.

— Quand dois-tu sortir ?

— Demain. Je n'ai plus qu'une journée de repos et j'en profite.

À moitié allongée, elle n'avait pas l'air décidée à faire le moindre effort d'amabilité.

— Si tu préfères que je m'en aille, dis-le-moi franchement. Mais avant, laisse-moi m'expliquer. Je suppose que tu me juges mal ? Oui, j'ai fait une énorme bêtise en cédant à Ralph et je m'en mords les doigts ! Il était tellement insistant, tellement charmeur… Et j'en avais assez de l'indifférence de Guillaume !

— De l'*indifférence* ? Il m'a paru très affecté par tout ça.

— Il me faisait attendre des soirées entières pour rien, il se décommandait à la dernière minute, il était obnubilé par son boulot et je me morfondais toute seule. Je lui en voulais et je ne savais pas comment faire pour qu'il cesse de m'ignorer. Sous prétexte de notre différence d'âge, il ne m'a jamais dit un seul mot d'amour, tu te rends compte ? Moi, j'étais folle de lui, et je crois que je le suis toujours.

Laurence la regarda enfin, sans la moindre indulgence.

— Dommage pour toi. Tu as fait le pire des choix, c'était d'une perversité inouïe. Je pense que tu te trompes sur les sentiments que Guillaume éprouvait. Ta jeunesse le rendait prudent, et tu vois comme il a eu raison ! Le tromper pour le faire réagir, c'était vraiment imbécile, mais avec son fils… Tu as envenimé leurs rapports déjà difficiles, tu as été leur mauvais génie. Et, si je comprends bien, tu n'en as rien à faire de Ralph. Il aura du mal à s'en remettre, ce n'est qu'un gamin.

— Je ne lui ai rien promis !

— Encore heureux. Je ne sais pas comment vous pouvez dormir tranquilles tous les deux. Je ne sais pas non plus pourquoi tu es là. Nous ne sommes pas des *amies*, Johanna. Je ne suis pas l'amie de n'importe qui.

— Oh, écoute…

— Non, toi, écoute-moi. Même si je pensais que Guillaume avait tort de sortir avec une femme aussi jeune, j'avais de la sympathie pour toi. À ta façon de le regarder, j'étais certaine que tu l'aimais et je me réjouissais pour lui. Tu es belle, tu le sais, tout le monde te le dit, mais je l'ai toujours vu avec de très belles femmes, et finalement vous n'étiez pas mal assortis. Quand il nous a appris ce que tu avais fait, je suis tombée des nues. Pourquoi ne l'as-tu pas simplement quitté, si tu ne supportais pas son attitude ? Pourquoi jeter ton dévolu sur son fils ? Tu as l'air de penser que ce n'est pas grave alors que c'est monstrueux ! Et tu te pointes ici dans l'espoir de quoi ? J'ai besoin de tranquillité, j'ai de vrais soucis et tu es trop futile pour moi.

Elle s'était levée en parlant, approchée du berceau, et elle prit délicatement son bébé dans ses bras avant de tourner le dos à Johanna.

— Reprends ton truc, ajouta-t-elle avec un geste vers la gigoteuse rose, je n'en veux pas.

— J'étais venue pour m'excuser, pour demander pardon, et toi…

— Tu t'es trompée d'endroit.

Vaincue, Johanna haussa les épaules. Pour sortir, elle était obligée de passer près de Laurence et elle constata que le bébé dormait toujours. Sa mère ne l'avait sorti du berceau que pour mettre un terme à leur discussion. La petite Violette avait-elle les mêmes yeux que son père, que Guillaume ?

— Dis à Robin que je pense fort à lui. Il guérira, tu verras !

Elle franchit la porte avant que Laurence puisse répondre, laissant son cadeau où il était. Même si elle avait perdu cette manche, elle ne désespérait pas. Habituée à lutter pour gagner, les défis ne l'effrayaient pas. Au contraire, ils la stimulaient.

**

Le regard rivé à l'écran de son ordinateur, Guillaume déplaça légèrement l'une des lignes de la maquette en trois dimensions. Il était presque quatre heures du matin, et jusque-là il avait bien travaillé dans le silence de la nuit. À présent, il commençait à sentir la fatigue, la nuque douloureuse et l'estomac barbouillé à force de boire du café. Ses collaborateurs avaient avancé sans lui mais le projet pouvait encore être amélioré. La présentation aurait lieu dans une semaine exactement, et tout devait prendre sa place de manière irréprochable. Un bâtiment de cette envergure était soumis à un terrible cahier des charges et Guillaume tenait à vérifier chaque élément dans le moindre détail. Les dessins d'origine avaient été modifiés à maintes reprises, mais heureusement il restait l'esprit, l'élégance et le savoir-faire que Guillaume exigeait pour chacun des plans qu'il signait. Il connaissait les deux autres cabinets d'architectes avec lesquels il serait en compétition, et la lutte allait être serrée. Pour tout ce qui concernait la capitale, les marchés se disputaient âprement.

Il s'étira, jeta un regard vers la fenêtre obscure. L'aube était loin, il pouvait prendre un peu de repos, il ne ferait plus rien de bon. Mais s'acharner sur la maquette lui avait permis d'occulter pendant quelques heures son entretien avec le cancérologue de Dijon. Malgré l'état alarmant de Robin, tout espoir ne semblait pas perdu. Les derniers résultats étaient plutôt moins mauvais, la chimiothérapie commençait à produire quelques effets. Il fallait maintenir ce traitement lourd d'effets secondaires et attendre. Seul problème : Robin voulait rentrer chez lui. Il l'exigeait, prêt à signer n'importe quelle décharge, et Guillaume n'avait pas réussi à le convaincre de patienter. Contempler sa fille qu'il ne connaissait pas, embrasser sa femme, voir son raisin dans ses cuves était son obsession, il n'en démordait pas. Les deux frères étaient restés main dans la main un long moment, chacun se rendant compte qu'il demandait l'impossible à l'autre. « Reste à l'hôpital », suppliait Guillaume, « Ramène-moi à la maison », implorait Robin. Finalement, ils avaient transigé à quarante-huit heures. Le temps que Laurence quitte la maternité et soit au moins là pour l'accueillir.

Serrant ses tempes entre ses mains pour chasser le mal de tête, Guillaume resta prostré quelques instants. Jusqu'ici, il s'était senti de taille à tout gérer, mais il était en train de perdre pied. Il éteignit l'ordinateur, prit une feuille vierge et nota tout ce qu'il avait à faire. Sa voiture, sortie de l'ornière par le tracteur de François, était couverte de boue jusqu'aux vitres tant il s'était énervé. Il faudrait la nettoyer au karcher, mais en attendant il pouvait prendre le pick-up de Robin, plus adapté. Laurence lui avait dicté par téléphone une liste de courses afin de trouver le réfrigérateur plein à son retour. Il s'en débarrasserait avant d'aller la chercher à la maternité. Mais il devait aussi surveiller les vendangeurs. Et si Robin s'entêtait à rentrer, trouver une infirmière à domicile deviendrait une priorité. Sans oublier de téléphoner aux notaires du coin et de passer une annonce.

Il se leva, quitta le petit bureau et traversa le palier. La nursery, mitoyenne de la chambre que Robin et Laurence n'occupaient plus, contenait toutes les affaires destinées aux premiers mois du bébé. Poussette, siège-auto, berceau, table à langer, baignoire, chauffe-biberon et mobile musical avaient été achetés depuis longtemps. À ce moment-là, Robin savait-il qu'il était atteint d'un cancer ? En choisissant chaque objet de l'environnement de son enfant, avait-il pensé qu'il ne serait peut-être plus là ?

Parcouru d'un frisson désagréable, Guillaume prit le siège-auto et alla le déposer sur le palier. Impossible d'installer ça dans le pick-up, finalement il devrait utiliser la voiture de Laurence, à condition de trouver les clefs. Il poussa un soupir de découragement puis eut un petit rire amer. Il n'allait tout de même pas se laisser déborder par des détails pratiques ? Quand Ralph était né, Marie l'avait mis à contribution et il s'en était bien sorti, mais c'était si loin ! Il se revit en train de déambuler dans le petit appartement de l'époque, fredonnant une berceuse à son fils. Il se remémora les nuits blanches dues aux douleurs des premières dents, à la fièvre des premiers vaccins. Marie et lui étaient encore étudiants, trop jeunes pour avoir un enfant, néanmoins ils s'étaient débrouillés. Dès ses débuts professionnels, Guillaume avait connu la chance, le succès était venu rapidement alors que Marie stagnait. Elle disait que c'était la faute du bébé si elle ne décrochait aucun contrat, même pas un bon stage. Pour la soulager, Guillaume s'était beaucoup occupé de Ralph, prenant au sérieux son rôle de père. Bien des années plus tard, quand ils avaient décidé de se séparer, Marie avait insisté pour que leur fils reste avec Guillaume. Mais elle avait dû se sentir coupable de cet abandon et elle avait réussi à persuader Ralph que c'était son père qui avait tenu à le garder. De là était né le début de sa révolte d'adolescent.

Guillaume regagna sa chambre et constata qu'une lueur pâlissait déjà le ciel à l'est. Avant de se coucher, il ouvrit la fenêtre pour entendre les oiseaux qui commençaient à chanter. Sa dernière pensée fut pour son frère et il s'endormit en récitant la seule prière dont il se souvenait.

3

Impatiente de rentrer chez elle, Laurence avait préparé ses affaires bien avant l'heure. Sa valise était bouclée, le sac du bébé aussi, et le prochain biberon se donnerait à la maison. Penchée au-dessus du berceau, son infirmière préférée effleura les cheveux fins de Violette en murmurant :

— Vous n'aurez aucun souci pour le retour, elle dort comme un ange.

Elle était accompagnée d'une jeune femme qui se tenait un peu en retrait et que Laurence observait avec curiosité.

— Je vous avais parlé de mon amie Sybil, mais plutôt qu'un contact par téléphone elle a préféré vous rencontrer.

La jeune femme esquissa un sourire tout en rendant son regard à Laurence. Elle n'était pas très grande, mais mince, avec un petit visage de chat et de grands yeux dorés. Laurence lui donna une trentaine d'années et, d'emblée, la trouva sympathique.

— Avez-vous une expérience de ce genre de malades ?

— J'exerce mon métier d'infirmière depuis une dizaine d'années et j'ai vu à peu près tout, répondit Sybil d'une voix posée.

Son intonation franche acheva de conquérir Laurence, qui expliqua :

— Les médecins n'acceptent de laisser rentrer mon mari qu'à la condition expresse qu'il soit vu quotidiennement par une infirmière.

— Oui, ça me semble en effet plus raisonnable. Les malades ne savent pas toujours où ils en sont, et certains n'acceptent pas la réalité. Si l'état de votre mari nécessite une nouvelle hospitalisation, je vous le dirai aussitôt. Mais le choix lui appartiendra, bien entendu.

— Sur ce point nous sommes d'accord, je n'ai jamais cherché à l'infantiliser. Aurez-vous la possibilité de passer chaque jour ?

— En libéral, on s'organise comme on veut, et je n'habite pas très loin de chez vous.

— Alors, c'est parfait ! s'enthousiasma Laurence.

Elle adressa un regard reconnaissant à l'infirmière de la maternité qui avait veillé sur elle durant quatre jours.

— J'ai tellement de choses qui m'attendent à la maison…

Par pudeur, elle n'osa pas ajouter qu'elle avait peur. Allait-elle retrouver Robin encore plus décharné et hagard ? Guillaume se voulait rassurant mais elle avait du mal à y croire.

— Chez moi les vendanges ne sont pas terminées, et mon beau-frère doit se sentir dépassé.

— Pas du tout ! protesta Guillaume.

Comme la porte de la chambre était restée ouverte, il se tenait sur le seuil sans oser entrer.

— J'ai paré au plus pressé et la moitié de ton raisin est déjà dans le fouloir. Or, d'après ton voisin, ce sera une belle année !

Il affichait une gaieté de commande dont elle ne fut pas dupe, néanmoins elle éprouva une bouffée de reconnaissance envers lui.

— Est-ce que ma nièce est prête pour son premier voyage ? s'enquit-il avec un sourire.

— Elle ne profitera pas du paysage, plaisanta Sybil, elle dort.

Laurence fit les présentations et Guillaume parut très soulagé qu'elle ait trouvé une infirmière à domicile.

— Mon frère doit rentrer cet après-midi en ambulance, alors si vous pouvez passer dès ce soir…

Il lui donna son numéro de portable puis lui expliqua la route.

— Oh, c'est la maison d'architecte ? Je la vois très bien ! Je viendrai vers dix-neuf heures, ça ira ?

Elle semblait comprendre la situation. Robin n'aurait pas dû quitter l'hôpital mais il voulait à tout prix découvrir sa fille et la serrer contre lui, ce qui était légitime. Si son état se dégradait encore, il n'en aurait sans doute plus jamais la possibilité.

Guillaume empoigna la valise et le sac de Laurence tandis qu'elle prenait son bébé dans ses bras.

— Bon retour chez vous, dit gentiment Sybil.

Une prédiction qui arracha un sourire dubitatif à Guillaume. Chaque fois qu'un problème se réglait, un autre surgissait, il était sans illusions.

⁎

Ralph alluma une cigarette en quittant l'hôpital. Jusqu'ici, il avait bien tenu son rôle, passant presque toutes ses journées au chevet de son oncle. Au début, il s'en était fait un devoir, y voyant le moyen de forcer la reconnaissance de son père, mais sa réelle affection pour Robin avait désormais pris le pas sur toute autre considération. Approcher la maladie et la détresse d'aussi près l'avait d'abord rendu un peu nerveux, ensuite il s'était demandé s'il ne commettait pas une énorme erreur avec ses études de médecine. Les internes du service avaient en permanence l'air à la fois épuisés et survoltés, les familles des patients pleuraient dans les couloirs, l'ambiance était sinistre. Cependant il s'était accroché, et il se sentait fier de lui.

Au téléphone, Johanna ne partageait pas vraiment son enthousiasme. Elle était d'humeur maussade, ne lui demandait pas quand il rentrerait. Peut-être ne lui manquait-il pas du tout ? Elle avait beaucoup de travail et une foule d'admirateurs, elle pouvait se passer de lui. D'ailleurs, en y réfléchissant objectivement, que lui apportait-il ? Il n'était qu'un étudiant désargenté, un gamin qui lui rendait service et l'amusait, rien de plus. Loin d'elle, il comprenait bien qu'il ne lui était pas indispensable. Elle ne manifestait un peu d'intérêt que lorsqu'il évoquait son père, le rendant affreusement jaloux. Pourquoi était-elle encore attachée à un homme qu'elle avait trompé, qui l'avait quittée ? Pourquoi obligeait-elle Ralph à souffrir de la comparaison ? Il avait pourtant donné à Johanna ce que Guillaume lui refusait : du temps, de l'attention, des fous rires. Elle prétendait n'avoir pas profité de sa jeunesse, ne pas s'être amusée comme une fille de son âge, et elle le regrettait. Alors Ralph avait essayé de lui apporter de l'insouciance et de la fantaisie. Apparemment, ça ne suffisait pas. N'était-il pas un assez bon amant ? Supposer que son père avait été meilleur que lui dans ce domaine était une torture.

Sur le parking, il chercha du regard sa voiture de location. Robin allait rentrer chez lui, retrouver sa femme, son bébé, son jumeau, Ralph ne lui serait plus utile. Il pouvait quitter son hôtel miteux, rendre sa petite auto et regagner Paris. Qu'est-ce qui le retenait ? Avoir enfin servi à quelque chose était un sentiment satisfaisant, mais on n'avait plus besoin de lui. À Paris, il repartirait à la conquête de Johanna, essaierait de suivre deux ou trois cours à la fac… Sauf qu'il n'en avait pas la moindre envie. Il ne serait jamais médecin, il le devinait. Quant à Johanna, elle continuerait peut-être à le tolérer un moment, il ne pouvait guère espérer davantage. Elle ne l'aimait pas, du moins pas comme lui l'adorait, l'admirait, la désirait.

Il écrasa sa cigarette sous sa chaussure, en alluma aussitôt une autre. Pourquoi ne pas suivre l'ambulance et voir de quelle façon Laurence l'accueillerait ? Grâce à lui, Robin n'avait pas été seul ces jours-ci, et Laurence lui en saurait gré. De toute façon, sans bien comprendre pourquoi, il ne souhaitait pas s'en aller. Si on lui demandait pour quelle raison il s'attardait, il pourrait toujours répondre qu'il n'était pas réconcilié avec son père et qu'il était venu pour ça. Même si ce n'était pas tout à fait vrai.

**

Après lui avoir donné un biberon et l'avoir changée, Laurence avait installé Violette dans sa poussette et, sous prétexte de promenade, était partie droit vers les chais. Elle était tout aussi attachée à la vigne que Robin, et bien avant de le connaître elle dirigeait déjà le domaine Lachaume de main de maître. Fille et petite-fille de viticulteurs, elle avait été élevée dans la tradition et connaissait toutes les finesses du métier. Les neuf hectares hérités de ses parents situaient sa propriété un peu au-dessus de la moyenne des exploitations bourguignonnes, et elle les gérait au mieux. Au-delà de l'amour, sa rencontre avec Robin avait été très bénéfique d'un point de vue professionnel. Engagé comme maître de chai, il avait également prouvé ses qualités d'œnologue, et Laurence avait pris l'habitude de se reposer sur lui. Mais la révélation de son cancer puis ses effets dévastateurs changeaient tout cette année, elle se retrouvait livrée à elle-même au pire moment.

En arrivant devant les caves, elle marqua un temps d'arrêt. Les bâtiments trapus, en pierre de Bourgogne, dataient du XIXᵉ et s'organisaient en L. La maison où elle avait vécu avec ses parents, puis toute seule après leur décès, avait été transformée en magasin d'où partaient les expéditions. Dans les anciennes chambres du premier étage se trouvaient la partie administrative et les archives. Les abords étaient bien entretenus, néanmoins les roues du tracteur et de la remorque avaient laissé leurs marques dans le sable de la cour, preuve des nombreuses allées et venues depuis le vignoble.

— Voilà ton royaume, ma chérie, murmura-t-elle à l'oreille de Violette.

Toute la fatigue de sa récente maternité oubliée, elle se dirigea vers l'entrée.

— Enfin toi ! s'exclama Marc Lessage en venant à sa rencontre.

Surprise de le trouver là, au milieu des cuves, elle fut aussitôt rassurée par sa présence.

— Tu es venu, c'est vraiment gentil, merci.

— J'aide ton beau-frère, qui heureusement comprend vite, mais enfin ce n'est pas son métier… Bon, on en a rentré les trois quarts, ça va aller.

Il baissa les yeux vers le bébé dans sa poussette et hocha la tête.

— Elle est très belle, bravo, dit-il d'un ton morne.

— Marc ! Nous étions d'accord pour ne plus jamais…

— Je sais, je sais. Je ne te parle de rien. Viens voir le raisin.

La prenant par l'épaule, il l'entraîna vers l'endroit du tri. Les grappes oscillaient sur les grilles vibrantes où elles perdaient leurs feuilles tandis que les grains se détachaient des tiges. Un peu plus loin, un employé effectuait un dernier contrôle manuel avant que le raisin ne soit mis dans le fouloir. Si Robin avait été là, il n'aurait laissé personne le faire à sa place, et Laurence mourait d'envie de prendre la tête des opérations. Mais il y avait désormais le bébé, dont il fallait s'occuper et qui d'ailleurs commençait à pleurer.

— Tu lui as bien expliqué, à Guillaume ? Il saura pour la température au moment de la mise en cuve ?

— Je passe tous les jours, il a droit à un cours gratuit et je le surveille. Mais maintenant que tu es rentrée, tu pourras goûter toi-même pendant la macération.

— Tu continueras à venir ? insista-t-elle.

— Oui, promis. Je suppose que Robin…

— On ne peut rien lui demander pour l'instant. Il est vraiment très faible.

Il se retourna, la scruta quelques instants puis lâcha :

— Je suis désolé, Laurence. Sincèrement, j'espère qu'il va s'en sortir.

Incapable de lui répondre, elle le remercia d'un petit sourire. Était-il encore jaloux de Robin, encore amoureux d'elle ? Ils avaient conclu le pacte de ne plus en parler, seule façon pour eux de rester amis. Marc n'était pas venu à son mariage, se contentant de lui envoyer un mot de félicitations très conventionnel. Il n'était pas venu non plus à la pendaison de la crémaillère quand la maison des jeunes mariés avait été achevée. Au bout de deux ans seulement, il avait accepté une invitation à dîner et ils avaient pu se revoir. Depuis, leurs rapports semblaient normaux, même si Marc gardait une certaine réserve vis-à-vis de Robin.

— Je te laisse, dit-il à regret, j'ai du travail dans mes vignes !

Il possédait davantage de terres qu'elle, tout aussi bien exposées, et à l'époque où il la poursuivait de ses déclarations enflammées il avait dû imaginer la réunion de leurs deux vignobles.

— À demain, Marc. Et merci.

Avant de l'appeler pour lui demander son aide, elle avait vraiment hésité. Mais elle était coincée à la maternité, Robin à l'hôpital, et elle savait que Guillaume aurait bien du mal à s'en sortir seul. Sans une bonne récolte, l'année à venir serait trop difficile financièrement, elle n'avait pas voulu courir ce risque. À présent, elle espérait que Marc n'y avait pas vu un signe quelconque et qu'il ne se mettrait aucune mauvaise idée en tête.

Le bébé s'énervait, et malgré son envie de rester elle se força à quitter le chai.

Quand Guillaume rentra enfin, il était presque huit heures du soir. Il trouva Robin à moitié allongé sur le canapé, le berceau de sa fille à côté de lui. Dans la partie cuisine, Laurence préparait le dîner, aidée par Ralph. Ignorant la présence de son fils, Guillaume alla droit vers son frère.

— Bienvenue chez toi, vieux ! Comment trouves-tu Violette ?

— Elle est incroyablement belle…

Robin s'arracha à la contemplation du bébé et sourit à son jumeau.

— Merci pour tout, lui dit-il avec une sorte de ferveur. Je ne sais pas ce que nous serions devenus sans toi.

— Tu plaisantes, j'espère ? Allez, fais-moi une place, je suis claqué.

Mais Guillaume se garda bien de bousculer Robin et il s'assit sur l'accoudoir du canapé.

— Et toi, pas trop fatigué ?

— Je suis content d'être en famille, je n'en pouvais plus de l'hosto. Et si j'ai un nouveau malaise, ne m'expédie plus là-bas, je n'y resterai pas. Heureusement, Ralph m'a tenu compagnie… À propos, il dîne avec nous.

Contrarié, Guillaume ne protesta pourtant pas.

— Ne fais pas cette tête-là, ajouta Robin à voix basse. Tu veux le prendre à part pour discuter avec lui ?

— Non merci, je n'ai rien de spécial à lui dire.

— C'est faux, nous le savons tous les deux. Pourquoi ne pas l'engueuler un bon coup et ensuite faire la paix ? Il a changé, tu devrais t'intéresser à lui.

— Pour qu'il me ramène devant un juge ? Il pourrait m'accuser d'inceste, voilà un mensonge auquel il n'a pas encore pensé !

— Guillaume…

D'un coup d'œil, Robin s'assura que Ralph n'avait pas entendu les dernières phrases de son père.

— Où en es-tu avec François ? demanda-t-il pour faire diversion.

— Il s'en va, il est en train de faire ses valises.

— Quoi ?

— Je n'ai pas réussi à le persuader de rester. J'ai passé des annonces et j'ai obtenu une offre, mais très en dessous du marché. Ici, les bruits vont vite, tout le monde doit savoir que nous avons le couteau sous la gorge. Mon seul espoir est que François se sente vexé.

— Par quoi ?

— Par cette proposition indécente. Sous-estimer une exploitation dont il a eu la charge le fera peut-être réagir. Pour les bêtes, on trouvera preneur à peu près dans la fourchette des prix, mais pas pour les terres.

— Pourquoi ? L'hectare agricole a un cours officiel.

— Oui, mais nos pâturages n'intéressent que nos voisins immédiats. Ils en sont très conscients et ils vont en profiter. On ne peut pas emmener les vaches paître à vingt bornes de chez soi ! Il faudrait soit les y conduire en camion, soit construire une étable sur place, ça ne plaît à personne. En revanche, le fils Marchand est prêt à payer cash, il me l'a fait savoir par son notaire. Il n'est pas loin de chez nous, et comme il vient de reprendre l'élevage de son oncle il a besoin de terres. Sauf qu'il ne sera pas généreux.

— Et dans tout ça, qu'est-ce qu'on garderait ?

— La ferme, avec cinq ou dix mille mètres autour, pas plus.

— Tu y tiens ?

Guillaume le dévisagea, stupéfait.

— Eh bien… oui ! Pas toi ? On s'était dit qu'on y avait des tas de souvenirs.

— Je me sens détaché de beaucoup de choses.

— Alors tu voudrais qu'on vende le tout ?

— En fait, ça m'est un peu égal. Jusqu'ici, j'avais cru que tu voudrais te faire un jour une résidence secondaire pour venir y passer tes week-ends. Une occasion de se voir davantage et ça me réjouissait. Mais tu ne descends pas souvent, au fond ce ne serait pas très valable pour toi…

Robin hésitait, choisissant ses mots avec soin. Guillaume en déduisit qu'il pensait à l'avenir de sa femme et de sa fille. Peut-être un avenir sans lui, si la maladie l'emportait. Sans doute serait-il rassuré à l'idée que son frère ait un port d'attache tout proche et puisse régulièrement veiller sur sa famille après lui. Cette perspective, qui jusque-là avait été assez abstraite, laissait Guillaume désemparé. Il ne croyait pas aux résidences secondaires, savait qu'on n'habite pas deux endroits à la fois, pourtant il répugnait à se séparer de la maison de leur enfance. La transformer représenterait une dépense considérable, était-il en mesure de se lancer dans l'aventure et en avait-il seulement le désir ?

— Je n'y ai jamais pensé sérieusement, avoua-t-il. Toi et moi avons eu la chance de ne pas avoir besoin d'argent et on a pu tout laisser en l'état. Mais maintenant…

Angoissés par la menace qui pesait sur Robin, et mis au pied du mur par le départ de François, ils risquaient de prendre de mauvaises décisions dans l'urgence.

— Je ferai ce que tu voudras, dit doucement Guillaume.

— Oh non, je ne suis pas en état de choisir ! Décide pour nous deux, frangin, je serai d'accord.

Ils furent interrompus par l'arrivée de Sybil qui, comme promis, venait faire la connaissance de Robin. Guillaume lui laissa sa place et ramena le berceau du côté de la cuisine. Ralph avait épluché un gros tas de pommes de terre et les découpait en frites. Il ne leva pas les yeux, faisant semblant d'être absorbé, et Guillaume l'ignora. Il alla vers Laurence qui préparait une tarte aux myrtilles.

— Tu lui as fait accepter facilement la visite quotidienne d'une infirmière ? demanda-t-il tout bas.

— Il admet le besoin d'une surveillance. Et cette fille est ravissante, ce ne sera pas trop dur pour lui de la supporter un quart d'heure tous les soirs !

Elle parvenait à plaisanter malgré tout, mais elle avait les traits tirés et maniait ses ustensiles brutalement. Se tournant vers Guillaume, elle chuchota :

— Prends-le en charge si tu peux. Avec moi il est trop pudique et il ne veut pas m'inquiéter, alors il prétend qu'il va bien ! Mais regarde-le, il est exsangue, il n'est plus que l'ombre de lui-même…

Elle ravala un sanglot et se mordit les lèvres, la tête au-dessus de sa tarte.

— Je m'en occupe, murmura Guillaume. Il est la personne qui compte le plus pour moi.

Sa déclaration parut choquer Laurence, qui jeta un coup d'œil significatif en direction de Ralph. Mais ils n'eurent pas le temps de s'appesantir car Sybil s'était levée et serrait la main de Robin.

— Je vous raccompagne ! lança Guillaume en la rejoignant.

Après leur départ, Ralph poussa un interminable soupir.

— Je ne sais pas par quel bout le prendre, avoua-t-il d'un ton boudeur. Il a la rancune tenace…

— Il a surtout de quoi t'en vouloir, trancha Laurence. Et si tu commençais par lui dire bonsoir ?

— Il ne me répondra pas.

— Essaie, ou bien la soirée ne sera pas tenable.

— Non, désolé, je…

— Assez ! explosa Laurence. J'ai d'autres soucis et bien plus graves, mets-y du tien !

Ralph eut brusquement honte. Sa tante était à peine remise de son accouchement et malade d'angoisse pour son mari. Comment pouvait-il être assez égoïste pour s'obstiner à bouder ? En réalité, il avait peur de son père et ne supportait pas son regard méprisant. Il en était jaloux, aussi, un sentiment paradoxal puisqu'il avait séduit Johanna. Mais l'avait-il vraiment séduite ? Parfois, il avait l'impression d'être à peine toléré et pas du tout désiré. Cinq minutes plus tôt, il avait observé son père à la dérobée, et bien sûr cette infirmière lui avait souri, déjà conquise. Il faisait cet effet-là aux femmes, du plus loin que Ralph s'en souvienne il l'avait toujours vu plaire sans effort. Courtois, élégant, charmeur, il semblait avoir en plus quelque chose de particulier qui les faisait toutes craquer. Le bleu de ses yeux, dont Ralph n'avait même pas hérité ? Son assurance, que Ralph était loin de posséder ? Se mesurer à lui était décourageant, pourtant Ralph l'avait fait avec succès concernant Johanna, mais sa victoire avait un goût amer.

— Je ferai un effort, promit-il à contrecœur.

Il savait très bien comment exaspérer son père, qui avait un caractère plutôt ombrageux, et il pouvait le pousser à bout tout en ayant l'air innocent. Pour se concilier les bonnes grâces de Laurence, il n'avait qu'à jouer cette comédie-là.

Lorsqu'ils passèrent à table, la conversation s'engagea évidemment sur les vendanges. Il y avait eu une seule grosse averse et le beau temps se maintenait, avec une météo encourageante pour les jours à venir.

— J'ai réussi à te transformer en viticulteur malgré toi, ironisa Robin. Est-ce qu'au moins ça t'amuse de redevenir terrien ?

— Ça m'inquiète ! Je vois bien que je n'y connais rien. Si je n'avais pas eu l'aide de votre copain Lessage…

— Il est venu ?

— Tous les jours.

— Bien sûr. Que ne ferait-il pas pour ma femme !

Le ton de sa voix était devenu un peu agressif, et Guillaume, embarrassé, regarda Laurence d'un air interrogateur.

— Une vieille histoire, expliqua-t-elle sans s'émouvoir. Marc est un ami d'enfance et il m'a toujours un peu… courtisée.

— Quel euphémisme ! Il n'est toujours pas marié, je pense qu'il attend ma mort pour récupérer Laurence.

Interloqué, Guillaume protesta :

— Sois gentil de ne pas dire des trucs pareils, c'est insupportable.

Robin regarda son frère puis eut un geste d'impuissance.

— Ce n'est qu'une façon de parler.

Laurence se leva pour aller chercher la salade aux écrevisses qu'elle avait préparée, mais à peine l'eut-elle posée sur la table que Violette se mit à pleurer.

— Si tu veux, je lui donne son biberon, proposa aussitôt Robin.

— Non, je m'en occupe, toi tu manges.

Pour lui montrer qu'elle ne lui en voulait pas, elle l'embrassa légèrement sur la tempe. Il n'avait plus de cheveux du tout, ce qui ne semblait pas le gêner. En revanche Guillaume, chaque fois qu'il regardait son frère, avait le cœur serré. Ralph lui fit passer la salade et en profita pour annoncer :

— Je resterais volontiers quelques jours de plus. Je peux sûrement vous aider à quelque chose ?

Dans le silence qui suivit, il insista :

— Papa ?

Comme s'il découvrait enfin sa présence, Guillaume posa les yeux sur lui.

— Aider à quoi ?

— À tenir compagnie à Robin, à garder le bébé, ou même à vendanger avec vous !

Guillaume hésita avant de répondre.

— Vendanger est un *vrai* travail, très fatigant, et qui s'effectue du matin au soir, pas en dilettante, tu ne tiendrais jamais.

— Je te parie que oui ! D'ailleurs, je l'ai déjà fait ici même il y a quatre ans.

— C'était du folklore.

— Eh bien vous n'avez qu'à me mettre à l'essai. Mais si j'y arrive, je veux toucher le même salaire que les autres.

— Tu « veux » ?

— J'ai besoin d'argent pour payer mon hôtel.

— Quand n'as-tu pas besoin d'argent, dis-moi ? Et n'as-tu jamais envisagé un autre moyen pour en avoir qu'exploiter ta famille ?

— Je suis étudiant. Je sais que ça t'étouffe d'être obligé de payer mes études et que si ça ne tenait qu'à toi je pourrais aussi bien aller laver des carreaux ou décharger des camions. Qu'est-ce que j'exploite, au juste ? Je suis ton fils unique et tu gagnes plein de fric !

— Comme tu le dis si bien, je le gagne, il ne tombe pas du ciel.

— Ton père ne t'a pas aidé quand tu étais jeune ?

— Aidé, oui, mais pas entretenu. Et j'ai dû le lui demander poliment, parce que si je lui avais parlé sur ce ton…

Contrairement aux prévisions de Ralph, Guillaume ne se mettait pas en colère. Il parlait d'un ton dédaigneux, presque amusé, tout à fait exaspérant.

— De toute façon, se défendit Ralph, pour les vendanges c'est Laurence qui décide. Enfin, je suppose. Avec deux bras en plus, ce sera plus vite fini.

Il adressa à sa tante son sourire le plus angélique, mais elle regardait le bébé en train de boire son biberon et elle secoua la tête.

— Guillaume a tout fait jusqu'ici, il continue. L'équipe est habituée à lui et ne peut pas recevoir des ordres de plusieurs personnes à la fois.

Elle refusait d'entrer dans le conflit ou même de prendre parti.

— Je t'embauche, décida son père. Il ne reste que quelques jours mais ça paiera ton hôtel, comme tu le demandes.

Si Ralph avait espéré profiter d'une chambre dans la maison, il en était pour ses frais.

— Tu ne me pardonnes pas l'histoire Johanna, hein ? murmura-t-il en dernier recours.

Aborder enfin la question pouvait davantage passer pour du courage que pour de la provocation.

— Il n'y a pas d'histoire, trancha son père. Juste une coucherie. Heureusement pour moi, Johanna n'était pas la femme de ma vie, mais je pense que ça ne t'aurait pas arrêté. Elle t'a choisi, tant mieux, profites-en tant que ça dure car elle ne se contentera pas longtemps de toi.

Il venait de toucher un point faible. Se sentant rabaissé, en plus d'être rejeté, Ralph repoussa violemment sa chaise.

— Reste tranquille, intervint Robin d'une voix lasse.

Prenant la bouteille de vin posée devant lui, il s'adressa à Guillaume.

— On s'interroge sur cette étiquette qu'il faudrait peut-être moderniser… Elle n'a pas été modifiée depuis l'époque du père de Laurence. Tu n'aurais pas une idée ?

Le changement radical de sujet fit sourire son frère, qui s'empara de la bouteille pour l'examiner avec attention. Sous l'appellation « Domaine Lachaume », un dessin figurait les caves de la propriété.

— Pas très attractive, d'accord, mais vous êtes de fichus conservateurs dans le monde du vin. Je peux essayer de vous faire quelques croquis.

— Ça doit rester reconnaissable, précisa Laurence d'un air soucieux. Nos clients nous apprécient, il ne faut pas les perturber avec une image trop différente.

— Promis, miss Lachaume !

En épousant Robin elle était devenue Mme Montaubry, mais tout le monde continuait à l'appeler par son nom de jeune fille. Robin ne s'en formalisait pas, trop heureux d'avoir pu intégrer grâce à elle le cercle fermé des viticulteurs de Bourgogne.

— Je suis obligé de garder toutes les mentions ?

— Absolument. Nom de la commune, nom de la parcelle, c'est très réglementé.

— Et forcément monochrome ?

Laurence et Robin échangèrent un coup d'œil indécis.

— Tu n'es pas graphiste, que je sache, marmonna Ralph.

Contre toute attente, Guillaume éclata de rire et lui lança :

— On se demande lequel de nous deux en veut à l'autre !

Il alla chercher la tarte aux myrtilles tandis que Laurence se promenait à travers la pièce avec Violette contre son épaule.

— Demain, annonça-t-elle, je vous préparerai une pochouse, si je trouve les bons poissons au marché.

L'un des plats préférés de Robin, qui n'avait presque rien mangé ce soir.

— Non, chérie, tu as autre chose à faire que d'aller au marché.

Le regard qu'il posait sur sa femme et son bébé débordait d'une telle tendresse que Guillaume en fut bouleversé. Avait-il jamais aimé avec autant

d'intensité ? Et où Robin trouvait-il la force de s'intéresser encore aux autres ?

— Moi, je pourrai y aller à l'heure de la pause,
décréta Ralph.

Prêt à n'importe quoi pour qu'on cesse de l'ignorer,
il ne savait même pas où se tenait le marché. Il ne savait
pas non plus pourquoi il s'incrustait, surpris par cette
envie inattendue d'être en famille. Spontanément, il
changea les assiettes pour le dessert alors qu'il était
incapable de rincer une tasse dans son studio.

— Je vous laisse, annonça Guillaume après un coup
d'œil sur sa montre, j'ai un rendez-vous téléphonique
avec mes collaborateurs.

— Emporte ça, lui dit Robin en coupant une part de
tarte.

Il le regarda sortir puis s'adressa à Ralph :

— Bon, au moins vous vous êtes parlé, c'est un
début…

Dans l'effort qu'il fit pour se lever, son visage se
crispa.

— Je vais m'allonger un peu, finissez sans moi.

Tous les médicaments qu'il ingurgitait lui coupaient
l'appétit, il ne parvenait plus à s'alimenter. Tandis qu'il
gagnait le canapé, Laurence le suivit du regard,
consternée.

❊❊

Guillaume était resté presque deux heures devant son
ordinateur, branché sur Skype, ce qui lui permettait de
voir et d'entendre en direct les architectes de son
agence. Ses yeux le brûlaient lorsqu'il alla enfin
prendre une douche. Diriger le projet d'ici était une

gageure, sans ce logiciel de visioconférence il n'aurait pas pu y songer. Il devait compter sur le talent des autres, ce qu'il n'appréciait pas. Pourtant, les choses ne se présentaient pas trop mal, en son absence ses collaborateurs s'étaient pris au jeu, peut-être soulagés de se sentir un peu plus libres. Une donnée qu'il devrait intégrer à l'avenir, même s'il ne savait pas déléguer et préférait ne compter que sur lui-même.

Étendu les bras en croix, la tête enfouie dans les oreillers, il laissa ses pensées dériver vers son fils. Ralph avait besoin qu'on le secoue, qu'on le remette dans le droit chemin, mais Guillaume était le plus mal placé pour y parvenir. Leur antagonisme faussait tout. Ils avaient dépassé le stade d'une relation père-fils orageuse, ils étaient carrément devenus ennemis. Guillaume était sincère en affirmant que le pire, entre eux, n'était pas l'affaire Johanna. Certes, il avait mal vécu sa trahison, souffrant surtout d'une blessure d'orgueil, mais il avait vite tourné la page. En revanche, il ne pardonnait pas d'avoir été traîné devant un juge, comme s'il était un père indigne. Depuis le départ de Marie, il avait fait tout ce qui avait été en son pouvoir pour bien élever Ralph. Admettant qu'un adolescent était mieux avec son père qu'avec sa mère, il l'avait volontiers gardé, organisant son existence en fonction de lui. Mais leurs rapports s'étaient vite dégradés, Ralph semblait lui en vouloir et ne supportait pas son autorité.

La porte s'ouvrit à la volée et il se redressa d'un bond. Robin se tenait sur le seuil, cramponné à la poignée, livide.

— Qu'est-ce qui t'arrive ? Tu te sens mal ?

Sans un mot, son frère traversa la chambre et vint s'asseoir à côté de lui. Puis, très lentement, il inclina la tête et se laissa aller contre son épaule en chuchotant :

— J'ai peur… j'ai tellement peur de la mort !

Avec fébrilité il chercha la main de Guillaume et la serra, mais il n'avait plus beaucoup de force.

— Y penser me rend fou, et j'y pense tout le temps. Tu crois encore en Dieu ? Moi, ça ne suffit pas à me rassurer, je ne vois qu'un trou noir et froid.

Perdu dans son pyjama devenu trop grand, il avait l'air d'un fantôme. De sa main libre, Guillaume toucha le rhéostat pour intensifier la lumière et chasser les ombres de la pièce.

— Oui, je crois toujours en Dieu. Il y a quelque chose au-dessus de nous, sinon ça n'aurait aucun sens. Nous ne sommes pas là par hasard et il est impossible que nous n'allions nulle part.

— Je ne veux pas mourir, bredouilla Robin.

— On en passera forcément par là. Toi, moi, tout le monde, et on le sait depuis le premier jour.

— Mais moi je compte en semaines, en heures ! On m'avait donné six mois à vivre, on…

— Tu ne vas pas si mal que ça. La chimio commence à donner des résultats.

— Je n'y crois plus. Regarde-moi, Guillaume !

— Il y a pire que toi. Tant que tu es là, que tu me parles, que tu respires, tu dois espérer.

— Quand ça arrivera, il faudra que tu sois près de moi. Que tu me tiennes la main comme maintenant. Je ne veux pas partir tout seul dans la terreur, dès que je m'endors c'est mon cauchemar.

— Je serai là.

— Tu me le jures ?

— Oui.

— Jusqu'au bout, hein ?

— Oui, Robin.

Cette certitude parut le calmer un peu, sa respiration était moins saccadée.

— S'il n'y a rien après, pourquoi aimer, pourquoi souffrir ? Toutes ces larmes, pourquoi ?

— Je n'ai pas la réponse. Mais ce n'est pas en vain, j'en suis sûr.

— Parce que c'est abstrait pour toi. Moi, je serai peut-être sous terre à Noël. J'avais tellement de projets, Guillaume ! Violette vient à peine de naître, tu te rends compte ? Tu as eu le temps de voir grandir ton fils…

— Tu l'auras aussi. Tu n'as qu'à te battre.

— Oh, je t'en prie, ce sont des mots creux ! Se battre contre quoi ?

— Toi-même. Tes pensées morbides, ta défaite programmée, ton manque de foi en la médecine, en toi, en Dieu ! Écoute, Robin, même si ça ne marche pas, tu n'as rien à perdre.

— Tu voudrais que je sois positif ? ricana-t-il.

— Combatif. Si tu as peur, je serai là, si tu as mal, on te soulagera, mais si tu penses à chaque minute que tu es condamné, que tu vas mourir, que c'est injuste… Eh bien oui, c'est injuste ! Qu'est-ce qui est équitable dans cette putain d'existence ? La chimio te fout par terre mais elle est ton alliée, ta seule chance de t'en sortir !

— Je n'ai aucune chance de m'en sortir.

— C'est faux, merde !

Comme il n'était jamais grossier, Robin se recula un peu pour le scruter. Les yeux dans les yeux, Guillaume poursuivit, plus bas :

— J'ai parlé longtemps avec ton cancérologue. Il n'est plus aussi catégorique. Tu sais qu'il y a de longues rémissions, et aussi des guérisons stupéfiantes. On voit de tout, il n'y a pas de règles.

Robin secoua la tête. Il ne voulait pas se laisser convaincre, pourtant il le désirait par-dessus tout.

— Je suis lâche, je ne supporte pas ce cancer la tête haute parce que c'est une horreur dégradante, terrifiante, accablante ! Les gens te regardent avec compassion, pour eux tu es déjà parti. On ne te demande plus rien, tu es en attente dans le couloir de la mort.

— Nous y sommes tous, avec des sursis plus ou moins longs. Tes affaires sont en ordre ?

La question prit Robin au dépourvu.

— Laurence est mon héritière, avec Violette, maintenant.

— Non, je voulais savoir si tu es en paix avec toi-même. S'il n'y a rien que tu regrettes ou que tu aurais aimé faire.

— Mes dernières volontés ? railla Robin d'un ton acide.

— Ton ultime occasion. Une mort soudaine n'en laisse pas la possibilité, mais toi tu l'as. Tu pourrais sauter en parachute sur tes vignes, réparer une injustice, aller voir des lions au Kenya, faire un don à une œuvre…

Robin s'écarta carrément pour s'assurer que son frère ne plaisantait pas, puis il se mit à rire.

— Tu es insensé ! Quelle satisfaction puis-je trouver dans les âneries que tu débites ?

— Celle d'avoir ri. Je suis ton jumeau, je te connais.

En réalité, Guillaume s'était toujours comporté comme un grand frère et Robin avait profité de son côté protecteur pour se conduire en cadet. Aujourd'hui, alors qu'il se sentait si seul et si effrayé, Guillaume redevenait son recours.

— Avec toi, je n'ai pas honte, avoua-t-il. Et je préfère laisser Laurence tranquille. Elle vient d'être maman, pas question de lui gâcher cette joie. D'ailleurs, je me demande ce qu'elle éprouve devant moi. De la pitié ? Un peu de répulsion ? Je ne ressemble plus à l'homme qu'elle a connu, qu'elle a aimé.

— Tu crois qu'elle va cesser de t'aimer parce que tu es malade ? Qu'elle est ce genre de femme ? Voyons, Robin !

— Mais l'amour suppose la séduction de l'autre, et moi je vais devenir repoussant. Je suis déjà chauve et jaune comme un coing, je n'ai plus de muscles, que la peau sur les os et des cernes de vieillard. En plus, je tourne de l'œil comme une fillette, je vomis comme un ivrogne et j'ai besoin d'une infirmière à domicile ! Quelque chose de sexy là-dedans ?

— La maladie n'est pas sexy, d'accord, mais elle ne dure qu'un temps. Et moi, je me fous pas mal que tu ne sois pas glamour, tu es mon frangin.

Il l'attira de nouveau contre son épaule pour ne plus avoir à le regarder.

— Tu guériras, murmura-t-il avec conviction.

— J'aimerais y croire… En attendant, je ne peux même pas goûter ma récolte. Pendant la macération, j'ai l'habitude de surveiller, je teste deux fois par jour au moins. J'avais un bon palais, crois-moi, mais à présent je ne sens plus rien, tout me dégoûte !

— Laurence goûtera à ta place, elle ou…

Guillaume s'interrompit abruptement tandis que Robin maugréait :

— Ou son ami Marc, qui viendra ventre à terre. Je suis sûr qu'en ce moment il a des arrière-pensées peu charitables à mon égard. Il est fou de ma femme et il me déteste. Il ne comprend pas qu'elle ait pu épouser un type qui n'était pas du sérail. Pire encore, un de ses employés ! Dans ce milieu, on se marie volontiers entre viticulteurs pour agrandir les domaines, mais lui n'avait pas à se forcer, il était amoureux pour de bon et depuis longtemps. Tu sais qu'ils étaient ensemble au lycée ?

— Si tu es jaloux, c'est que tu ne vas pas si mal.

— Je n'ai pas le droit d'être jaloux ! Pour faire preuve d'altruisme, je devrais demander à Marc de veiller sur elle après moi…

— Ce qui arrivera après toi ne te regarde pas. Tu voudrais planifier la vie des autres après ta mort ? Quelle prétention !

Robin éclata d'un rire spontané très surprenant.

— Bon, tu ne me ménages pas, je trouve ça réconfortant. Avec un moribond, tu n'oserais pas.

En réalité, Guillaume était prêt à tout pour apaiser son frère. Y compris à ne pas dormir de la nuit. Il l'aida à s'allonger confortablement et continua de lui parler jusqu'à ce qu'il le voie enfin somnoler. Quand il se tut et que le silence s'installa dans la chambre, il ferma les yeux pour refouler ses larmes. Il était bouleversé, épuisé, hors d'état de s'endormir. Des tas de souvenirs d'enfance se télescopaient au fond de sa tête, des bribes de scènes, des images fugaces. Robin manquant de se noyer dans la Dheune en pleine crue un jour de novembre, Robin tombant de vélo pour ne pas rouler sur un hérisson, Robin falsifiant son carnet de notes afin d'éviter la correction paternelle. Il n'aimait pas beaucoup les vaches, il essayait de le cacher. En terminale, il avait travaillé comme un fou pour avoir son bac en même temps que Guillaume et partir avec lui loin de la ferme. Pourtant, il était resté dans la région, incapable de s'éloigner de ces vignes qui le fascinaient tant. À vingt ans, son discours au mariage de Guillaume, dont il était le témoin, avait été très drôle et pourtant empreint de mélancolie. « Ton tour viendra bientôt », lui disaient les gens. Néanmoins, sa rencontre avec Laurence s'était vraiment fait attendre. Mais ensuite, avec quelle immense fierté avait-il demandé à son frère de construire leur maison ! Quelques années de bonheur, Violette en route, et puis ça… Quand l'avait-il pressenti, deviné, appris ? Quel médecin le lui avait annoncé ? Refusant le diagnostic, il avait différé le début d'un traitement qui allait le transformer en zombie. N'avoir prévenu personne était la preuve de son déni.

Prenant appui sur un coude, Guillaume contempla le visage de son jumeau.

— Tout ira bien, articula-t-il d'une voix à peine audible.

Il n'y croyait pas vraiment lui-même, mais il allait en persuader Robin.

*
**

— C'est dans la boîte ! décida enfin le photographe.

Soulagée, Johanna lui adressa un vrai sourire et il prit encore deux clichés au vol. La séance avait été éprouvante, il faisait trop chaud dans le studio à cause des projecteurs.

— J'adore travailler avec toi, tu es toujours très professionnelle, déclara-t-il en commençant à ranger son matériel.

La maquilleuse, qui était restée avec son gros pinceau à la main, prête à repoudrer Johanna, vint l'embrasser.

— Bravo, ma grande ! Tu veux que je t'enlève tout ça ?

— Pas tout, non, je vais à un cocktail.

— Alors, je te refais un truc plus léger, parce que ce maquillage-là ne supportera pas la lumière du jour !

Elles rirent ensemble avant de se diriger vers le fond de la pièce.

— Tu m'as donné sacrément bonne mine, constata Johanna en s'installant devant le miroir.

— Il faut bien lutter contre toutes les gamines de seize ans qui envahissent le métier. Remarque, il y a toujours Photoshop pour arranger les détails… Je ne sais pas jusqu'où ira le jeunisme, mais on prendra bientôt des filles à peine pubères pour vanter les crèmes antirides des quinquas !

Johanna se détendit pendant que la maquilleuse lui passait un coton imbibé de lait sur le visage. Comme toujours après une séance difficile, elle se demanda combien de temps encore on la solliciterait. Les beaux mannequins ne manquaient pas, effectivement plus jeunes qu'elle. Et n'étant pas connue par ailleurs en tant qu'actrice ou chanteuse, sa carrière pouvait s'arrêter du jour au lendemain. D'ailleurs, avait-elle envie de continuer ? Si d'un coup de baguette magique elle avait pu changer des choses… Elle s'y était tellement mal prise avec Guillaume, s'était tellement trompée ! Aujourd'hui, elle le regrettait au point d'en faire une obsession. Elle voyait bien la plupart de ses copines en train d'organiser leur avenir, de se ménager une porte de sortie pour ne pas s'enliser dans un métier ingrat et éphémère. Leur but était parfois de monter une affaire, le plus souvent de fonder une famille, bref de réintégrer la vraie vie, loin des paillettes. Johanna aurait dû savoir qu'elle partageait ce désir. Or elle s'était comportée avec Guillaume comme une diva qu'elle n'était pas. Et maintenant qu'il ne semblait plus se soucier d'elle, il lui manquait affreusement.

— Quelqu'un veut une bière ? demanda le photographe, qui venait d'ouvrir sa glacière.

La maquilleuse accepta, mais pas Johanna. Tout le monde buvait dans son milieu, elle n'allait pas s'y mettre.

— Ton chevalier servant t'attend devant la porte ?

— Ralph ? Non, il est en voyage.

— Loin de sa bien-aimée, il arrive à survivre ?

Elles se remirent à rire, mais Johanna finit par se sentir un peu mal à l'aise et elle se crut obligée de préciser :

— C'est un gentil garçon.

— Sûrement. Mais je l'aurais pris pour ton petit frère s'il ne te regardait pas avec ses yeux de merlan frit ! À part ça, je le trouve plutôt beau gosse.

Johanna n'ajouta rien, agacée d'entendre parler de Ralph. Est-ce que tout le monde savait qu'elle sortait avec un étudiant ?

— Et puis au moins, toi, tu ne choisis pas tes mecs pour leur fric, c'est tout à ton honneur.

Le mot « honneur » était mal venu. Johanna avait choisi Ralph pour faire de lui une arme, le temps d'une soirée, il n'y avait vraiment rien d'honorable là-dedans.

— Voilà, j'ai fini. Ça te convient ?

Johanna se contempla avec un certain plaisir. Le maquillage léger était parfait. Comme toujours, les hommes allaient se presser autour d'elle pour lui débiter des fadaises.

— Tu as ce qu'il faut pour te changer ?

— Ils me prêtent la robe de la pub.

— Les bijoux aussi ?

— Oui, mais ils sont en toc.

Elles échangèrent un sourire dans le miroir tandis que le photographe passait à côté d'elles, chargé de ses sacoches.

— Au naturel aussi, tu es sublime ! lança-t-il à Johanna.

C'était sans doute vrai, mais décidément ça ne suffisait pas à son bonheur.

*

Ralph transpirait et les ampoules sur sa main droite qui tenait le sécateur le faisaient souffrir. Tout ça pour à peine soixante euros par jour ? Quelle idée d'avoir voulu participer aux vendanges ! Évidemment, son père ne lui faisait pas de cadeau, il devait suivre le même rythme que les autres, bien content de ne pas avoir été désigné comme porteur de la hotte.

Il se redressa, le dos douloureux. En bas du coteau, son père discutait avec Marc Lessage. Le rôle de viticulteur ne lui allait pas du tout, estimait Ralph, même s'il devait admettre que, de loin, on aurait pu le prendre pour Robin avant sa maladie. Il portait les bottes de son frère, conduisait son pick-up et distribuait les ordres avec une certaine aisance. Son autorité naturelle exaspérait déjà Ralph lorsqu'il était adolescent, et il désespérait de jamais pouvoir lui ressembler.

Le reste de la ligne des journaliers était en train d'avancer sans lui et il se dépêcha de les rattraper, délaissant quelques grappes au passage. Autant ne pas se faire remarquer comme le plus nul des vendangeurs ! Surtout qu'il avait repéré quelques jolies filles, certes moins belles que Johanna, mais avec lesquelles il était prêt à sympathiser. Du coin de l'œil, il vit son père qui remontait le coteau et il fit mine de s'absorber dans son travail. Une véritable réconciliation ne semblait pas possible entre eux, toutefois ils avaient commencé à se parler, c'était un début.

— Tu sélectionnes ton raisin ? lui lança Guillaume, arrêté à quelques mètres.

Il désignait la rangée bâclée, affichant un sourire ironique. Sans répondre, Ralph revint rageusement en arrière pour réparer ses oublis. Combien de répliques cinglantes de ce genre avait-il essuyées jusqu'à l'obtention laborieuse de son bac ? Son père ne laissait rien passer, il était difficile à berner.

Le porteur arrivant à côté de lui, il déversa son seau dans la hotte. Pour le souvenir qu'il en avait, le vin de sa tante et de son oncle était bon, mais cette année serait-elle à la hauteur des précédentes ?

— À l'heure de la pause, je fais un saut jusqu'à la ferme de ton grand-père. Tu veux venir ?

Surpris par cette offre, Ralph hésita avant de hocher la tête. Il aurait préféré rester avec les autres à bavarder en dévorant les sandwiches préparés par Laurence et en profitant de l'ambiance joyeuse, mais comment refuser ? Pour une fois que son père lui proposait quelque chose, il ne pouvait pas se dérober. Il eut une pensée pour Johanna, estima qu'elle serait contente, peut-être *trop* contente.

Le soleil tapait si durement sur les vignes que, durant la dernière demi-heure, il trempa sa chemise. Les jeunes gens qui travaillaient autour de lui étaient dans le même état, et quand Guillaume leur fit signe d'arrêter, certains se laissèrent tomber à terre pour souffler. Ralph prit le temps d'exécuter une série d'étirements afin de soulager un peu ses muscles, puis il rejoignit la route où arrivait le pick-up. Il n'avait pas mis les pieds à la ferme depuis l'enterrement de son grand-père, et n'y avait fait, enfant, que de courts séjours, s'amusant à regarder les vaches dans les prés ou dans les étables, mais sans réel intérêt. Sa mère n'appréciait pas le monde rural et le faisait sentir, toujours pressée de rentrer à Paris. Son grand-père, vexé par cette attitude, avait gardé ses distances.

— C'est toujours le vieux François qui s'en occupe ? demanda-t-il à son père pour rompre le silence.

Ils avaient une trentaine de kilomètres à faire, autant détendre un peu l'atmosphère.

— Il part. Il a l'âge de la retraite.

— Qui va lui succéder ?

— Personne. Je vends.

— Ah bon ? Mais… Tu décides ça tout seul ?

— Je devrais te consulter ?

Le ton railleur était décidément exaspérant et Ralph répliqua :

— Au moins Robin, ça le concerne.

— Comme si je ne parlais pas avec mon frère ! Sur quelle planète vis-tu ? Mon problème est de trouver un acheteur sans délai, car figure-toi que je ne peux pas mettre le bétail au garde-meuble !

Ralph se tourna vers lui et l'observa un moment.

— Pourquoi t'adresses-tu à moi avec un tel mépris ?

— Parce que tu es agressif et que tes questions sont idiotes.

— Je crois surtout que tu es rancunier.

Guillaume quitta la route des yeux un instant pour lui rendre son regard.

— Peut-être. Mais penses-tu vraiment que je pouvais prendre tout ça à la rigolade ?

— Ton caractère…

— Mon caractère n'est pas en cause ! Ou il m'aurait fallu celui d'un agneau bêlant. Je te rappelle que je me suis retrouvé devant un juge, et je ne souhaite pas que ça t'arrive le jour où tu auras des enfants. Contrairement à tout ce que tu peux imaginer, je t'aime comme un fils. Un fils unique. Mais je ne m'attendais pas à ce que tu me trahisses, coup sur coup pour une femme et pour du fric.

— Après Johanna, je n'avais pas le choix. Tu m'aurais coupé les vivres.

— Et, bien sûr, tu n'as pas envisagé de te débrouiller tout seul ? Tu t'es trouvé assez grand pour me piquer ma petite amie mais pas assez pour subvenir à tes besoins ?

— J'entame de longues études, je ne voulais pas être à la merci de tes sautes d'humeur.

— Oh, ne me fais pas rire ! Tu es incapable de mener à bien des études de médecine ! Ça ou n'importe quoi d'autre, d'ailleurs.

— Tu vois comme tu es réducteur ? Tu n'as jamais eu confiance en moi, tu ne m'as jamais valorisé.

— Valorisé pour quoi, au juste ? À quoi t'es-tu inté-ressé ? Tu as tout commencé et jamais rien fini. Je ne te connais aucun don, aucune passion. Et le pire est que tu te comportes toujours comme un adolescent alors que tu es adulte. Un beau matin, tu vas te réveiller en t'apercevant que tu es un raté. Je voulais tout autre chose pour toi.

— C'est vrai, railla Ralph, on projette tous ses fantasmes sur ses enfants et on est toujours déçu !

— Épargne-moi ta psychologie de café du commerce. Tu ne sais pas ce que c'est qu'avoir un enfant. Pendant toutes ces années où je t'ai élevé, soigné, choyé, j'ai sans doute eu des rêves pour toi, je t'ai imaginé devenant quelqu'un d'accompli, réussis-sant ta vie et trouvant le bonheur. Je suis triste de constater que tu es passé à côté. Tu vas droit dans le mur, ça me navre.

— Mais enfin, pourquoi ? explosa Ralph. Parce que je ne suis pas comme toi ? Parce que je ne t'ai pas pris pour modèle ? À mon âge on a besoin de tuer son père pour exister !

— Réjouis-toi, c'est fait, tu m'as poignardé dans le dos.

Ralph eut la mauvaise surprise de sentir que ses yeux le piquaient. Il n'allait tout de même pas se mettre à pleurer ? Décidément, il aurait dû se tenir éloigné de son père, il n'avait rien à en attendre. Il se rencogna contre sa portière et fit semblant de s'absorber dans la contemplation du paysage. Ils allaient en direction du Creusot, par les petites routes, et de plateaux en collines on commençait à voir du bétail dans les prés. Des vaches couleur crème avec leurs veaux, des bœufs la tête dans l'herbe. Toutes ces bêtes bonnes *à manger* dont on vantait l'excellence de la viande. La mère de Ralph en parlait d'un air dégoûté. Comment pouvait-on faire naître et voir grandir des animaux dans le seul but de les expédier à l'abattoir ? Que son beau-père se livre à cet horrible commerce heurtait sa sensibilité, et Guillaume avait beau lui répondre à l'époque que la vache n'était pas un animal domestique, Marie faisait la moue.

Le pick-up se mit à cahoter sur le chemin qui menait à la ferme. Ralph reconnut les bâtiments, la cour, les tracteurs, mais il y avait aussi une camionnette de location devant la porte.

— Il part aujourd'hui ? s'indigna Guillaume.

Sautant hors de la voiture, il se dirigea à grands pas vers François qui venait d'apparaître sur le seuil de la maison.

— Merci de m'avertir ! l'apostropha-t-il.

— Je t'ai averti mais tu ne m'écoutes pas.

— Et le bétail ?

— Le fils Marchand s'en occupe. Tu crois que je me serais tiré en laissant mes bêtes sans surveillance ?

— Je ne crois rien, je vis au jour le jour.

— Ma parole, c'est le petit Ralph ! s'exclama François. Ben dis donc, tu as drôlement changé, toi…

Les deux hommes se serrèrent la main pendant que Guillaume jetait un coup d'œil éperdu autour de lui. Jean-Louis Marchand profitait de la situation, mais que faire ? Même s'il vendait mal, il fallait le faire.

— Il est venu te voir ? demanda-t-il à François.

— Plusieurs fois, oui. Il dit que vous vous êtes mis à peu près d'accord.

— À peu près, c'est ça ! lâcha Guillaume avec amertume.

En temps normal, il n'aurait pas accepté qu'on sous-estime ses biens. Il connaissait Jean-Louis, qui avait le même âge que Robin et lui, et il avait espéré trouver un terrain d'entente. Mais c'était oublier la dureté du monde rural où tout se négocie pied à pied.

— Tu as quand même un levier, avertit François. Le fils Marchand voudrait que tu le laisses profiter des bâtiments de la cour, le temps qu'il construise une autre étable chez lui.

Il y avait une lueur de malice au fond des yeux du vieux bonhomme, et Guillaume se retrouva soudain trente ans en arrière, quand François donnait aux jumeaux le moyen d'échapper à la fureur paternelle. Employé modèle, il avait néanmoins couvert les frasques des gamins, comme ce jour où Robin s'était improvisé torero et où les bêtes, affolées, avaient défoncé vingt mètres de barbelés. François avait tout vu mais, magnanime, il avait mis l'incident sur le compte de l'orage.

— C'est une bonne base de négociation, reconnut Guillaume avec un sourire.

François hocha la tête, regarda encore Ralph avec curiosité, puis demanda :

— Et Robin, comment va ?

— Pas formidable, mais pas trop mal.

— On peut passer le voir, à l'occasion ?

Guillaume n'eut qu'une brève hésitation avant d'accepter.

— Je lui poserai la question, mais je pense qu'il serait content de te présenter sa fille.

En réalité, Guillaume ignorait quelle serait la réaction de son frère. Peut-être n'avait-il pas envie de se montrer chauve et décharné ? À moins qu'il ne souhaite, au contraire, rencontrer les gens qui avaient compté dans sa vie avant qu'il ne soit trop tard.

Ils entrèrent dans la grande salle du rez-de-chaussée, où la plupart des meubles étaient en place.

— Je n'ai pris que ce qui m'appartient, précisa François. Pour le reste, vous l'aviez laissé en l'état.

— Si certaines choses te plaisent ou te rendent service, pense à les embarquer.

— Tu ne vas rien garder ?

— Je ne crois pas, répondit prudemment Guillaume.

Ni Robin ni lui n'en avaient besoin. Au moment du décès de leur père, ils s'étaient partagé quelques souvenirs auxquels ils étaient attachés sentimentalement et ils n'avaient rien souhaité d'autre. Si un jour Guillaume décidait de transformer la ferme pour en faire une villégiature, il la viderait entièrement et abattrait sans doute les murs intérieurs.

— Vraiment, François, n'hésite pas.

— Moi, je prends juste un truc, intervint Ralph, qui n'avait pas encore ouvert la bouche.

Il s'empara d'un petit cadre accroché au-dessus du buffet. Sur la photo, son grand-père et sa grand-mère souriaient, tenant chacun la main d'un des jumeaux qui devaient avoir une dizaine d'années.

— Vous n'avez pas souvent posé tous ensemble, marmonna-t-il en glissant le cadre dans la poche de son blouson.

Interloqué, Guillaume ne fit pas de commentaire. Ralph s'était peu intéressé à sa famille paternelle jusque-là, d'où lui venait cette soudaine sensibilité ?

— Bon courage pour ton déménagement, et laisse-moi ta nouvelle adresse.

— Je viendrai jeter un coup d'œil tous les matins, promit François. Mais le fils Marchand est sérieux, il n'en aura pas pour longtemps à tout prendre en main.

— Avant même d'avoir payé ? s'insurgea Ralph.

Sa remarque agaça Guillaume. Son fils était décidément trop préoccupé par l'argent, et il n'avait pas à se mêler de la transaction. Néanmoins, il ne devait plus suffire de toper pour conclure une affaire de cette importance, un rendez-vous chez le notaire devenait urgent.

Ils regagnèrent le pick-up et, pris d'un scrupule, Guillaume demanda :

— Tu ne voulais vraiment rien d'autre ? Quand François sera parti, je vais tout liquider.

— La photo me suffit.

— Bien. Je dirai à Laurence d'aller faire un tour, peut-être aura-t-elle envie d'un souvenir pour Violette.

Tout en s'installant au volant, il regarda encore une fois la maison de son enfance. Finalement, il était content de la garder. Si Robin réussissait à vaincre son cancer, il se fit la promesse de venir beaucoup plus souvent. Et s'il lui arrivait malheur, il serait bien obligé de venir aussi, sachant d'avance que son frère, aux portes de la mort, lui confierait sa femme et son enfant.

— Est-ce qu'elle te plaît ? interrogea-t-il en désignant la façade.

Ralph parut surpris d'être sollicité, mais il prit le temps de bien observer avant de répondre.

— C'est un beau bâtiment.

— Architecture classique d'une ferme du XIXᵉ en Bourgogne. Belles pierres de façade, tuiles typiques, proportions harmonieuses… Un cas d'école !

— Tu vas l'aménager ?

— Je l'ignore.

— N'en fais pas un cube de verre et de béton, ironisa Ralph.

Guillaume se tourna vers lui et le toisa sans indulgence.

— Pourquoi es-tu systématiquement agressif ? C'est moi qui devrais t'en vouloir, pas le contraire. Je ne t'ai rien fait, je n'ai rien à me reprocher à ton égard, j'espère que tu en es conscient.

Il démarra et s'engagea sur le chemin boueux.

— À défaut de verre et de béton, il faudra bitumer cette allée, marmonna-t-il pour lui-même.

Que son fils puisse imaginer qu'il allait tout massacrer le laissait perplexe. Était-ce ainsi que son métier d'architecte était perçu ? Lorsqu'il avait dessiné les plans de la maison de Robin et de Laurence, qui souhaitaient une construction très moderne, il avait pris soin de l'intégrer dans son environnement. Élégante et reprenant certains éléments régionaux, elle ne heurtait en rien le paysage alentour.

— Il y a une énorme différence entre créer et réhabiliter, finit-il par lâcher.

— Je sais bien, je ne suis pas abruti. Je ne voulais pas te vexer, mais tu prends mal tout ce que je dis.

— Mon pauvre garçon, nos rapports sont tellement détériorés !

Il avait laissé échapper ce cri du cœur et il le regretta aussitôt. Se montrer condescendant n'arrangerait rien entre eux. Mais avait-il envie que les choses s'arrangent ? La colère éprouvée à la réception de la convocation au tribunal n'était pas tout à fait éteinte. Il ne se sentait pas prêt à oublier qu'il avait été traîné en justice sans raison. Et si Ralph l'avait fait, c'était surtout par lâcheté, pour ne pas avoir à affronter son père après l'épisode Johanna. Lui piquer sa petite amie et lui réclamer de l'argent était évidemment peu compatible, il avait choisi de se réfugier derrière un juge pour continuer à être entretenu en toute quiétude. Pas de quoi avoir envie de le serrer dans ses bras.

— Prends le temps de manger un sandwich avant de retourner dans les vignes, suggéra-t-il d'un ton plus calme. L'après-midi sera long…

En ce qui le concernait, les journées et les nuits semblaient interminables, il avait l'impression qu'il n'arriverait jamais à tout faire. Et il commençait à s'inquiéter pour son agence car il sentait ses collaborateurs un peu en perdition. Son absence mettait en péril un projet peut-être trop ambitieux, qu'il aurait voulu mener de bout en bout au lieu de le suivre de loin.

« Est-ce que tout ça est si important ? Remporter le marché, vendanger le raisin de Laurence… Je ne veux pas que Robin meure, je me fous de tout le reste ! »

— Ralentis… dit Ralph entre ses dents.

Sans s'en apercevoir, il avait accéléré et le pick-up tanguait sur la petite route. Penser que son frère puisse disparaître bientôt le rendait malade d'angoisse. Il leva le pied, desserra ses doigts crispés sur le volant.

« Tout ira bien, tout ira bien… » Trois mots qu'il se répétait inlassablement mais qu'il n'arrivait pas à croire.

— Ça t'ennuie si j'appelle Johanna ? s'enquit Ralph en sortant son téléphone de sa poche. C'est le seul moment où je peux la joindre, elle a plein de boulot.

— Pas du tout !

Guillaume freina sèchement, se pencha au-dessus de son fils et lui ouvrit la portière.

— Il te reste deux kilomètres à faire, tu auras tout le temps de bavarder.

Éberlué, Ralph le dévisagea, puis il rangea ostensiblement son téléphone.

— Descends, lui enjoignit Guillaume.

— Ma parole, tu me détestes !

— Non, mais j'en ai assez de tes provocations.

— Je ne te…

— Alors, tu es inconscient. De toute façon, tu me fatigues et je n'ai pas besoin de ça. Il va falloir grandir, Ralph. Remettre les pieds sur terre. Un peu de marche te fera du bien. Allez, ouste !

Drapé dans sa dignité, Ralph quitta la voiture et claqua rageusement la portière. En redémarrant, Guillaume jeta un coup d'œil dans son rétroviseur. La silhouette de son fils, immobile sur le bord de la route, lui arracha un sourire. Au bout du compte, Ralph avait bien fait de venir en Bourgogne, mieux valait un face-à-face orageux que ne plus s'adresser la parole. Peut-être qu'ici, avec Robin malade et l'arrivée du bébé, leur querelle finirait par apparaître dérisoire et s'apaiser.

— Mon fils, soupira Guillaume.

Il avait encore des choses à lui apprendre, à lui transmettre, et beaucoup d'amour à lui donner malgré tout. À condition que Ralph l'accepte, qu'il cesse de se comporter en rival, en jeune coq. Sa pseudo-indépendance était artificielle, il n'était pas encore entré dans la vraie vie.

Lorsqu'il arriva en vue des vignes, il constata que l'équipe des journaliers l'attendait pour se remettre au travail.

4

Sybil adressa un sourire rassurant à Robin et l'aida à se redresser.

— Bonne tension, bon pouls, et presque bonne mine, décidément vous êtes mieux aujourd'hui !

Elle rangea son matériel dans sa sacoche puis jeta un coup d'œil à Guillaume, qui était resté debout à côté d'eux.

— Vous, en revanche… Vous devriez vous reposer un peu, vous avez l'air au bout du rouleau.

C'était gentiment dit mais Guillaume se raidit. Depuis dix jours, il n'avait pas eu une minute pour souffler.

— Les vendanges s'achèvent demain, ça ira mieux après.

Il tenait Violette dans son bras, endormie contre son épaule. Pour laisser Laurence faire un aller-retour jusqu'au chai, il avait proposé de s'en occuper pendant la visite de Sybil. Elle passait chaque soir, comme convenu, et rendait compte au cancérologue de l'état de Robin.

— Je peux la prendre ? demanda Sybil d'un ton plein d'espoir. Elle est tellement mignonne ! Est-ce qu'elle fait ses nuits ?

— Pas encore. J'entends ma femme se lever vers trois heures.

— Si vous l'entendez, c'est que vous ne dormez pas bien. Or je vous ai demandé de me signaler tout ce qui ne va pas. Prenez un somnifère léger, vous en avez en réserve.

— Je ne tiens pas à dormir, protesta Robin.

— Il le faut.

— Vous ne savez pas à quel point le temps m'est précieux, soupira Robin.

Elle s'agenouilla devant lui pour pouvoir le regarder droit dans les yeux.

— Votre sommeil l'est aussi. Votre organisme en a besoin, il se bat et il est fatigué.

— Comme vous dites… Fatigué de manger et de vomir, fatigué d'avaler vos saloperies de médicaments. Mon « organisme » est aux abonnés absents, les commandes sont mortes, je ne bande même plus !

Elle n'eut pas l'air choquée par sa déclaration amère, sans doute était-elle habituée aux crises de désespoir des malades.

— Je vous la confie, intervint Guillaume en tendant Violette à la jeune femme. Vous aimez les bébés ?

— J'adore !

— Vous devriez travailler dans une maternité, ironisa Robin, ce serait plus gai pour vous qu'avec des grincheux dans mon genre.

— Tous mes patients ne le sont pas, répliqua-t-elle gaiement.

— Perdre un à un tous les plaisirs de l'existence me rend très morose, pardon.

— Vous les retrouverez, prédit-elle sans s'émouvoir.

Elle berçait le bébé avec des gestes doux et sûrs. En la regardant, Guillaume se sentit maladroit. Le temps était loin où il avait donné le biberon à Ralph.

— Avez-vous des enfants ? voulut-il savoir.

— Non, pas encore. J'en ai très envie, mais il faut être deux.

Robin esquissa un pâle sourire et hocha la tête.

— La bonne rencontre arrive parfois un peu tard. Si j'avais trouvé Laurence plus tôt…

— Quand c'est trop tôt, ça ne marche pas longtemps, lui rappela Guillaume.

Il faisait référence à son mariage prématuré avec Marie, qui lui laissait un souvenir très mitigé. Avoir eu un enfant si jeune expliquait peut-être les failles dans l'éducation de Ralph. Mais pour Robin, c'était pire, il n'était pas sûr de voir sa fille marcher, ni de l'entendre prononcer ses premiers mots. Vivrait-il assez longtemps pour être appelé « papa » ?

Comme chaque fois, Guillaume repoussa cette idée morbide et son regard se porta sur Sybil. Sans être belle à la manière d'une Johanna, elle était mignonne, petite et bien faite, avec quelque chose de sensuel dans sa silhouette. Ses grands yeux dorés étaient assez remarquables dans son visage fin, et sa gaieté, très spontanée, la faisait souvent éclater d'un rire communicatif que ses patients devaient beaucoup apprécier.

Il s'aperçut qu'elle le regardait à son tour, un peu étonnée d'être observée avec une telle insistance. Gêné, il se détourna au moment où Laurence entrait, les joues rouges d'avoir couru.

— Ah, vous êtes là ! lança-t-elle à Sybil. Je croyais mon mari et Guillaume livrés à eux-mêmes avec le bébé…

Elle se pencha sur sa fille endormie dans les bras de Sybil.

— On dirait qu'elle se plaît bien avec vous.

— J'adore les nouveau-nés.

— Je vois ça. Venez, je vous raccompagne.

Ensemble, elles s'éloignèrent vers la porte, où elles tinrent un conciliabule à voix basse.

— Elles doivent parler de moi, railla Robin. Ou de toi, tiens, de ta manière de reluquer mon infirmière !

Il eut enfin un vrai sourire, qui le fit ressembler au Robin d'avant.

— J'aime bien te voir regarder les femmes, ajouta-t-il, ça me rappelle notre jeunesse.

À l'époque où ils draguaient les filles, leur ressemblance provoquait immanquablement de l'intérêt et ils s'en servaient comme d'un atout. Mais si Robin avait poursuivi longtemps le jeu de la séduction, pour sa part, Guillaume avait été piégé par Marie alors qu'il n'avait pas terminé son cursus à l'ENSA. Ils y étaient élèves ensemble et ils étaient tombés amoureux. Une grande histoire pour elle, une aventure pour lui. Il se souvenait encore du soir où elle lui avait annoncé sa grossesse, le laissant abasourdi. Persuadé qu'elle prenait la pilule, comme elle le lui avait fait croire, il était tombé des nues. Alors, elle s'était mise à pleurer parce qu'il ne sautait pas de joie, puis avait décrété d'un ton farouche qu'elle garderait l'enfant. Trop droit pour fuir ses responsabilités, Guillaume s'était incliné, tout en sachant qu'ils allaient connaître quelques années difficiles. Ils s'étaient mariés dans l'intimité, ensuite il avait jonglé avec les petits boulots, le temps d'achever son master. Il avait même eu le courage d'entreprendre une année d'études supplémentaire pour obtenir la maîtrise d'œuvre qui lui permettrait de s'installer à son compte. Mais il avait dû renoncer à son grand rêve d'obtenir un jour l'Équerre d'argent, le prix le plus prestigieux de la profession, et il n'avait pas passé le concours d'État pour devenir architecte des monuments historiques. Afin de gagner rapidement sa vie, il s'était empressé de fonder son agence avec trois associés. Pendant ce temps-là, Marie avait décroché. Elle n'était pas ambitieuse, elle comptait sur lui. En vain lui avait-il suggéré de rejoindre l'agence, de proposer des projets. Elle semblait à la fois humiliée d'envoyer partout son C.V. sans résultat et peu disposée à travailler avec lui. Bien plus tard, il avait réalisé qu'elle était jalouse de sa réussite fulgurante car l'agence avait bien marché dès le début. Ils s'étaient un peu éloignés l'un de l'autre sans que Guillaume en prenne ombrage, absorbé dans son travail, jusqu'au jour où elle avait décidé de le quitter et où elle l'avait persuadé de garder Ralph. Pour la deuxième fois, il était tombé de haut. S'il n'avait pas assez aimé Marie, ainsi qu'elle le lui avait reproché, en tout cas il s'était comporté honnêtement avec elle et lui avait offert une bonne vie. Qu'elle veuille en changer était son droit, mais pourquoi laisser derrière elle ce fils qu'elle avait tant voulu ? Là encore, il s'était incliné.

— Elle est vraiment sympa, cette infirmière, déclara Laurence en revenant vers eux. Et elle t'a trouvé mieux, ce soir. Comment te sens-tu ?

— J'ai presque faim !

Robin souriait bravement, mais Guillaume comprit qu'il voulait seulement faire plaisir à sa femme. Sans doute ne mangerait-il que deux bouchées et quitterait-il la table avant la fin du dîner.

— Voudrais-tu des œufs en meurette ? proposa-t-elle.

Un de ses plats favoris, qu'elle réussissait particulièrement bien, mais la perspective d'une recette au vin rouge arracha une grimace à Robin.

— D'accord ! s'esclaffa Laurence. Les œufs pour nous, et pour toi du jambon et des coquillettes.

Où trouvait-elle l'envie de rire, l'énergie de plaisanter ? Elle prépara un biberon et confia le bébé à Robin.

— Est-ce que Ralph dîne avec nous ? Ce ne serait pas très chic de le laisser tout seul dans son petit hôtel.

Chaque soir, elle trouvait une formule différente pour proposer que le jeune homme se joigne à eux. Elle ne voulait pas le négliger, ni avoir l'air d'imposer sa présence à Guillaume.

— De toute façon, ajouta-t-elle, son job s'achève demain. Je suppose qu'ensuite il rentrera à Paris.

Après avoir quêté l'approbation de son beau-frère, elle envoya un message à Ralph sur son portable. Attendait-il l'invitation ? Dans une vie de famille normale, il serait venu de lui-même.

— Comment s'organise-t-on pour le repas de fin de vendanges ? demanda soudain Robin.

Laurence se tourna vers lui, abasourdie. Puis elle chercha Guillaume du regard, secoua la tête.

— Je n'y ai pas pensé, articula-t-elle.

C'était l'aveu de son obsession pour la maladie de Robin. Toujours bien organisée, elle planifiait la moindre chose à l'avance, et qu'une évidence comme ce banquet annuel ait pu lui échapper était révélateur de son état d'esprit.

— Avec le bébé, j'avoue que…

— J'aurais dû m'en soucier, trancha Guillaume. Mais on va arranger ça.

— Les prévisions météo pour demain sont mauvaises, soupira Robin. Le temps devrait tourner à l'orage.

Il n'avait rien d'autre à faire qu'écouter la radio ou surfer sur Internet pour se distraire, trop fatigué pour quitter la maison.

— On peut mettre les tables à tréteaux sous le grand auvent du chai, décida Laurence en hâte. Elles sont dans la remise, avec les chaises pliantes. Je demanderai à Ralph de les nettoyer et de les installer. Peut-être pourra-t-il aller au supermarché à l'heure de la pause ? Je lui préparerai la liste des courses. Des nappes en papier, de la vaisselle jetable, des sodas, de la charcuterie, des fromages. Et toi, Guillaume, si tu peux remonter des bouteilles de la cave, je t'indiquerai où les prendre. Je vais commencer à confectionner des desserts dès ce soir.

Elle semblait désolée et survoltée.

— C'est la tradition, murmura Robin sur un ton d'excuse. Les journaliers ne comprendraient pas qu'on les prive du banquet. Certains d'entre eux sont des fidèles qui reviennent chaque année.

— Ceux-là vont trouver que je ne me suis pas donné beaucoup de mal ! s'exclama Laurence. En général, je prépare un bon plat en sauce, quelque chose de typique…

Guillaume eut l'impression qu'elle était sur le point de lâcher prise. Entre son mari malade, sa fille qui l'accaparait jour et nuit, et sa récolte faite sans elle pour la première fois, elle n'en pouvait plus, elle perdait tous ses repères.

— Pas de panique, temporisa-t-il. On va y arriver. Tout le monde comprendra que l'arrivée de Violette t'oblige à improviser. Et on peut très bien s'amuser en faisant un pique-nique géant !

Mais Robin ne serait pas là pour mettre de l'ambiance, et Laurence, entre deux biberons, ne serait probablement pas très disponible.

— Tu me remplaceras, hein ? lui demanda son jumeau d'un air piteux. Et puis je crois qu'il faudrait faire signe à ce *cher* Marc qui nous a donné un coup de main.

— Rien ne nous oblige à l'inviter, protesta Laurence.

— Tu sais bien qu'il se vexerait. Il a supervisé le travail, il vient tester la fermentation tous les jours…

À cet instant, Ralph fit une entrée discrète, en habitué de la maison. Il traversa le vaste séjour et alla directement embrasser Robin.

— Tu tombes bien, lança Guillaume, on va avoir besoin de toi !

Il l'avait dit d'un ton conciliant, et Laurence parut soulagée. Elle en profita pour sortir du réfrigérateur une bouteille de mercurey blanc qu'elle tendit à Ralph.

— Un verre nous fera du bien, un programme chargé nous attend !

Elle avait noué un lien affectueux avec son neveu. Guillaume lui-même était moins braqué contre Ralph, reconnaissant qu'il avait accompli les efforts nécessaires pour reprendre sa place dans la famille. Tandis que Laurence lui expliquait ce qu'elle attendait de lui, jeune homme servit le vin avec dextérité. À l'évidence, il était à l'aise, heureux d'être là, et Guillaume éprouva un élan inattendu envers lui.

— À ta santé, fiston ! dit-il en levant son verre.

Le regard surpris de Ralph lui fit comprendre qu'il était temps d'apaiser leur querelle, d'oublier leurs griefs. Pour sa part, il y était prêt.

⁂

Johanna avait pris la route sur un coup de tête. Elle s'était persuadé qu'une escapade lui ferait du bien et qu'elle avait mérité un week-end de détente à la campagne. En réalité, des sentiments contradictoires l'animaient. Ralph n'était pas revenu comme un chien qu'on siffle quand elle lui avait suggéré de rentrer à Paris, et qu'il préfère s'attarder en Bourgogne plutôt qu'accourir auprès d'elle était pour le moins déroutant. Que faisait-il de si passionnant là-bas ? Lorsqu'il lui avait annoncé avec emphase qu'il était chargé d'organiser un banquet de fin de vendanges, elle avait ressenti une pointe d'agacement. Bien qu'elle ait souhaité cette réconciliation entre le père et le fils, elle n'en tirait aucun bénéfice. Au téléphone, Ralph parlait de Guillaume, des vendanges, de sa tante Laurence qui faisait si bien la cuisine, de son oncle Robin luttant contre la maladie, de l'adorable bébé, bref, de tout un univers dont elle était exclue. Or son but était bien de reconquérir Guillaume, elle l'avait compris, admis, encore devait-elle s'en donner les moyens. Et débarquer au beau milieu d'une fête lui permettrait de s'imposer plus facilement, elle en était certaine. Ralph serait tout heureux de la voir et elle pourrait toujours prétendre qu'elle était venue le chercher puisque son travail dans les vignes était terminé.

En arrivant devant la maison de Robin et Laurence, elle eut la mauvaise surprise de trouver les lumières éteintes, mais elle se souvint que le chai et les caves étaient un peu plus loin, dans des bâtiments anciens. Elle gara sa voiture à proximité et se dirigea avec assurance vers le large auvent sous lequel régnait une joyeuse activité. Le soir tombait déjà, mais des lampes à pétrole éclairaient les tables, ainsi qu'une guirlande électrique aux ampoules multicolores installée sur la façade. Des gens allaient et venaient, dépliant des chaises, apportant des plats. Elle vit d'abord Ralph émerger du chai, puis Guillaume derrière lui. Ils avaient l'air de plaisanter, chargés de bouteilles, et ils la découvrirent ensemble, avec la même expression de stupeur. Tout de suite, elle alla vers eux, ignorant les regards intrigués qui la suivaient. Elle avait choisi pour la circonstance une tenue décontractée, jupe courte de velours et bottes à hauts talons, avec une chemise d'homme sous un spencer ajusté. Ses longs cheveux dansaient sur ses épaules à chaque pas et un maquillage discret mais très étudié mettait en valeur ses yeux gris-vert.

— Mais c'est formidable ! s'exclama spontanément Ralph.

Il alla vers elle et la prit par la taille d'un geste de propriétaire qu'elle repoussa.

— Je peux me joindre à vous ? minauda-t-elle en regardant Guillaume.

— Tu passais ? ironisa-t-il sans sourire.

Aucun autre homme ne se serait permis de l'accueillir aussi mal, mais elle conserva son expression affable.

— Je vois que ça va mieux, vous deux, je suis contente. Et je n'ai pas pu résister au plaisir de venir faire la fête avec vous tous.

Avisant Laurence qui arrivait, son bébé dans les bras, elle se précipita.

— Tu veux bien de moi ? demanda-t-elle carrément. J'ai eu envie de m'inviter à votre repas de fin de vendanges dont Ralph m'a parlé comme d'un événement ! J'en profiterai pour le ramener à Paris demain, mais en tout cas la réconciliation a eu lieu, rien ne pouvait me faire plus plaisir.

Un peu désemparée par tant d'enthousiasme, Laurence n'osa pas protester. Comme c'était elle la maîtresse des lieux, Johanna en conclut qu'elle avait le droit de rester.

— Je peux vous aider à quelque chose ?

— Tu sers déjà d'attraction, fit remarquer Ralph en riant.

Toutes les têtes étaient tournées vers eux, et les hommes observaient Johanna sans cacher leur plaisir de voir une si jolie femme. Guillaume fut le premier à se détourner pour aller chercher d'autres bouteilles. Il jugeait la présence de Johanna très incongrue mais ne souhaitait pas mettre de l'huile sur le feu. Laurence s'éloigna aussi, allant à la rencontre de Sybil qui arrivait. Elle avait insisté pour lui faire accepter l'invitation car elle éprouvait une réelle sympathie à son égard. Depuis qu'elle s'occupait chaque soir de Robin, il semblait avoir un meilleur moral. Peut-être y avait-il des choses qu'il pouvait confier à une infirmière mais refusait de dire à sa femme. Il détestait son infériorité de malade, ses misères physiques, et toutes les manifestations de sollicitude l'exaspéraient. Jusqu'à ce que Sybil s'occupe de lui, il n'avait paru à l'aise qu'avec son jumeau, mais Guillaume était débordé par mille tâches du matin au soir et, Laurence s'en doutait, du soir au matin car il passait la plus grande partie de ses nuits sur son ordinateur.

— C'est gentil d'être venue ! Le dîner ne sera pas gastronomique, mais il devrait être gai. Pour les gens qui font les vendanges, se réunir une dernière fois est important.

— Je sais, approuva Sybil avec un sourire amusé. Mon père a été maître de chai dans une grande exploitation du côté de Beaune pendant vingt ans.

— Et vous ne me l'aviez pas dit !

— J'en ai parlé à votre mari. Mettre la conversation sur les vignes et le vin lui fait un peu oublier ses angoisses.

— Comment l'avez-vous trouvé, ce soir ?

— Bien. Il a pris une assiette de potage et un fruit, il retrouve un semblant d'appétit.

— Merci de lui avoir tenu compagnie, vous n'étiez pas obligée.

— Je me suis attachée à lui. Enfin, vous comprenez dans quel sens…

— Je comprends très bien, et je suis touchée.

Elles échangèrent un regard complice, puis Laurence l'entraîna vers Guillaume qui bavardait avec Marc Lessage.

— Je vous confie Sybil, donnez-lui à boire pour qu'elle se mette dans l'ambiance !

Guillaume alla chercher un verre tandis que Sybil demandait à Marc, désignant Johanna :

— Qui est cette fille superbe ?

— Un mannequin, répondit-il. Je n'ai pas réussi à déterminer si c'est la petite copine de Guillaume ou de son fils, mais ils la connaissent tous les deux.

Il se mit à rire, apparemment peu concerné par le physique de Johanna. Sybil éprouva un stupide petit pincement au cœur. Depuis le premier jour, elle trouvait Guillaume séduisant, mais bien sûr elle ne l'aurait montré pour rien au monde. Pas question de se livrer à ce genre de choses sous le toit d'un patient. Sauf qu'il l'avait regardée d'une façon particulière, la veille, et qu'elle y avait repensé toute la soirée avec un certain trouble. Maintenant, si cette grande blonde était sa maîtresse, Sybil cesserait de s'intéresser à lui. D'abord, elle ne brisait pas les couples, ensuite, elle n'était ni grande, ni blonde, ni assez jolie pour rivaliser. Et puis Guillaume était appelé à disparaître de la région, il finirait par rentrer à Paris pour retrouver sa vie loin d'ici. D'après son frère, il était très occupé, brillant dans son métier, très entouré… Pour sa part, elle sortait d'une liaison difficile qui s'était terminée dans les larmes, et elle n'avait pas envie de se lancer tête baissée dans une aventure compliquée. Non, décidément, elle devait chasser Guillaume de ses pensées avant d'en tomber amoureuse.

— Votre verre, dit-il en lui touchant l'épaule pour la sortir de sa rêverie.

Il trinqua avec elle, mais il semblait distrait et elle remarqua qu'il cherchait quelqu'un du regard.

— Votre amie est là-bas, dit-elle.

Elle désignait Johanna, que Ralph était en train de présenter fièrement à tout le monde.

— Je crois qu'on va pouvoir passer à table ! déclara Laurence d'une voix forte. Installez-vous comme vous voulez, et bon appétit !

Dans un joyeux brouhaha, tous ceux qui avaient participé aux vendanges prirent place. Sybil s'assit tout au bout, un peu perdue, et Marc vint occuper la chaise d'à côté. Il engagea la conversation en lui parlant de son père, qu'il avait eu l'occasion de rencontrer à plusieurs reprises.

— Le monde du vin est finalement assez fermé et on se connaît tous, de vue ou de nom.

— C'est bien pour ça que Robin a eu du mal à se faire accepter, rappela Laurence avec une évidente fierté. En tant que fils d'éleveur de bétail, il n'était pas très crédible, mais il s'est imposé parce qu'il est doué.

— Et aussi parce qu'il avait travaillé dans de grandes maisons avant de te rencontrer et de s'occuper de tes vignes. À défaut d'être né dans la marmite, il y avait trempé un moment.

Marc essayait d'être gentil, néanmoins un soupçon d'aigreur le trahissait dès qu'il parlait de Robin. Guillaume les rejoignit, s'asseyant près de Sybil, et aussitôt Johanna se glissa à côté de lui pour être son autre voisine. Les bouteilles de vin, les plats de charcuterie et les corbeilles de pain passaient de main en main tout le long de la table, créant une ambiance conviviale, et le ton des conversations montait déjà.

— Parlez-moi de mon frère, murmura Guillaume à l'oreille de Sybil.

— Que voulez-vous savoir ? s'étonna-t-elle. C'est à vous qu'il se confie le plus !

— Donnez-moi un avis professionnel. Il peut s'en tirer ou… c'est sans espoir ?

Il avait buté sur les derniers mots comme s'il rechignait à les prononcer.

— Je ne suis pas médecin. Encore moins cancérologue. Je peux néanmoins affirmer que tout est possible.

— Il n'est pas définitivement perdu ?

— Je ne crois pas. Mais en vous le disant je sors de mon rôle d'infirmière, et je risque surtout de vous donner de faux espoirs.

— Le doute est insupportable.

— Moins qu'une condamnation sans appel.

— Vous êtes dure.

— Désolée. Votre façon de poser des questions est tellement… abrupte !

Elle adoucit sa remarque d'un sourire, mais le visage de Guillaume resta fermé.

— C'est mon frère, finit-il par lâcher pour toute explication.

Il aurait aussi bien pu dire qu'il s'agissait de son jumeau, son double, une part de lui-même.

— De quoi discutez-vous avec ces airs de conspirateurs ? s'enquit Johanna qui voulait se mêler à la conversation.

Au lieu de lui répondre, Guillaume se leva pour aller jeter un coup d'œil au berceau de Violette qui était installé un peu à l'écart. Laurence le suivit des yeux d'un air attendri.

— Je ne sais pas ce que j'aurais fait sans lui depuis quinze jours.

— Et sans moi ! s'exclama Ralph en les rejoignant.

— Sans toi aussi, oui. Comme quoi, la famille… Mais de la part de ton père, qui est très pris par son métier, tout lâcher pour venir ici est une belle preuve de solidarité.

Sybil se retourna pour observer Guillaume. Il s'était accroupi près du berceau afin d'être à la hauteur du bébé, et il lui souriait. De nouveau, elle se sentit troublée.

131

— Il a dû être un père formidable ? demanda-t-elle à Ralph.

— Quand j'étais petit, sûrement ! Après, ça s'est gâté.

— Tu n'as pas toujours été très coopératif, fit remarquer Laurence.

Discrètement, Johanna en avait profité pour rejoindre Guillaume de l'autre côté du berceau. Elle s'adressait à lui sans regarder le nouveau-né, et son attitude, très éloquente, était bien celle d'une femme amoureuse. Sybil l'envia de pouvoir séduire qui elle voulait, mais en reportant son attention sur la tablée elle constata que Ralph semblait furieux. Lui aussi regardait son père et Johanna, apparemment jaloux de leur complicité. La phrase de Marc lui revint en mémoire, Johanna était-elle la maîtresse de Guillaume ou celle de Ralph ? Non, pas ce dernier, il était trop jeune, presque insignifiant à côté de son père.

— Je ne vais pas faire de discours, annonça Laurence en tapant sur son verre pour réclamer le silence, je voudrais simplement exprimer ma reconnaissance à tous ceux qui ont vendangé chez nous cette année. Pour les habitués, ce banquet est plutôt un pique-nique et je m'en excuse. Entre deux biberons, je n'ai eu le temps de vous mijoter des plats bourguignons. Ce sera pour la prochaine fois, je vous le promets. En attendant, la récolte est belle, et, grâce à vous, elle est dans les cuves. Je crois que le cru 2012 du domaine Lachaume sera un bon millésime, alors un grand merci à chacun !

Des applaudissements saluèrent sa déclaration, aussi brève que chaleureuse. Depuis son enfance, elle avait l'habitude de ces réunions annuelles avec les équipes de journaliers, et elle était suffisamment à l'aise pour cacher les soucis qui la minaient. Bien entendu, elle n'avait pas fait allusion à Robin ni à sa maladie, mais elle y pensait forcément en évoquant ce prochain millésime qu'il ne goûterait peut-être jamais. Pour Sybil, c'était la confirmation de la force de caractère de Laurence, envers laquelle elle éprouvait de plus en plus de sympathie. Guillaume vint reprendre sa place, toujours suivi de Johanna qu'il semblait ignorer, mais, avant de se rasseoir, il proposa de porter un toast à la maîtresse des lieux.

— Excellente idée ! s'écria Marc en levant son verre. À Laurence Lachaume !

Il l'avait appelée par son nom de jeune fille, celui de ses vignes, et Guillaume lui lança un regard agacé.

— C'est la tradition, murmura Sybil, ne vous vexez pas.

— J'ai beau le savoir, l'absence de Robin m'est insupportable et je ne veux pas qu'on l'oublie tout à fait. Je pense que Laurence ressent la même chose.

— Non, elle n'a pas dû y prêter attention.

Se tournant vers elle, il parut se détendre.

— Vous êtes très gentille.

Il l'avait dit avec un tel sérieux qu'elle n'en prit pas ombrage, alors que l'expression était plutôt réductrice. Mais elle ne pouvait pas s'attendre à ce qu'il s'intéresse à elle en tant que femme, elle n'était que la *gentille* petite infirmière qui s'occupait bien de son frère.

— Vous devriez parler un peu avec votre autre voisine, suggéra-t-elle, j'ai l'impression qu'elle boude.

— Grand bien lui fasse, maugréa-t-il sans un regard pour Johanna.

— Une querelle d'amoureux ?

133

Il la dévisagea d'un air surpris, puis il secoua la tête mais sans s'expliquer. Alors qu'elle maudissait sa curiosité, le téléphone portable qu'il avait posé sur la table se mit à vibrer. Il jeta un coup d'œil à l'écran et se leva précipitamment.

— C'est un message d'un de mes collaborateurs, excusez-moi.

Elle s'obligea à ne pas le suivre des yeux tandis qu'il s'éloignait. Avoir parlé avec lui, avoir frôlé son épaule ou sa main à plusieurs reprises la perturbait. Cet homme l'attirait et elle n'arrivait pas à se raisonner. Parce qu'elle avait été près de lui elle n'avait pas vu passer la soirée, et tout le monde était en train d'attaquer les desserts confectionnés par Laurence, des tartes et des flans au cassis, des pains d'épice moelleux fourrés de marmelade. En lui tendant un plat, Johanna demanda :

— Vous êtes l'infirmière de Robin, je crois ? Est-ce qu'on ne le verra pas du tout, ce soir ?

— Je ne pense pas.

Johanna affichait un sourire charmant qui la rendait vraiment irrésistible. Comparée à elle, Sybil se sentit insignifiante.

— Guillaume nous a quittés ?

— Il me semble qu'il téléphone.

Machinalement, Sybil regarda du côté du berceau. Guillaume était debout, un peu plus loin, le visage décomposé comme s'il venait d'apprendre une très mauvaise nouvelle. Elle le vit faire quelques pas, la tête penchée, les mâchoires crispées. Qu'est-ce qui pouvait lui faire un tel effet ? Une autre femme ? Elle se servit une part de pain d'épice, prit le temps de la savourer avant de risquer un autre coup d'œil. Adossé au mur de pierre, Guillaume jouait distraitement avec son téléphone éteint. Leurs regards se croisèrent et il déroba le sien. Son expression restait fermée, indéchiffrable.

— Je vais rentrer, dit-elle à Laurence. Ma tournée commence tôt demain matin.

Elle fit un geste d'adieu à la cantonade, ramassa son sac et quitta l'abri gaiement éclairé de l'auvent. Avec la nuit, un petit vent froid s'était levé, qui la fit frissonner. Parmi la douzaine de voitures garées à proximité du chai, elle chercha la sienne dans l'obscurité et, au moment où elle ouvrait la portière, elle entendit un pas derrière elle.

— Vous partez déjà ?

Heureuse de reconnaître la voix de Guillaume, elle répondit en riant :

— Avant d'avoir trop bu, oui !

— Vous n'avez pas bu grand-chose.

— C'est déjà trop. Heureusement, je n'habite pas loin.

— Vous avez le temps de fumer une cigarette avec moi ?

— Je ne fume pas souvent.

— Moi, en principe, j'essaie d'arrêter. Mais ce soir…

Il laissa sa phrase en suspens, sortit son paquet.

— Au fond, décida-t-elle, donnez-m'en une. Vous avez des ennuis, Guillaume ?

Elle avait posé la question sans réfléchir, habituée à ce que les gens se confient à elle, toutefois elle s'en voulut d'être une fois de plus indiscrète. Il alluma leurs deux cigarettes, tira une longue bouffée puis lâcha d'un trait :

— Pire que des ennuis, une vraie catastrophe ! Je relativise en pensant à Robin, je me dis qu'il y a des choses plus graves et que la terre ne va pas s'arrêter de tourner.

135

— Mais ?

— Mais je viens de perdre un énorme contrat, pour lequel j'ai beaucoup travaillé et que je n'ai pas pu défendre jusqu'au bout. C'est très décevant, très rageant, sans compter que ça met mon agence en péril car nous étions tous mobilisés là-dessus depuis des mois. Un très beau projet, très abouti.

— Qui n'a pas été retenu ?

— Il était dans les deux derniers en compétition, j'avais bon espoir. En fait, j'aurais dû faire un aller-retour express à Paris pour finaliser deux ou trois détails parce que, à ce stade-là, tout compte. Y compris le relationnel.

— Et vous ne l'avez pas fait à cause de Robin.

— De lui avant tout, des vendanges, de Laurence et son bébé…

— Vous regrettez ?

— Sûrement pas. Je suis seulement très en colère. Je croyais pouvoir tout mener de front, j'ai péché par orgueil.

Ils se voyaient à peine, juste éclairés par le plafonnier de la voiture dont la portière était toujours ouverte, mais elle aperçut l'éclat des dents de Guillaume qui s'était mis à sourire.

— Je me sens ridicule, avoua-t-il. Je vous assomme avec mes problèmes comme si c'était la chose la plus importante du monde. Vous devez voir des gens plus malheureux qu'un architecte vexé !

— Je suppose que vous n'avez personne avec qui partager votre frustration.

— C'est vrai. Pas question d'ennuyer Laurence avec ça, encore moins mon frère, et inutile d'accabler mes collaborateurs.

— Votre fils ?

— Je ne crois pas que ça l'attendrirait. Mais ce n'est pas une raison pour m'en prendre à vous. Je suis un grand garçon, je pouvais garder ça pour moi.

— Mauvaise idée. Il ne faut rien enfouir, sinon on finit asphyxié.

Ils fumèrent un moment en silence, puis elle demanda :

— Qu'allez-vous faire, maintenant ? Rentrer à Paris ?

— Je devrais, mais pas encore. Il me reste à finaliser la liquidation de l'exploitation de notre père. Les terres et les vaches.

— Des charolaises ?

— Oui, un joli cheptel. À vrai dire, tout est arrivé en même temps. Celui qui s'en occupait veut prendre sa retraite, mais les contrats de fermage n'intéressent plus personne, il faut vendre.

— Et vous avez trouvé un acheteur ?

— Sauf pour la ferme, qui nous reste sur les bras. Ni Robin ni moi n'y sommes très attachés. Du moins, c'est ce que je croyais, car en réalité, je suis assez content de la conserver. Elle a de belles proportions et elle est bien placée, quasiment au milieu de nulle part ! Ces derniers jours, je me suis surpris à y penser, à faire déjà des plans dans ma tête.

— Pour la transformer en maison de campagne ?

— Peut-être.

— Vous voulez garder un pied ici, n'est-ce pas ?

— Oh là là, combien de questions m'avez-vous posées depuis cinq minutes ? Si c'était pour m'encourager à parler, vous avez gagné !

— Vous réussissez même à rire, c'est bon signe. Mais maintenant, je vais vous laisser, j'ai froid.

Elle se serait volontiers attardée des heures pour le plaisir d'être avec lui, mais sa dernière remarque prouvait qu'il la trouvait trop curieuse. Elle se sentit rougir et bénit l'obscurité.

— Je suis désolé de vous avoir retenue, rentrez vite chez vous, Sybil.

Il avait dit son prénom avec une douceur particulière qui la chavira et, quand elle fut installée au volant, il ferma lui-même la portière. Lorsqu'elle démarra, elle se sentait sur un petit nuage, mais la grande blonde apparut dans ses phares et, l'ignorant, fondit sur Guillaume avec un sourire triomphant.

❊

Laurence laissa la porte de la nursery entrebâillée. Violette avait boudé son biberon, elle semblait grognon et avait mis très longtemps à s'endormir. Ses petites mains étaient glacées mais ses joues un peu chaudes. Inquiète, Laurence espéra qu'elle n'avait pas eu froid, la veille, durant la longue soirée du banquet. Aurait-elle dû prendre une baby-sitter et laisser le bébé dans la maison ? De toute façon, elle n'aurait pas su à qui s'adresser. Et Robin, abruti de médicaments, ne pouvait pas veiller sur un nouveau-né.

Elle descendit, brancha le baby-phone sur le comptoir de la cuisine et fit du café. Ensuite, elle alla jeter un coup d'œil à la chambre du rez-de-chaussée, où Robin dormait encore. Depuis le seuil, elle l'observa un moment. Sa lampe de chevet était restée allumée et son visage amaigri se détachait sur l'oreiller. Avait-il moins mauvaise mine ? Elle n'en était pas certaine et ne voulait pas se raconter d'histoires. Durant une ou deux minutes, elle le contempla. Elle l'aimait toujours autant, peut-être davantage parce qu'il était en danger. Mais à cause de cette saleté de cancer, elle-même et le bébé se retrouvaient en péril aussi. Que deviendraient-elles sans lui ? Il avait pris en main l'exploitation viticole, avait poussé Laurence à moderniser ses installations, et en peu de temps il avait donné une nouvelle impulsion au domaine. Il voulait améliorer encore le Lachaume, or il possédait toutes les qualités nécessaires à l'élaboration d'un bon vin. Ayant travaillé en tant que maître de chai pour de grandes maisons, il connaissait bien la gestion et la surveillance des stocks année par année, le respect des normes d'hygiène, les déclarations administratives après les récoltes. Depuis l'arrivée du raisin en cave jusqu'à la mise en bouteilles, il s'occupait de tout avec jubilation et, grâce à un palais très fin, n'avait quasiment jamais recours à un œnologue. Au fil du temps, Laurence s'était reposée sur lui. Tandis que leur maison sortait de terre, elle s'était mobilisée sur son aménagement et sa décoration, puis elle avait voulu un enfant. Et au moment où tout allait pour le mieux, le diagnostic du lymphome était tombé comme un couperet.

— Il dort encore ? chuchota Guillaume derrière elle.

Hochant la tête, elle referma la porte et se tourna vers lui.

— Mon pauvre, tu as une mine de déterré ! Mauvaise nuit ?

— Pas la meilleure. Mais l'odeur de ton café me réveille déjà.

Les cheveux encore mouillés de sa douche, pas rasé, vêtu d'un jean, d'un vieux pull irlandais et pieds nus dans ses mocassins, il semblait épuisé.

— Viens, je vais te préparer un bon petit déjeuner.

— Volontiers ! Quand Robin émergera, j'aurai besoin qu'il me signe une procuration. J'ai rendez-vous avec Jean-Louis Marchand chez le notaire en fin de matinée, et j'aimerais qu'on en finisse au plus vite.

— Robin te signera tout ce que tu veux.

— Je lui ai proposé de venir, mais…

— Il ne veut pas se montrer, je sais. Hier soir, il a fallu que je lui raconte tout le banquet en détail, il était vraiment triste de ne pas y avoir participé.

Elle mit des toasts à griller puis pressa des oranges et des pamplemousses tandis que Guillaume buvait sa première tasse de café.

— Pour une fois, tu aurais dû faire la grasse matinée, lui reprocha-t-elle.

— J'aurais bien aimé, mais je devais appeler mon agence à l'ouverture.

— Tu dis ça d'un ton sinistre. Ils n'arrivent pas à se débrouiller sans toi ?

— La question n'est plus là. En fait, nous avons perdu le marché.

— Oh non !

— Je voudrais que tu gardes ça pour toi, d'accord ?

— Tu ne comptes pas en parler à ton frère ?

Stupéfaite, elle ouvrait de grands yeux, aussi s'efforça-t-il de lui sourire.

— En aucun cas. Il se sentirait responsable, c'est idiot.

— Mais il le saura, il le devinera, vous ne pouvez rien vous cacher l'un à l'autre !

— Ce n'est pas sa faute, s'entêta Guillaume.

— Bien sûr que si. Et alors ? Que tu l'aies fait passer avant ton travail est normal, il en aurait fait autant pour toi. Il sera navré, mais pas culpabilisé. J'y veillerai ! Même au beau milieu d'une vendange, et sans doute même au milieu d'un incendie, Robin volerait à ton secours si tu en avais besoin. Tu le sais, lui aussi, et moi aussi.

— Sauf qu'en ce moment il est très vulnérable. Il se reproche de ne pas t'aider, il est jaloux de ton copain Marc, il se sent diminué, exclu, au fond du gouffre. Et il a très peur de mourir. Je ne veux pas ajouter à tout ça quoi que ce soit de désagréable pour lui.

— Écoute, je le connais bien, et…

— Laurence, on ne va pas jouer à qui le connaît le mieux !

— D'accord, d'accord, soupira-t-elle en levant la main.

— Tu refuses qu'on le traite en malade et tu as raison, mais nous devons le préserver malgré tout. Je n'ai pas besoin qu'on me plaigne parce que j'ai planté mon projet. Celui qui a emporté le marché était peut-être meilleur que moi. Ou plus motivé, ou avec un carnet d'adresses que je n'ai pas. Dans ce genre de concurrence on a besoin d'appuis, politiques de préférence. Donc je considère que mon frère n'y est pour rien. Même si j'étais resté dans mon agence de Versailles, je n'aurais pas forcément gagné.

— Gagné quoi ? voulut savoir Robin qui arrivait en bâillant.

Toujours aussi efflanqué dans son pyjama, il alla embrasser Laurence sur les cheveux puis tapota l'épaule de son jumeau.

— Tu tombes bien, lui dit Guillaume, j'ai besoin d'une procuration.

— Alors, c'est ce matin que tu fais affaire ?

— En principe.

— Et nous gardons la ferme ?

— Comme prévu.

— Bien. Je suis content.

Guillaume le dévisagea avant de se mettre à rire.

— C'est marrant, moi aussi !

— Pourtant, vous n'y teniez ni l'un ni l'autre, fit remarquer Laurence.

Des cris s'élevèrent dans le baby-phone, d'abord plaintifs, puis rageurs.

— J'y vais, soupira-t-elle. Violette n'est pas très en forme, aujourd'hui.

Guillaume mit de l'eau à bouillir pour le thé de son frère, qui l'apostropha :

— Je ne suis pas tout à fait invalide, tu sais !

— Très bien, débrouille-toi. Moi, j'ai besoin d'un peu plus de café.

— Vous vous êtes bien amusés, hier soir ?

— Le mot est fort. Mais l'ambiance était bonne, tes journaliers avaient l'air satisfaits et ils ont promis de revenir l'année prochaine. On a pas mal bu, évidemment.

— Clôturer les vendanges à la flotte n'est pas dans la tradition. Il paraît que Johanna a débarqué ?

— Elle venait prétendument chercher Ralph, mais elle n'a pas arrêté de m'emmerder.

— Plains-toi ! s'esclaffa Robin. J'en connais beaucoup qui…

— Je ne suis plus amoureux d'elle depuis longtemps. Pour moi, c'est la copine de mon fils. Ou de qui elle veut, je m'en moque. Elle était assez déplacée dans cette soirée.

Robin resta silencieux quelques instants, observant son frère du coin de l'œil.

— Dis-moi, Guillaume, avant cette histoire avec Ralph, est-ce que tu envisageais un quelconque avenir avec elle ?

— Je n'ai jamais pensé que ça durerait. Elle est trop jeune pour moi et, entre nous, je n'avais pas grand-chose à lui dire. Mais évidemment elle est très belle, très désirable, je me souviens que j'étais bêtement fier de sortir avec elle.

— Et maintenant, où en es-tu ? Personne en vue ?

— Pas pour l'instant. J'en ai marre d'enchaîner des liaisons éphémères. Et répétitives ! Premier rendez-vous, fleurs, champagne, restau, nuit torride et réveil difficile, ensuite la routine s'installe, appels intempestifs sur ton portable, scènes de jalousie ou soirées popote… Tout ça pour quelques rares bons moments ? Je préfère bosser.

— Tu ne peux pas penser qu'à ton boulot. À propos, quand pars-tu ? Tu dois être pressé d'aller signer ton projet mirifique, non ?

— Je ne suis pas sûr qu'on n'ait pas eu les yeux plus gros que le ventre pour cette affaire. Notre agence n'est pas assez importante. Bref, on verra bien. De toute façon, nous avons d'autres trucs en chantier.

Il s'était efforcé de parler d'un ton détaché, mais Robin eut l'air sceptique.

— Tu es en train de me mentir, Guillaume.

— Non. Ces histoires de marchés à décrocher sont compliquées. Et je crois que, dès le départ, je n'ai pas donné la bonne direction à mon équipe. Je me suis égaré et on va se planter à cause de moi. Tu sais quoi ? Je suis très humilié.

En s'accusant, il devenait crédible, il le lut dans le regard de son frère et se sentit soulagé. Par chance, Robin ne connaissait rien au métier d'architecte, cette version de l'échec du projet pouvait le tromper.

— Donc, tu es moins pressé de partir ? demanda-t-il d'un ton plein d'espoir. Ça me rassure tellement que tu sois là ! Avec toi, je peux parler, alors qu'avec Laurence j'ai de plus en plus de mal. Nous faisons beaucoup d'efforts tous les deux pour ne pas laisser la maladie changer notre rapport de couple. On se surveille, on se reprend, on se tait. On essaie de faire comme si tout était normal, mais ce n'est pas vrai. Alors, si tu peux rester encore un peu…

Guillaume se demanda comment ses collaborateurs interpréteraient cette absence prolongée, mais il n'envisagea pas une seconde de refuser.

— Je ne suis pas à quelques jours près, affirma-t-il.

Pour quelqu'un qui n'avait jamais rien caché à son jumeau, il était en train d'aligner les mensonges, cependant il n'avait pas le choix.

— C'est drôle, constata Robin d'un air songeur, je croyais avoir fini par faire un truc mieux que toi.

— Quoi donc ?

— Ah, tu vois, même toi, ça t'étonne ! Bon, sans rire, tu as toujours tout eu avant moi, tout fait mieux que moi. Souviens-toi, tu nageais plus vite, tu courais plus loin, tu grimpais plus haut. Ta mémoire était meilleure, tes études ont été plus brillantes. Tu t'es marié très tôt, tu as eu un fils, et Ralph était le plus beau des bébés. Tu as fondé ton agence quand j'en étais encore à travailler chez les autres. Avec Marie, tu formais un joli couple, vous viviez à Paris tandis que je galérais ici tout seul. Et puis Marie t'a quitté. Ralph t'a donné plein de soucis. De mon côté, j'ai enfin rencontré Laurence. Tu nous as dessiné la maison de nos rêves alors que tu vis en vieux célibataire dans un trois pièces. Nos vignes m'ont comblé, nous avons eu de belles récoltes ces dernières années, j'étais enfin comme un poisson dans l'eau. Quand Laurence m'a appris qu'elle était enceinte, j'ai accédé au bonheur parfait. À ce moment-là, je me suis dit pour la première fois que ma vie était devenue mieux que la tienne. Mais ça n'a pas duré plus d'un mois ! Tu te rends compte ?

Guillaume haussa les épaules avec une fausse indifférence.

— Si j'avais su que tu pensais des choses pareilles… Ce sont des comparaisons ridicules, et tu es en train de t'apitoyer sur toi-même. Tu as mené la vie que tu voulais, Robin. Les études te déplaisaient, tu rêvais de vignes et de vin, tu n'avais pas envie de quitter la région. Tu trouvais, à juste titre, que je m'étais marié bien trop jeune, tu me prédisais le désastre, et toi tu préférais attendre la « vraie » rencontre. La suite t'a donné raison. Nous n'avons pas eu le même parcours, nous n'avons pas été synchrones, et alors ? Nous sommes jumeaux, pas clones ! Aujourd'hui, tu es malade, mais demain tu seras sans doute guéri.

— Bel optimisme…

— À toi de l'être. Je peux prendre ta place pour tout sauf pour lutter contre ton lymphome. Ce combat-là t'appartient. Maintenant, si tu préfères te laisser aller, si tu estimes que c'est perdu d'avance, je continuerai néanmoins à te tenir la main.

Le regard de Robin parut se voiler. Les mots de son frère l'avaient touché et déconcerté.

— Je vais me changer, sinon je serai en retard chez le notaire, décida Guillaume.

— Rase-toi, tu as une tête de bûcheron ! lui lança son frère en retrouvant le sourire.

Finalement, leur conversation semblait avoir été salutaire. Robin avait besoin de se confier, de s'épancher, il continuait d'avoir peur et la présence de Guillaume lui était nécessaire. En conséquence, celui-ci allait rester pour un temps indéterminé. Autant en profiter pour assister au prochain rendez-vous avec le cancérologue, Robin serait rassuré de ne pas y aller seul. Guillaume avait déjà rencontré ce médecin en tête à tête, un homme très humain dont le pronostic restait réservé mais qui n'avait pas banni tout espoir.

Une fois rasé et rhabillé, alors qu'il sortait de sa chambre il se heurta à Laurence.

— Je venais te voir, dit-elle très vite. Violette a de la fièvre et des boutons qui sortent, en plus elle vient de régurgiter tout son biberon, je file chez le pédiatre.

Elle s'éloigna à grands pas tandis qu'il lâchait un long soupir. Pourquoi les soucis s'accumulaient-ils de la sorte ? La loi des séries ? Il avait eu du mal à accepter l'échec de son projet, auquel il avait longuement pensé avant de trouver le sommeil, très tard dans la nuit, mais en se levant ce matin il s'était senti capable de passer à autre chose. À quoi bon épiloguer sans fin ? Il avait décidé de partir le soir même pour être à pied d'œuvre dans son agence dès le lendemain. Il comptait rassurer ses associés, rebondir sur d'autres projets, traiter des commandes trop longtemps différées, remettre de l'ordre dans sa société. Mais, à l'évidence, il n'allait pas pouvoir le faire, il était obligé de continuer à mettre sa propre existence entre parenthèses.

Il sortit par l'escalier extérieur et, délaissant le pick-up de Robin, prit sa voiture pour se rendre à Beaune. Le temps était menaçant, mais il choisit la départementale 113 qui longeait les célèbres vignes de Chassagne-Montrachet, Meursault, Volnay et Pommard. Devant ce paysage, il comprenait mieux l'amour de Robin pour cet endroit, et lui-même s'y sentait attaché. Ses racines étaient ici, son enfance et son adolescence, les belles années de complicité avec son jumeau. Ils avaient été si proches l'un de l'autre qu'ils avaient exclu leurs parents de leur relation fusionnelle, et aujourd'hui, Guillaume regrettait d'avoir partagé si peu de chose avec son père. Mais l'élevage des charolaises ne le motivait pas, Robin non plus, et ils traînaient les pieds pour prendre part aux tâches. Leur père ne s'en offusquait pas puisqu'il avait François pour le seconder, et surtout il rêvait d'un bel avenir pour ses fils. De son côté, leur mère avait été une femme effacée, qui ne se livrait pas à de grandes manifestations d'amour. Elle aimait coudre et cuisiner tout en écoutant de la musique classique, et à leur retour de l'école elle leur parlait volontiers de Mozart ou de Bach tandis qu'ils dévoraient ses gâteaux.

La maison était meublée de manière sobre, sans recherche mais avec un certain goût, et Guillaume en gardait un penchant pour les matières authentiques comme le chêne, le lin, la pierre apparente. Comme souvent ces derniers jours, il songea à la manière de transformer cette ferme. Il y avait une cave voûtée magnifique qui pouvait être aménagée et faire ainsi partie intégrante de la maison. Pour cela, il suffirait d'abattre deux murs, d'enlever une porte et d'élargir l'escalier. Il faudrait aussi créer des ouvertures supplémentaires, revoir entièrement le plan du premier étage. Tout en y réfléchissant, il se remémora la réflexion aigre-douce de Ralph : « N'en fais pas un cube de verre et de béton ! » Ce n'était évidemment pas son intention, il comptait réhabiliter la maison sans qu'elle perde son âme. Entre autres, il vernirait les tuiles des toitures de nuances différentes pour former des motifs, et il utiliserait la belle pierre blanche de Bourgogne pour créer une nouvelle cheminée. Le sol du séjour était à revoir. Peut-être des dalles en ardoise ? Ralph adorait ce matériau, ça lui plairait forcément. Mais pourquoi pensait-il à lui ? Pourquoi l'associait-il d'avance à ce projet ? Leur réconciliation était encore fragile, mieux valait ne rien miser là-dessus pour l'instant, même si Guillaume en éprouvait le désir. Revoir son fils lui avait procuré une réelle émotion, qu'il avait préféré dissimuler pour éviter une nouvelle déception, mais c'était son fils et il l'aimait malgré tout, quels que soient les coups reçus.

Il s'était mis à pleuvoir et il constata qu'il venait de rater la rue de l'étude, perdu dans ses songes, et qu'en plus il était en retard. Après s'être garé n'importe comment sur la première place libre, il courut sous l'averse le long du trottoir. Dans sa hâte, il heurta l'épaule d'une femme qui portait une sacoche et qui se dépêchait elle aussi, mais en sens inverse.

— Sybil ? Oh, je suis désolé de vous avoir bousculée ! Ça va ? Qu'est-ce que vous faites à Beaune ?

— Des courses. Et vous ?

— J'ai rendez-vous chez le notaire, il faut que j'y aille. À ce soir !

Cette rencontre inattendue le mit de bonne humeur. Il aimait bien la petite infirmière, il trouvait qu'elle remontait le moral de Robin. Et la veille, avoir pu partager avec elle la mauvaise nouvelle de l'agence l'avait un peu apaisé. En recevant le message, il avait eu un tel choc qu'il se serait volontiers engueulé avec tous ses collaborateurs. La raison l'avait emporté, il s'était abstenu de les appeler sur-le-champ. Quand il les avait joints, bien plus tard, il était un peu calmé.

Il aperçut enfin l'écusson apposé sur l'immeuble de l'étude notariale. Jean-Louis Marchand devait déjà s'impatienter, chéquier à la main, pressé d'acquérir le cheptel et les pâturages des Montaubry. Guillaume eut une dernière pensée pour son père, puis il s'engagea résolument sous le porche. Tout en grimpant l'escalier quatre à quatre, il pensa à couper son téléphone portable, mais quand il le sortit de sa poche il vit qu'il avait un nouveau message. « Violette hospitalisée, je reste là-bas. Laurence. » Incrédule, il s'arrêta en équilibre sur une marche. Jusqu'où le mauvais sort allait-il les poursuivre ? Il imagina l'angoisse de sa belle-sœur, et surtout celle de son frère. De rage, il expédia son portable contre le mur de la cage d'escalier.

5

Sybil habitait une toute petite maison à La Rochepot, un ravissant village médiéval situé au pied d'un promontoire rocheux. Après avoir travaillé quelques années au centre hospitalier de Chalon, puis à l'hôpital de Beaune, elle s'était installée en exercice libéral. Elle avait agi sur un coup de tête, se remettant mal d'une déception amoureuse. Le chirurgien avec lequel elle était sortie pendant deux ans et qui se disait fou d'elle était en réalité un coureur de jupons. Il l'avait trompée sans scrupules depuis le début et elle était tombée de haut en le découvrant. Ce jour-là, elle avait rompu sans états d'âme, mais elle avait décidé de changer de vie. La Rochepot se trouvait au cœur des grands vignobles et, par son père, Sybil connaissait bon nombre de viticulteurs qui, toujours pressés, devinrent vite ses clients attitrés pour les vaccins saisonniers, les prélèvements et injections, les petits bobos. Elle louait sa maison à un propriétaire compréhensif qui lui avait permis d'aménager le rez-de-chaussée pour son activité d'infirmière, avec une salle d'attente et une salle de soins, tandis que le premier étage était réservé à l'habitation. Sybil s'y plaisait beaucoup et menait une vie indépendante en gérant ses horaires comme elle l'entendait. Elle n'avait plus à subir les contraintes de l'hôpital, les lourdeurs administratives, la condescendance des médecins. Elle recevait volontiers ses amis ou sa famille pour dîner, trouvait l'existence agréable, s'offrait parfois une aventure mais ne voulait plus se brûler les ailes.

Pourtant, ce jour-là, en rentrant chez elle, elle se sentait dépitée par l'attitude de Guillaume. Lorsqu'elle l'avait croisé par hasard à Beaune, il s'était à peine arrêté, la tête ailleurs, avait regardé sa montre avant de filer. Une rencontre de hasard comme celle-ci n'était pas près de se reproduire, et Sybil ne pouvait s'empêcher d'imaginer tout ce qui aurait pu arriver s'il s'était un peu intéressé à elle. Ils auraient pu entrer dans un bar pour boire un verre en attendant la fin de l'averse. Marcher côte à côte en échangeant des plaisanteries. Tomber en arrêt devant une vitrine en se découvrant des goûts communs… Elle avait beau se traiter d'incorrigible midinette, elle était déçue. Tout comme la veille lorsqu'elle avait vu arriver la blonde au milieu des voitures. Alors qu'elle pensait laisser une impression agréable à Guillaume après leur longue conversation, cette fille avait tout gâché. De toute façon, s'il aimait les blondes, elle n'avait aucune chance. Elle aurait bien voulu cesser d'y penser, mais il l'obsédait. Et voir tous les soirs Robin, qui avait exactement les mêmes yeux bleu acier cerclés de noir, n'arrangeait pas les choses. Devait-elle cesser ses visites ? Robin n'était pas un patient ordinaire, elle lui tenait lieu de psychologue plutôt que d'infirmière. Mais enfin il semblait avoir besoin d'elle, et Laurence était rassurée par une présence médicale quotidienne.

En entrant chez elle, elle alla régler le radiateur de la salle de soins. Elle avait plusieurs rendez-vous en début d'après-midi, le vaccin antigrippe venant d'être mis à disposition dans les pharmacies. Puis elle monta à l'étage, étala ses courses sur la table de la cuisine. Ce soir, elle recevait des amis, et elle avait prévu un dîner facile à préparer car elle reviendrait tard de chez les Montaubry. Elle se confectionna un sandwich jambon-salade, brancha la radio et mit la cafetière en route. Durant sa balade à Beaune, elle avait craqué pour une paire de bottes fauves qu'elle sortit de leur boîte. Un peu chères mais parfaites avec une jupe ou sur un jean, parfaites pour la pluie, avec un petit talon qui permettait de gagner quelques centimètres tout en restant confortable. Elle les enfila et alla se regarder dans la glace en pied de la salle de bains. Son envie d'être coquette la fit sourire. Malgré tout ce qu'elle pensait de l'impossibilité de séduire Guillaume, elle voulait être à son avantage. Et même si elle n'était pas un top-modèle, elle était mignonne. Elle se regarda avec plus d'attention, finit par hausser les épaules et retourna dans la cuisine pour terminer son sandwich.

**

Laurence était restée toute la journée à l'hôpital, passant par tous les stades de l'angoisse. Violette avait une gastro-entérite infectieuse aiguë, elle avait perdu un peu de poids et il fallait avant tout la réhydrater. L'équipe médicale s'était montrée rassurante et avait félicité Laurence d'être venue à l'hôpital sans attendre, car cette infection, chez un nourrisson, pouvait très vite devenir grave.

Épuisée, les nerfs à vif, elle n'arriva chez elle qu'à sept heures du soir. Robin se reposait sur un canapé tout en parlant à Guillaume qui s'activait dans la partie cuisine.

— Alors ? lui lancèrent-ils ensemble.

Elle avait téléphoné plusieurs fois et n'avait rien de nouveau à leur apprendre.

— J'ai dû la laisser là-bas, dit-elle d'une voix éteinte. Il n'y a pas de place pour les mamans dans le service pédiatrique. Mais je pourrai y retourner demain matin dès neuf heures, même si ce n'est pas l'heure des visites, les infirmières sont compréhensives.

— Je te sers quelque chose ? proposa Guillaume.

Comme elle ne répondait pas, il vint lui mettre un verre dans la main.

— Un meursault bien frais, tu vas l'aimer.

— Où l'as-tu trouvé ?

— Je l'ai acheté. En quittant Beaune ce matin, je me suis arrêté à Meursault dans les caves des frères Ropiteau.

Elle lui adressa son premier sourire de la journée, puis elle fondit en larmes. Robin se précipita pour la prendre dans ses bras et la serrer contre lui, tandis qu'elle pleurait à gros sanglots libérateurs. Guillaume se détourna, avec un sentiment d'impuissance. Laurence était soumise à une telle pression depuis des mois qu'elle aurait pu pleurer tous les jours et du matin au soir si elle avait été moins solide. Il alla baisser le thermostat du four où cuisait une quiche qu'il avait confectionnée lui-même. Son retour à Paris n'était vraiment plus à l'ordre du jour. D'ailleurs, plus le temps passait, moins il avait envie de rentrer. Ici, il était utile, voire indispensable. L'agence tournerait sans lui quelques semaines de plus, il ne pouvait pas laisser tomber Robin et Laurence pour l'instant.

Tout en préparant la vinaigrette de la salade, il jeta un coup d'œil vers son frère qui était de nouveau assis sur le canapé, sa femme blottie contre son épaule. Malgré sa maigreur, Robin semblait la protéger. S'il n'y avait pas eu l'épée de Damoclès de la maladie, Guillaume aurait pu envier son jumeau, envier ce couple qui dégageait tant d'amour. Les soucis ne les séparaient pas, au contraire, chaque obstacle surmonté les rapprochait encore plus. Pour sa part, Guillaume n'avait pas trouvé la femme avec qui rebâtir sa vie. L'échec de son mariage avec Marie était loin derrière lui à présent, qu'avait-il fait de toutes ces dernières années ? Du travail, des conquêtes éphémères qui flattaient son ego sans lui apporter la moindre tendresse, encore du travail. Comment avait-il pu croire qu'il aurait le temps d'y penser plus tard ? Il était toujours pressé d'aller de l'avant, ne s'attardait sur rien ni personne. Occupé à réussir sa carrière et à gagner de l'argent, il avait peut-être négligé son fils au moment crucial de l'adolescence. Négligé son frère, aussi, qu'il ne venait voir qu'en coup de vent. Et dont il ne prenait pas assez de nouvelles. La preuve : Robin avait pu lui cacher son cancer.

Songeur, il disposa trois assiettes sur le comptoir.

— Attends, protesta Laurence, je vais t'aider !

Ils échangèrent un regard, et dans celui de Laurence il y avait beaucoup de reconnaissance.

— Sybil est venue ? demanda-t-elle en le rejoignant.

— Comme tous les soirs.

— A-t-elle trouvé Robin en forme ?

— Elle est toujours positive, tu sais bien.

— Dans son métier, c'est sûrement nécessaire.

— Tu devrais t'intéresser à elle, Guillaume ! lança Robin depuis son canapé.

— Ah non ! protesta Laurence en riant. Nous avons une infirmière formidable, pas question de se fâcher avec elle.

Elle sortit la quiche du four, la fit glisser sur un plat.

— Je la trouve vraiment sympathique, ajouta-t-elle. Chaleureuse, intelligente… Je m'en ferais bien une amie. En discutant avec elle, j'ai réalisé que j'avais déjà rencontré son père à plusieurs reprises. Il a participé à des fêtes de vignerons, entre autres à la Paulée de Chalon l'année dernière, mais je n'avais pas fait le rapprochement.

— Tous les gens qui appartiennent au monde du vin te sont sympathiques, plaisanta Guillaume.

— C'est vrai. Mais tu sais, chacun éprouve une sorte de reconnaissance et d'affection pour son milieu professionnel. Nous utilisons les mêmes références, le même vocabulaire, nous nous battons pour les mêmes choses. J'imagine qu'en ce qui concerne l'architecture, c'est pareil…

— On ne se réunit pas tout le temps comme vous, on lutte chacun pour soi. En plus, ici, c'est un microcosme. Vous vivez en circuit fermé.

— Tu parles comme un vrai Parisien, bougonna Robin. Les gens éclairés ne peuvent vivre que dans la capitale, les autres sont des ploucs, des provinciaux.

— Tu es de mauvaise foi ! s'indigna Guillaume. Je n'ai jamais renié mes origines et tu le sais. D'ailleurs, mon agence n'est pas à Paris mais dans la « région pari- sienne », ce qui peut se révéler tout aussi péjoratif.

— Ton appartement est à Paris, tu es domicilié là et ça te fait plaisir, ne me dis pas le contraire.

— D'accord. En débarquant là-bas à dix-huit ans, je trouvais ça flatteur, quitte à habiter une chambre de bonne. Je te rappelle que j'ai commencé mes études d'architecture dans l'école de Paris-Malaquais, en plein Saint-Germain-des-Prés, et j'admets que c'était grisant ! Après, j'ai intégré celle de Versailles parce que j'avais rencontré Marie. On a vécu là-bas jeunes mariés, les loyers étaient moins chers, et je n'aurais jamais pu ouvrir une agence à Paris. Mais quand Marie est partie, j'ai pensé que ce serait mieux pour Ralph d'y retourner. Plus facile et plus marrant. Pour mon métier aussi, c'est plus simple de donner des rendez-vous, de rencontrer des gens. Malgré tout, je n'aime pas vraiment cette ville, je ne m'y sens pas à l'aise.

— Ici non plus.

— Ne crois pas ça. Parce que je suis resté plus long-temps cette fois-ci, je m'aperçois que je suis chez moi.

— Installe-toi donc dans le coin ! railla Robin.

— Un jour, pourquoi pas ?

L'expression de Robin changea radicalement. Il dévisagea son frère, faillit dire quelque chose mais se tut. Il devait désespérément vouloir que ce soit vrai. Sans doute avait-il souffert davantage que Guillaume de leur éloignement, puisqu'il s'était marié très tard et avait été seul durant des années. À cette époque-là, il se plaignait de la brièveté des visites de son frère, de ces week-ends trop courts et trop rares, mais il le faisait d'un ton léger, c'était devenu une blague entre eux. Aujourd'hui, la maladie qui le minait changeait tout. Il avait besoin de quelqu'un de fort pour l'aider à regarder la mort en face, et il refusait que ce soit Laurence.

— Elle sent bon, ma quiche, fit remarquer Guillaume.

— Ne me dis pas que tu l'as faite tout seul ?

— Eh bien, si ! J'avais appris deux ou trois recettes faciles quand Ralph était ado. Il avait un appétit féroce, mais il n'aimait pas grand-chose à part les spaghettis bolognaise et le Nutella.

— Il m'a appelée hier, j'ai oublié de te le dire. Ça m'était sorti de la tête à cause de Violette. En tout cas, il embrasse tout le monde.

— Même moi ?

— Évidemment, et tu le sais. Il t'a un peu forcé la main pour la réconciliation mais ça vient de lui, reconnais-le.

— À mon avis, ça vient plutôt de Johanna.

— Parce qu'elle se sentait coupable ?

— Je ne la crois pas si altruiste.

— Alors pourquoi ? Elle veut retourner avec toi ? Ce serait dément !

— Je ne te le fais pas dire.

Laurence resta perplexe quelques instants, sans doute incapable de comprendre les revirements d'une fille comme Johanna.

— Ce sont sûrement vos yeux, les jumeaux, personne ne peut y résister, encore moins les oublier !

Le compliment s'adressait surtout à Robin, qui esquissa un sourire amusé. Ils se mirent à manger et, pendant tout le dîner, Laurence leur raconta sa journée à l'hôpital. Maintenant qu'elle savait son bébé hors de danger, elle retrouvait un peu d'humour et se moquait d'elle-même, de la façon dont elle avait harcelé les médecins et les infirmières.

— Il leur a fallu une patience d'ange pour me supporter, mais je suppose que toutes les mères sont aussi hystériques que moi. Travailler dans un service de néonatalité ou de pédiatrie demande beaucoup d'empathie.

— Je pense au contraire que le personnel soignant ne doit pas trop s'impliquer, sinon comment supporter les drames, la maladie et la mort au quotidien ?

Robin avait posé la question d'une voix neutre, mais il devait penser à son propre cas. Durant ses hospitalisations successives, il avait vu beaucoup de détresse autour de lui, des gens souffrir et lutter, d'autres s'éteindre après un long combat, et sans doute attendait-il son tour. L'appétit coupé, Guillaume reposa sa fourchette, le regard rivé sur son frère.

— Demain, c'est moi qui t'accompagne à ton rendez-vous, lui dit-il d'un ton encourageant. Est-ce que ça t'ennuie si j'assiste à la consultation ?

Robin eut un vrai sourire de gamin avant de hocher la tête.

— Je n'aurai pas besoin de tout te répéter, c'est parfait.

— Et si tu n'es pas trop crevé, je t'inviterai même à déjeuner en rentrant.

— À La Cabotte à Nuits-Saint-Georges ?

— Rien que ça ? Rapace ! Bon, d'accord pour cette fois, mais tu ne chipoteras pas ?

— Non, je mange mieux. Alors, si les nouvelles ne sont pas mauvaises…

— Vous allez faire la fête pendant que je n'aurai probablement qu'un mauvais croque-monsieur à la cafétéria de l'hôpital, protesta Laurence.

— Rejoins-nous.

— Tu veux rire ? Je ne quitterai pas Violette plus de dix minutes, et je compte rester là-bas tant qu'on ne me jettera pas dehors. Tu n'imagines pas à quel point elle me manque. Elle est si petite, si vulnérable, et elle a tellement besoin de moi !

De nouveau, elle avait les larmes aux yeux, mais elle parvint à se contenir.

— Tout ira bien, chérie, murmura Robin.

L'un comme l'autre finissait par avoir les hôpitaux en horreur. Guillaume resservit du meursault et leva son verre.

— À nous tous, on en a besoin !

Il vida le sien d'un trait et, bien que ce soit chimérique, fit le vœu que tout s'arrange enfin.

**

Ralph ne décolérait pas. Depuis leur retour de Bourgogne, Johanna trouvait des prétextes pour ne plus le voir. Il se sentait blessé, humilié, et il comprenait qu'elle s'était servie de lui. Avait-elle vraiment dans l'idée de reconquérir Guillaume ? Ce serait aussi monstrueux qu'injuste. Et pas gagné d'avance ! Dans sa rage, Ralph recommençait à en vouloir à son père. Pour une fois qu'il avait réussi à le battre sur son terrain – celui du séducteur de belles femmes –, il se retrouvait dépossédé de sa victoire. En plus, il se déplaisait dans son studio après avoir goûté au confort de l'appartement de Johanna. Ses copains étudiants lui semblaient bien ternes, et leurs bars à bière sordides. Quant à la fac de médecine, où il avait enfin remis les pieds, elle ne lui offrait que des cours incompréhensibles, un programme hors de portée. Les cocktails et les premières lui manquaient, ne plus être le point de mire aussi. Comme il n'était pas stupide, il se rendait bien compte que Johanna l'avait ébloui avec les paillettes d'un milieu professionnel futile où il n'avait pas sa place. Que le rôle du petit ami qu'on exhibe mais qui n'est rien se révélait très ingrat. Elle avait profité de lui comme chauffeur, garde du corps ou chien fidèle sans qu'il soit jamais question de sentiments. Ceux-là étaient réservés à son père, l'amant *inoubliable*. Ralph avait vu son manège lors du repas de clôture des vendanges. La manière dont elle le regardait était très explicite, elle l'avait même poursuivi lorsqu'il s'était éclipsé à la fin du dîner. Mais elle avait dû être mal accueillie car elle était revenue avec son visage des mauvais jours. Tant pis pour elle, elle avait fait ses choix, elle n'était pas à plaindre !

L'unique bonne nouvelle pour Ralph était l'invitation à déjeuner de sa mère, de passage à Paris. Il se réjouissait toujours de la voir, même s'il trouvait les occasions trop rares. Leur rendez-vous était fixé à treize heures au Ballon des Ternes, une brasserie du 17e où Ralph se rendit en métro. Il repéra sa mère en entrant, élégante dans un tailleur gris perle sur un chemisier de crêpe rouge. Elle savait s'habiller et dissimuler ses traits souvent fatigués sous un habile maquillage. Son visage s'illumina lorsqu'elle le vit, transformant la femme ordinaire en belle femme. À vingt ans, elle avait dû être ravissante, et Ralph se souvenait encore des regards d'envie de ses petits copains à la sortie de l'école primaire. Mais l'échec de son mariage avec Guillaume ainsi que son manque de réussite professionnelle l'avaient aigrie. Un temps, elle avait vécu avec un autre homme, puis elle était restée quelques années seule.

Aujourd'hui, elle parlait de se remarier avec un certain Bruno qu'elle ne lui avait toujours pas présenté. Elle vivait à Lille, où elle semblait se plaire, mais elle n'y invitait pas son fils pour autant.

— Tu as bonne mine ! s'exclama-t-elle. Où as-tu bronzé comme ça ?

— En Bourgogne, chez Robin. J'ai fait les vendanges.

— C'était sympa ?

— Crevant. Au fait, Robin a un cancer.

— Ah bon ? Le pauvre… Il est condamné ?

— Je n'en sais rien.

— Ton père était là-bas ?

— Bien sûr. Et je crois qu'il va y rester coincé un moment. Laurence vient d'avoir un bébé.

— Eh bien, dis donc, que de nouvelles ! Bon, je t'avouerai que mon ex-belle-famille m'est un peu sortie de la tête. Chacun ses soucis, n'est-ce pas ? Raconte-moi plutôt ce que tu fais de beau en ce moment. Toujours avec ta superbe Johanna ? Ah, quand je pense que tu l'as soufflée à ton père, ça me fait mourir de rire !

— Oui, c'était marrant au début, admit-il d'un ton boudeur. Mais finalement, ce genre de femme n'est pas très…

Il n'acheva pas, faisant comprendre à sa mère qu'il n'avait pas envie de parler d'elle. Pour faire diversion, il sortit un papier de la poche de son blouson.

— C'est l'assurance de mon scooter, annonça-t-il. En ce moment je suis fauché, je ne peux pas la payer et je n'ose plus rouler avec.

— Je croyais que la pension de ton père couvrait tous tes frais… Il te la verse toujours, j'espère ?

— Par virement, il n'a pas le choix.

— Et Robin t'a payé pour les vendanges ?

— Oui, oui, s'énerva-t-il.

Allait-elle se défiler ? Elle n'était pas très généreuse avec lui, se contentant de lui faire de beaux cadeaux à Noël ou pour son anniversaire. Mais un pull en cachemire ou un iPod ne l'aiderait pas à régler ses factures.

— Être étudiant à Paris coûte cher, maman.

— *Tout* coûte cher, à n'importe quel âge de la vie !

Elle s'était renfrognée, faisant sans doute allusion aux difficultés de sa propre existence. Néanmoins, elle tendit la main vers la facture.

— Donne, je m'en occuperai. Mais Guillaume a une bien meilleure situation que moi et je trouve ça rageant que tu ne t'adresses pas à lui.

Alors qu'il avait fait condamner son père à lui verser une pension confortable, Ralph ne se voyait pas lui demander quoi que ce soit de plus. D'ailleurs, il aurait dû se débrouiller avec ce qu'il touchait, s'il avait été moins dépensier.

— Son agence marche toujours aussi bien, je suppose ? Il a vraiment eu de la chance.

Elle en parlait systématiquement avec aigreur, comme si Guillaume l'avait spoliée. Depuis une dizaine d'années, combien de ces petites phrases insidieuses Ralph avait-il entendues ? Mais aujourd'hui, il avait aussi en mémoire les propos de Robin qui affirmait que jamais sa mère n'aurait voulu s'encombrer d'un « gamin » lorsqu'elle était partie.

— Papa voulait vraiment me garder quand tu l'as quitté ? demanda-t-il abruptement.

— Oui, je te l'ai dit mille fois, il y tenait.

— Pourquoi ?

— Pour m'emmerder ! s'énerva-t-elle. Il était tellement vexé que je le laisse tomber ! Alors, il s'est vengé.

— Mais tu n'étais pas obligée d'accepter…

— Je n'avais pas de travail, pas de revenus.

— Il t'aurait versé une pension alimentaire, insinua-
t-il en se faisant l'avocat du diable.

Jusque-là, il avait cru la version de sa mère sans se
poser de questions, mais la franchise de Robin le faisait
douter.

— Je n'avais pas de logement non plus. Qu'aurais-je
fait de toi ? Et puis un garçon a besoin d'un modèle
paternel, tout le monde me l'avait assez rabâché. En
plus, j'étais dans mon tort, j'abandonnais le foyer
conjugal, je n'ai pas osé insister. Ton père peut se
montrer très persuasif quand il veut.

— Je ne comprends toujours pas pourquoi, s'obstina
Ralph. Il était très pris par son boulot, élever un enfant
devait lui poser des problèmes.

— Il faut croire que non, puisqu'il s'est entêté.
J'aurais adoré t'emmener, tu m'as horriblement
manqué. Pour une mère, c'est terrible…

Malgré son ton emphatique, il ne la trouvait pas très
convaincante. D'autres femmes se seraient battues
comme des lionnes pour ne pas être séparées de leurs
enfants. Autant qu'il s'en souvient, elle n'avait pas
souvent cherché à le voir. Elle se prétendait très
occupée à trouver du travail et un toit, jurait de le récupérer dès que possible, dès qu'elle parviendrait à fléchir
Guillaume. Mais avait-elle seulement essayé ?

— Ne parlons plus de tout ça, suggéra-t-elle. C'est
du passé, et je déteste y penser.

— D'accord. Parle-moi de toi. Où en es-tu avec ton Bruno ? Si vous devez vous marier, ce serait bien que je fasse sa connaissance, non ?

— Bien sûr. La prochaine fois, il m'accompagnera. Tu verras, c'est un type formidable, il te plaira. Et aujourd'hui, tu n'as rien à craindre d'un beau-père ! Enfant, tu l'aurais mal vécu.

— J'aurais mal vécu une belle-mère aussi, mais papa ne m'en a pas infligé.

— Il ne voulait plus de fil à la patte. Au fond, c'est un cavaleur. Je ne serais pas étonnée qu'il m'ait trompée tant et plus durant notre mariage. Il n'était jamais là !

Ralph soupira et prit la carte posée sur la table. Que ce soit avec sa mère ou avec Johanna, il était toujours question de son père. On lui en parlait trop et trop souvent, ravivant sa rancœur. Mais l'une comme l'autre était de mauvaise foi, elles regrettaient ce qu'elles avaient perdu. Marie l'avait quitté, Johanna l'avait trompé, Marie clamait bien haut qu'elle avait eu raison, Johanna disait tout bas qu'elle avait eu tort, néanmoins toutes les deux pensaient toujours à lui.

— Je me demande si médecine est un bon choix, déclara-t-il d'un ton circonspect.

— Tu n'en es plus certain ? Tu étais pourtant enthousiaste en t'inscrivant.

— La vue du sang me fait tourner de l'œil.

Il n'avait pas encore eu l'occasion d'en voir, mais l'argument lui semblait imparable.

— Si tu arrêtes tes études, tu devras travailler. De nos jours, sans diplôme, tu n'arriveras à rien.

— Huit ans, maman… J'en ai pour au moins huit ans avant de gagner ma vie.

— Ton père continuera à t'entretenir pendant ce temps-là.

— Arrête de me soûler avec papa ! explosa-t-il.

C'était la première fois qu'il lui parlait aussi brutalement. En général, durant leurs rencontres, il cherchait plutôt à la charmer ou à l'attendrir, il voulait la faire sourire, quêtait un geste affectueux et retardait avec angoisse le moment où elle s'en irait. Mais voilà qu'il se sentait différent, sans indulgence et sans tendresse. Parce qu'il avait mûri ? À cause de Johanna ? Mais peut-être seulement se détachait-il de sa mère et portait-il sur elle un regard neuf.

— Il doit en avoir marre d'être pris pour une pompe à fric, marmonna-t-il.

— Lui ? Je ne lui ai rien demandé quand je suis partie. Il m'a à peine aidée au début, et pas de gaieté de cœur !

— Tu as claqué la porte, il n'allait pas te couvrir d'or…

— Ma parole, tu prends sa défense ?

Ils avaient l'habitude de tomber d'accord sur une critique en règle qui les défoulait, elle ne devait pas comprendre pourquoi Ralph changeait soudain de camp.

— Je ne veux plus être pris à partie dans votre histoire, maman. C'est du passé, tu l'as dit toi-même. Ma relation avec papa est très compliquée, je veux la gérer tout seul.

— Est-ce qu'il t'a promis quelque chose ? ricana-t-elle. Tu parais bien docile, tout à coup !

Devant son exaspération, il se contenta de lever les yeux au ciel. Puis il avisa un serveur à qui il fit signe.

— Je prends des huîtres, décida-t-il. Et toi ?

La fréquentation de Johanna lui avait au moins donné beaucoup d'aisance dans les lieux publics. Se composant un visage angélique, il attendit que sa mère fasse son choix.

※
※

— Les résultats du dernier Pet-Scan sont encourageants, déclara le médecin. Mais ne nous emballons pas, nous avons déjà eu une déconvenue et la maladie peut encore reprendre le dessus. Pour l'instant, ce qui m'ennuie, c'est que votre moelle osseuse a souffert des chimiothérapies. Il faut donc envisager une autogreffe de cellules souches. Comme nous vous en avions prélevé avant le début des traitements, on va pouvoir les décongeler et vous les réinjecter.

Face à lui, Robin et Guillaume l'écoutaient, aussi tendus l'un que l'autre.

— Cette intervention nécessitera une hospitalisation d'environ trois semaines.

— Tant que ça ? murmura Robin.

— Votre système immunitaire sera affaibli, vous serez très fatigué. Il faudra transfuser des plaquettes et des globules rouges, puis s'assurer que la moelle osseuse se régénère avec les nouvelles cellules.

— C'est indispensable ?

Affichant un sourire bienveillant, le médecin hocha la tête.

— Le lymphome a un taux de guérison élevé. Vous êtes en bonne voie, monsieur Montaubry, mais il faut consolider le traitement et réduire les risques de rechute.

Guillaume n'avait entendu que les termes « en bonne voie », et ces trois mots effaçaient soudain tout le reste. Il avait l'impression de respirer enfin normalement, sans ce poids qui l'avait écrasé depuis son arrivée chez son frère. Une sorte d'allégresse de gamin s'empara de lui, il se serait volontiers mis à siffloter dans le bureau du cancérologue.

— Trois semaines…, répéta Robin.

— Avec peu de visites, je le crains. Vous serez en chambre stérile.

Guillaume se tourna vers Robin, étonné par son manque d'enthousiasme. Il regardait ses pieds, un pli amer aux lèvres. Sans doute ne supportait-il plus les hospitalisations, les cathéters dans le bras, toutes les misères d'un malade cloué sur son lit. Il aimait vivre dehors, arpenter ses vignes quelle que soit la saison, et l'enfermement devait lui être odieux. Peut-être craignait-il de ne plus jamais sortir ? Ou peut-être imaginait-il qu'on lui mentait en évoquant une possible guérison ? Guillaume se pencha vers lui, toucha son épaule.

— Robin ? Je serai là. Je viendrai te voir même s'il faut s'habiller en cosmonaute pour t'approcher.

Son frère n'eut qu'un sourire contraint, malgré tout c'était bon signe. Le médecin en profita pour demander :

— Quand programmons-nous cette autogreffe ?

Ils convinrent du mardi suivant, Robin entrerait à l'hôpital la veille. En quittant le service, Guillaume fit remarquer à son jumeau qu'ils avaient tout le week-end pour faire la fête.

— À condition que Violette soit de retour à la maison, répliqua sombrement Robin.

— Il était question qu'elle sorte demain.

— Oui, mais tout va tellement de travers, en ce moment…

— Oh, arrête ! Je ne t'ai jamais connu aussi défaitiste, mon vieux. Tu es sur la voie de la guérison et ça ne te fait pas sauter de joie ?

— La route est encore longue.

— Elle va dans la bonne direction.

— Ce ne sera pas une partie de plaisir.

— Et alors ? s'emporta Guillaume. Tu préférerais qu'il n'y ait pas de solution, pas d'espoir ?

— Tu dis des conneries.

— Toi aussi.

Ils étaient arrêtés de part et d'autre de la voiture de Guillaume et ils échangèrent un regard au-dessus du toit.

— J'ai peur d'y croire, finit par lâcher Robin. En fait, j'ai peur de tout, tout le temps, ce qui ne m'arrivait jamais avant.

— Tu n'as *plus* de raison d'avoir peur. Pas du pire, en tout cas. Et le reste, on s'en fout. Je me serais coupé un bras ou une jambe pour entendre ce qu'a dit ce toubib. Toi, tu feras ce que tu veux, mais moi, je vais boire du champagne ! Et j'en boirai à chaque putain de bonne nouvelle, et tous les jours de la vie si elle redevient normale !

Le dernier mot s'était étranglé dans sa gorge. Robin dut réaliser son émotion car il eut un vrai sourire, puis se mit carrément à rire.

— Paix, frangin… J'en ai dans ma cave, on va trinquer. Tu nous ramènes à la maison ?

Guillaume lui rendit son sourire avant de déverrouiller les portières. Depuis son réveil, il avait été obsédé par ce rendez-vous avec l'oncologue, imaginant tous les scénarios possibles. Une condamnation l'aurait rendu fou mais il s'était obligé à l'envisager. En vain, il s'était demandé ce qu'il aurait dit à son frère si cela avait été le cas. Il avait même supposé que peut-être on n'aurait confié la vérité qu'à lui et pas directement au malade. Et il se retrouvait maintenant dans la seule situation dont il n'avait pas osé rêver : l'espoir.

En quittant Dijon, il s'aperçut qu'il n'avait pas pensé une seule fois à son projet tombé à l'eau, à l'avenir de son agence, à ses collaborateurs qui devaient s'arracher les cheveux. Cette partie de son existence était passée au second plan, perdant de son importance. Si on le lui avait prédit quelques mois plus tôt, il n'y aurait pas cru, à ce moment-là il vivait pour son travail.

— Tu vas encore rester, alors ?

Robin venait de poser la question d'une voix paisible, comme s'il était sûr de la réponse.

— Ne t'inquiète pas, ironisa Guillaume, je trouverai de quoi m'occuper !

— Tu vas m'aider à reprendre le contrôle des opérations dans mes caves.

— Moi ?

— La fermentation est un moment capital, il faut surveiller la température en permanence, refroidir avec les échangeurs à drapeaux. Mais Laurence est mobilisée par le bébé, et moi je me fatigue trop vite. Or je n'ai pas envie de voir Marc Lessage chez moi tous les matins.

— Il est pourtant serviable.

— Ça ne m'empêche pas de le détester. Je suis en état d'infériorité en ce moment, et lui frétille comme un gardon ! Et je ne me fais pas d'illusion, même si la solidarité entre vignerons existe, sa sollicitude va bien au-delà et nous savons tous pourquoi.

— Je préférerais le surveiller lui que surveiller ta fermentation.

— Ne discute pas, tu n'y échapperas pas. Je t'expliquerai comment aérer le moût pour fournir de l'oxygène aux levures.

— Je ne comprends même pas ce que tu dis.

— La fermentation n'est qu'une suite de réactions chimiques. Tu comprends ça ? Il faut qu'il y ait un échange entre les matières solides et liquides dans la cuve.

Guillaume lui jeta un coup d'œil amusé.

— Tu reprends du poil de la bête, tu sais !

— C'est surtout que je m'inquiète. Les vendanges étaient la partie la plus facile, maintenant on passe à l'élaboration du vin, et là, crois-moi, on n'a pas droit à l'erreur. Laurence fait ça très bien, nous avions pris l'habitude de travailler en binôme et ça marchait d'enfer ! Je ne veux pas perdre le bénéfice des années précédentes. Nous nous sommes battus pour la qualité, et nous avons une clientèle fidèle qu'on ne peut pas décevoir. Tu te rends compte que je vais être hospitalisé pendant trois semaines au moment crucial ?

— Ta femme sera là.

— Déchirée entre son bébé et l'exploitation ! J'aurais tellement voulu qu'elle profite de sa maternité…

— Pas déchirée, Robin, juste partagée. Elle me déléguera ce qu'elle n'aura pas le temps de faire. Tout ira bien. Personne n'est irremplaçable, même pas toi.

De nouveau, Robin eut un petit rire spontané. Guillaume avait toujours su trouver les mots pour le rassurer, quitte à le malmener. Quand ils furent garés sous le grand chêne qui semblait protéger la maison, ils se tournèrent l'un vers l'autre en même temps.

— Je crois que je n'aurais pas aimé être fils unique, dit Robin. Ni me retrouver aîné ou cadet. Jumeau, c'est ce que je préfère.

Guillaume ne pouvait pas s'y tromper, c'était une façon de le remercier.

**

Le samedi soir, le temps avait changé, offrant un avant-goût de l'hiver. Une pluie fine et glacée tombait depuis des heures lorsque Sybil arriva pour sa dernière visite. La veille, elle avait été avertie que Robin entrerait à l'hôpital en début de semaine, et elle ne pouvait pas s'empêcher d'être attristée à l'idée de ne plus venir. Elle n'aurait plus l'occasion de voir Guillaume, alors que, paradoxalement, il prolongeait son séjour en Bourgogne. Et jusqu'ici, elle n'avait pas réussi à attirer son attention. Il se montrait cordial avec elle, mais la regardait sans la voir. Elle, au contraire, plus elle l'observait à la dérobée, plus elle le trouvait séduisant.

— Venez vite vous réchauffer ! lui dit Laurence.

Son bébé dans les bras, elle rayonnait.

— Comment va ce bout de chou ?

— Beaucoup mieux. Elle a repris du poids et elle digère tous ses biberons.

Un feu dansait derrière la large vitre de la cheminée. Celle-ci, encastrée à mi-hauteur du mur et entourée d'acier brossé, était aussi moderne que le reste de la maison mais pourtant chaleureuse.

— Vous prendrez bien une coupe de champagne avec nous ? proposa Laurence. On n'arrête pas d'en boire et mon beau-frère est reparti en chercher à la cave.

— Avec plaisir, mais je vois Robin d'abord.

Pour l'intervention qui l'attendait, il devait être dans la meilleure condition possible. Sybil alla s'asseoir à côté de lui sur le canapé et se mit à lui poser des questions à mi-voix tandis que Laurence en profitait pour monter coucher Violette qui somnolait. Robin avait une bonne tension, il s'estimait moins fatigué et ne souffrait pas de vertiges pour le moment. Il lui réclama des explications sur le déroulement de l'autogreffe et sur ses conséquences. Il paraissait plus curieux qu'anxieux, même s'il redoutait les semaines à venir.

— Si je dois guérir un jour, je vais redevenir combatif. Mais jusqu'ici, je me disais que je glissais inexorablement sur la pente fatale, et je ne voulais pas subir une longue agonie, pas devenir un spectre en soins palliatifs. Je n'aurais pas supporté d'infliger ça à Laurence. Ni à Guillaume.

— J'ai rarement vu des frères aussi proches que vous, dit-elle avec douceur.

Au même instant, Guillaume entra, essoufflé, une casquette mouillée enfoncée jusqu'aux yeux et une bouteille dans chaque main.

— Voilà ! lança-t-il à Robin. J'ai failli m'égarer dans tes caves, il n'y avait que du Lachaume, mais j'ai fini par dénicher ta réserve de champagne. Vous avez de quoi boire, c'est le moins qu'on puisse dire… Bonsoir, Sybil. Vous avez échappé à la pluie ?

— C'était de la bruine, tout à l'heure.

— Maintenant, il pleut à verse. Et la nuit tombe tôt !

172

Exactement comme Robin, il semblait plus gai, plus léger. Elle essaya de capter son regard, mais il était déjà parti vers la cuisine en quête de flûtes. Il déposa sa casquette sur le comptoir, passa machinalement la main dans ses cheveux, ce qui n'eut pour effet que de les ébouriffer. Quand il revint, chargé de verres et sourire aux lèvres, Sybil le trouva craquant, irrésistible. Puis ce qui suivit se déroula très vite, les prenant tous par surprise. Pour s'amuser, Robin esquissa un croche-pied alors que Guillaume se penchait vers la table basse, mais les jambes des deux frères s'emmêlèrent pour de bon. Déséquilibré, Guillaume bascula en avant, tendit son coude pour amortir la chute, et son avant-bras écrasa une flûte, qui se brisa. Le sang jaillit aussitôt du poignet, profondément entaillé par un des morceaux de verre. Se levant d'un bond, Sybil lui saisit la main.

— Ne bougez pas !

Un éclat d'environ trois centimètres était fiché dans la plaie qui continuait à saigner en abondance. Sybil le maintint entre le pouce et l'index pour le retirer avec précaution.

— Avez-vous une armoire à pharmacie quelque part ?

— Le dernier placard à gauche, s'empressa de répondre Robin, qui était debout, consterné. Mais j'y vais ! Qu'est-ce que vous voulez ?

— Un désinfectant et des compresses.

— Ce n'est pas grave, protesta Guillaume.

— Asseyez-vous, lui demanda Sybil. S'il vous plaît.

— Non ! Tout va bien…

Mais il avait pâli en le disant et elle le guida vers le canapé sans lâcher sa main.

— Laissez-moi regarder.

Agenouillée devant lui, elle prit les compresses que lui tendait Robin et tamponna la plaie. La coupure, nette et profonde, descendait jusqu'au tendon, qu'on apercevait.

— Il vous faut des points de suture, dit-elle seulement. Vous pouvez plier les doigts ?

Il le fit en grimaçant et devint carrément livide.

— Je vous conduis chez un médecin, décida-t-elle.

— Pourquoi ne pas faire juste un pansement ?

— Non, ça ne suffirait pas.

— Je suis désolé, murmura Robin.

— Ne t'inquiète donc pas, ce n'est rien du tout.

— On y va ? insista Sybil.

Guillaume devait commencer à sentir la douleur car il ne protesta pas.

— Je vous appellerai, dit-elle à Robin en raflant son sac.

Les doigts toujours serrés sur l'avant-bras de Guillaume, elle le poussa vers la porte.

**

— Et papa n'est pas avec vous ? s'étonna Ralph.

— Il est dans les caves, mentit Laurence.

Elle avait eu beaucoup de mal à calmer Robin et elle ne voulait pas reparler de l'incident pour l'instant. Quand elle en saurait davantage, elle en informerait Ralph.

— Si je m'invite quelques jours, est-ce que je serai mal reçu ? voulut savoir le jeune homme.

— Tu es toujours le bienvenu chez nous, mais je t'avertis que ton père sera là.

— Encore ? Il a vendu son agence, ou quoi ?

174

— Ton oncle entre à l'hôpital pour trois semaines, Guillaume a la gentillesse de rester.

— Pourquoi trois semaines, ça va plus mal ?

— Non, ça va mieux. Je t'expliquerai.

— Alors, je peux venir ?

— Bien sûr. Tu pourras même te rendre utile ! Mais sois gentil, n'emmène pas Johanna, je crois qu'elle exaspère ton père.

— Qu'est-ce qui ne l'exaspère pas, hein ? Allez, sois tranquille, je viens seul. Quelqu'un pourra me récupérer à la gare ?

— On verra. Sinon, il y a un car.

En raccrochant, elle calcula que Ralph n'aurait qu'à prendre la chambre du rez-de-chaussée, jusque-là occupée par Robin. Pour vouloir absolument séjourner ici malgré la présence de son père, il devait avoir besoin de se retrouver en famille. Quelque chose clochait peut-être dans ses études, ou dans son étrange relation avec Johanna.

Elle rejoignit Robin qui était perché sur l'un des hauts tabourets, les coudes sur le comptoir et la tête dans les mains.

— Que je suis con ! maugréa-t-il. Faire un croche-pied à quelqu'un qui a des verres dans les mains... Exactement le genre de chose qui rendait maman folle quand nous étions enfants. On n'arrêtait pas de chahuter, de se poursuivre, de se battre, mais même pour rire on finissait par se faire mal et on avait droit à notre petite leçon de morale. Ça n'a pas porté ses fruits, on dirait !

— Écoute, ce n'est pas grave, il n'y a pas mort d'homme.

— Tu as vu sa blessure ? On ne peut pas appeler ça une égratignure ! Il doit me bénir en ce moment, vraiment.

— Il sait que tu ne l'as pas fait exprès, il ne t'en voudra pas.

— Non, mais je me sens très égoïste, toujours en train de lui demander quelque chose et pas du tout disponible pour m'intéresser à ses soucis. Il doit bien en avoir, non ? Il ne me parle plus de ce contrat qu'il devait signer. L'affaire a capoté ? Il n'a pas été très explicite parce qu'il veut me ménager, et moi, ça m'arrange parce que je suis malade et que j'ai envie d'être choyé.

— Et alors ? Ta famille est là pour ça.

Pour toute *famille*, Robin n'avait que sa femme, son jumeau, son bébé et son neveu. Quant à ses amis, il s'en était éloigné depuis qu'il se savait atteint d'un lymphome. Il se redressa, entoura de son bras les épaules de Laurence et l'attira à lui.

— Je t'aime, chuchota-t-il à son oreille.

Elle se laissa aller contre lui, ferma les yeux. Si leur vie parvenait à reprendre son cours, elle se promit d'en profiter à chaque minute et de ne jamais se plaindre. Elle voulait désespérément que Robin aille mieux, qu'il redevienne son merveilleux mari, si solide et si gai. Ils n'avaient pas eu le temps de réaliser à quel point ils étaient heureux avant que la maladie ne se déclare. Laurence se souvenait du jour où ils avaient pendu la crémaillère dans la maison enfin achevée, et du jour où elle avait appris qu'elle était enceinte. Ces deux moments si importants semblaient avoir eu lieu coup sur coup, et puis le diagnostic était tombé, recouvrant l'existence d'un voile noir. Depuis, elle n'avait pas l'impression de vivre, mais seulement de faire bonne figure, de parer au plus pressé, de tenir bon. Si le bout du tunnel était vraiment en vue, encore loin mais discernable, elle aurait tous les courages. Sinon, elle aurait bien du mal à ne pas sombrer. Le combat contre le cancer n'était pas uniquement celui de Robin, c'était aussi le sien, et il l'épuisait.

**

Grâce à Sybil, qui connaissait l'un des internes, Guillaume n'avait pas trop attendu aux urgences. La blessure était profonde, avec une exposition tendineuse, mais le tendon ne semblait pas sectionné. Avant de recoudre la plaie, le médecin dut la sonder pour s'assurer qu'aucun éclat de verre ne s'y trouvait. Guillaume réussit à se tenir tranquille, à part quelques grimaces, néanmoins il eut l'air vraiment soulagé quand le pansement fut terminé.

— Il faudra le refaire tous les jours, et d'ici une semaine votre infirmière pourra vous ôter les fils. Pour l'instant, ne faites aucun effort avec ce bras, laissez-le au repos. Et si vous avez mal au-delà de quarante-huit heures, il faudra revenir pour un nouvel examen. En attendant, je vais vous prescrire des antalgiques.

— Donne-m'en deux ou trois pour la nuit, demanda Sybil, on ne va pas chercher une pharmacie de garde à cette heure-ci.

Avec un sourire charmeur, l'interne mit quatre comprimés dans une enveloppe et la lui tendit.

— Quand reviens-tu travailler à l'hôpital ?

— Jamais ! Je suis trop bien en libéral, crois-moi.

— Tes horaires sont sûrement plus sympas que les miens, admit-il en riant.

Il voulut serrer la main de Guillaume et se ravisa in extremis.

— Désolé, où ai-je la tête ? Mais c'est Sybil qui me trouble, elle est trop mignonne.

Le compliment la fit rougir, non pas à cause de l'interne mais de Guillaume, qui acquiesçait. Ils quittèrent l'hôpital à dix heures du soir, tous deux affamés, et Guillaume proposa d'aller manger quelque chose.

— Il y a bien un restaurant de nuit à Beaune ?

— Je crois que la brasserie du Clos Carnot sert jusqu'à onze heures.

Ils gagnèrent le centre et arrivèrent à temps pour passer commande. Elle choisit avec gourmandise un filet de bœuf aux morilles tandis qu'il se contentait d'un tartare frites, plus facile à manger d'une seule main, le tout accompagné d'un verre de beaune premier cru, blanc pour elle et rouge pour lui. Ravie de ce dîner en tête à tête improvisé, Sybil s'aperçut qu'elle était intimidée et ne savait pas quoi dire.

— Ne buvez pas trop d'alcool si vous devez prendre vos antalgiques, finit-elle par déclarer en lui donnant l'enveloppe.

— Pour l'instant, ça va, c'est très supportable. En tout cas, merci de votre aide, c'était gentil de perdre votre soirée pour moi.

— Vous ne pouviez pas conduire. D'ailleurs, vous ne pourrez pas avant deux ou trois jours.

Il haussa les épaules, comme s'il trouvait cette recommandation ridicule.

— J'appelle Robin pour le rassurer. Vous permettez ?

La conversation dura peu, Guillaume affirmant que tout allait pour le mieux, qu'il serait vite de retour, que, bien sûr que non, il ne lui en voulait pas du tout, et que l'incident était clos.

— Je ne lui ai pas laissé le temps de se lancer dans une litanie d'excuses et de regrets, expliqua-t-il en rangeant son portable. Je le connais, il doit s'en faire une montagne, et je ne veux pas qu'il ait le moindre souci.

Il attaqua son tartare avec entrain, puis lorgna sur le filet de bœuf de Sybil.

— Est-ce que je peux vous prendre une morille ?

Elle le laissa piocher dans son assiette mais refusa la frite qu'il lui proposait en échange.

— On peut vraiment guérir d'un lymphome ? demanda-t-il soudain en levant les yeux sur elle.

— Oui. Un lymphome agressif à croissance rapide, comme celui de votre frère, est paradoxalement moins ennuyeux qu'un lymphome indolent. Robin a déjà reçu de très fortes doses de chimiothérapie, ce qui a détruit les cellules saines de sa moelle osseuse mais est proba-blement venu à bout des cellules cancéreuses.

— Pour toujours ?

— Je suppose, mais je ne suis pas médecin.

— Vous n'auriez pas aimé ?

— Les études étaient trop longues.

— C'est ce que prétend mon fils !

— Et trop coûteuses. J'ai des frères et sœurs, mes parents ont dû élever cinq enfants et seul mon père travaillait.

— Eh bien, la vie est mal faite. En ce qui me concerne, je serais prêt à payer dix ans d'études à Ralph, si seulement il voulait bien les faire. Mais il est paresseux, il se disperse, et son statut d'étudiant qui n'étudie pas lui convient très bien.

Sybil en profita pour poser la question qui lui brûlait les lèvres.

— C'est sa copine, la superbe grande blonde de l'autre soir ?

— Oui.

— J'ai cru que c'était la vôtre.

— Plus maintenant. Tout ça est un peu compliqué, et à vrai dire, je n'ai pas très envie d'en parler.

— Désolée.

— Non, ne le soyez pas, ça n'en vaut pas la peine. Revenons plutôt à vous. Vous n'avez pas été trop déçue d'être seulement infirmière si vous rêviez d'être médecin ?

— « Seulement » infirmière est très réducteur. C'est un métier à hautes responsabilités, qui exige beaucoup de rigueur et qui apporte d'immenses satisfactions sur le plan humain.

— Excusez-moi, je suis vraiment balourd, ce soir.

— Qu'est-ce que vous croyez ? Qu'on distribue les thermomètres et les plateaux-repas ? Qu'on change les draps et que ça s'arrête là ? J'ai fait trois ans d'études et plus de deux mille heures de stages pour avoir mon diplôme ! J'ai de réelles connaissances techniques, et je pense que le rôle de l'infirmière est capital pour le malade. Malgré tout, on nous prend toujours pour la cinquième roue du carrosse, du moins jusqu'au moment où on a besoin de nous.

Vexée, elle était sur le point de se mettre en colère, mais devant l'air consterné de Guillaume, elle n'insista pas.

— Pas du tout, pas du tout, répéta-t-il en secouant la tête. Écoutez, je me suis mal exprimé. Tout le monde admire et adore les infirmières.

— N'en faites pas trop quand même, marmonna-t-elle.

— Je vous ai contrariée, j'en suis navré. J'espère que vous ne vous vengerez pas en arrachant mes fils !

— J'ai la réputation d'avoir la main douce.

Retrouvant le sourire, elle lui vola finalement quelques frites.

— Vous prendrez un dessert, un café ? proposa-t-il.

— Si vous avez hâte de rentrer, on peut y aller.

— J'ai envie d'un café gourmand, je trouve qu'on est bien ici.

— Deux, alors, accepta-t-elle en rougissant pour la deuxième fois de la soirée.

Il l'observait plus attentivement à présent, presque avec curiosité. Enfin il la voyait ! Et il venait de dire qu'il se plaisait en sa compagnie. Se faisait-elle des illusions ? Sous son regard insistant, elle se sentait émue, excitée, inquiète et séduite. Elle n'avait pas éprouvé ce genre d'exaltation de jeune fille depuis longtemps. Encore un moment à passer ensemble, puis elle le raccompagnerait chez Robin, et de toute façon elle le reverrait pour les pansements et pour les fils. Si seulement l'intérêt qu'il commençait à lui manifester pouvait durer au-delà de cette soirée…

— Où habitez-vous, Sybil ?

— À La Rochepot. Vous connaissez ?

— Voyons, je suis né ici !

Il se mit à rire et elle l'imita.

— Nous sommes presque voisins, j'aurai moins de scrupules, si vous venez changer ce pansement. Mais je peux aussi aller chez vous.

— Vous n'avez pas le droit de conduire. Votre tendon doit cicatriser en paix, sinon vous l'abîmerez. Soyez patient quelques jours, d'accord ?

De nouveau, il éluda la question par un geste insouciant de sa main gauche, puis il sortit sa carte bancaire pour régler l'addition. Sur la route du retour, ils continuèrent à bavarder gaiement jusqu'à ce qu'elle le dépose devant la maison de Robin et Laurence.

— Je passe demain ! déclara-t-elle d'autorité.

Puis elle démarra sans lui laisser le temps de protester.

**

Le lendemain matin, après s'être laborieusement douché en essayant de ne pas mouiller son pansement, Guillaume renonça à se raser. Il avala deux comprimés pour tenter d'apaiser la douleur lancinante dans son avant-bras puis descendit se faire un café qu'il remonta dans sa chambre. Il était temps de passer cet appel trop longtemps différé à son principal collaborateur. Lève-tôt, comme lui, Philippe serait probablement en train de prendre son petit déjeuner à cette heure-ci. Guillaume l'imagina sur la terrasse chauffée de leur bistrot favori, à Versailles, allumant sa première cigarette de la journée.

— Enfin toi ! Pourquoi ne téléphones-tu *jamais* ? C'est à cause de ton frère, ça va plus mal ?

— Non, mais il va subir une intervention et il sera hospitalisé trois semaines. Je ne peux pas rentrer.

Il l'avait dit très vite, pour empêcher Philippe de protester, mais il n'eut droit qu'à un long silence qu'il finit par rompre lui-même.

— Je voudrais être avec vous, mais je dois rester ici avec lui. Tu comprends ?

— Pas vraiment. Écoute, Guillaume, on a tous une famille, et chacun subit sa part d'emmerdements. Mais il y a aussi l'agence. C'est notre gagne-pain, non ? Je sais que tu en es conscient, et j'en arrive à me demander si ce n'est pas l'échec du projet qui te démotive. On a subi un gros revers, d'accord, et notre ego en a pris un coup. Bon, ce n'est pas la fin du monde, hein ? Des trucs sont en train d'avancer, il y a même une bonne surprise que je voulais te réserver à ton retour. La maquette de l'hôtel a fait un tabac ! Nos plans sont bouclés, calibrés, budgétés, il ne manque pas un boulon et ça crève les yeux. Pour ce projet-là, nous n'avons aucun rival sérieux, on va l'emporter. Ce sera une belle aventure et tu pourras t'en attribuer tout le mérite, tu as été le premier à y croire. En plus, il y a un paquet de fric à la clef, ça va nous renflouer.

— Philippe ? Tu devrais reprendre ta respiration.

— J'essaie de te convaincre, bordel !

— De quoi ?

— De rentrer en vitesse et de te remettre au boulot. Sans toi, les jeunes de l'équipe sont comme des chiens fous.

— Tu peux les contrôler.

— Je n'ai pas ton autorité.

— Ne me fais pas rire, Phil !

— Dieu sait que je n'en ai pas envie. Je veux juste que tu me prennes au sérieux. Ton absence ne peut plus durer.

— Bien sûr que si. Tu connais le dicton à propos des gens indispensables dont les cimetières sont remplis.

— Tu lâches carrément l'affaire, ou quoi ?

— Ne sois pas ridicule, répliqua Guillaume d'un ton plus dur. C'est *mon* affaire.

Un nouveau silence suivit sa déclaration.

— Bien. Quand peut-on espérer le retour du grand chef ?

— Pas avant trois semaines, je te l'ai dit.

— Mais enfin, explosa Philippe, tu lui tiens la main, à ton frangin ?

— J'essaie. Et c'est la moindre des choses. Je ne souhaite pas que ça t'arrive, mais au moins tu me comprendrais. De toute façon, je ne peux penser à rien d'autre. Si j'étais à l'agence en ce moment, je ne ferais que du mauvais travail, ou pas de travail du tout.

— Sauf qu'on a besoin de toi, même inerte derrière un bureau. Un certain nombre de gens, qui peuvent devenir des clients importants, ne veulent parler qu'à toi.

— Ils n'ont qu'à m'appeler, je réponds à mon téléphone.

— Il y en a aussi qui veulent te voir, et qu'on a fait patienter jusqu'ici.

Guillaume perçut le bruit d'un briquet, puis celui des pièces de monnaie que Philippe devait être en train de poser à côté de sa tasse de café. Avait-il envie de se trouver là-bas avec lui, à Versailles, prêt à attaquer une journée de douze heures où il ne serait question que de plans et de rentabilité ? Souhaitait-il vraiment continuer à se battre comme un diable contre des agences dix fois plus grosses que la sienne ? À dessiner des bâtiments qui, au fond, ne lui plaisaient pas mais lui permettaient d'emporter des marchés dans la capitale ?

— J'ai été franc avec toi, reprit Philippe. Je pourrais te passer la main dans le dos, te dire que je compatis et te suggérer de prendre tout ton temps. Et puis, après avoir raccroché, te traiter de pauvre con irresponsable. Mais j'aime mieux m'engueuler avec toi en direct.

— Eh bien, sois content, c'est fait !

Sans hésiter, Guillaume mit fin à la communication. Il appréciait Philippe, son meilleur collaborateur devenu un ami, mais jamais il n'accepterait qu'on lui dicte sa conduite.

— J'aurais dû rester petit et ne construire que pour des particuliers…

Son ambition professionnelle l'avait poussé vers d'autres choix. Il ne les regrettait pas, cependant il commençait à s'interroger. Devait-il poursuivre cette course folle, et jusqu'où ? N'était-il découragé, ainsi que le prétendait Philippe, que parce qu'il avait échoué sur ce dernier gros projet ? Ou bien avait-il perdu de vue ce qui lui avait tant plu au début de sa carrière ? La maladie de Robin remettait bien des choses en perspective, et Guillaume se sentait à un tournant de son existence. Avoir le temps d'y réfléchir était une bonne chose, tant pis si Philippe désapprouvait.

Il alla jeter un coup d'œil par la fenêtre, vit que le ciel était plombé, menaçant. Après le beau temps des vendanges, l'automne s'était installé dans la grisaille. Il repensa au raisin qui fermentait dans les cuves, aux visites de Marc Lessage qui déplaisaient à Robin mais qui seraient indispensables. Baissant les yeux sur son pansement, il se demanda s'il ne pouvait pas conduire malgré tout. Il enfila un jean et un gros pull à col roulé, s'aperçut qu'il avait mal dès qu'il bougeait le bras, malgré les calmants. C'était sans doute normal, il en parlerait à Sybil ce soir. Une très gentille fille, plutôt mignonne et assez rigolote finalement.

— Mignonne, oui…

Son regard pétillant contrastait avec la douceur de sa voix. Elle devait être malicieuse, en tout cas elle aimait rire et elle ne se prenait pas au sérieux. Sauf qu'il l'avait fait sortir de ses gonds en parlant des médecins. Quand elle s'animait, son visage devenait expressif, attachant. L'interne des urgences avait eu l'air de la trouver à son goût. D'ailleurs, elle avait rougi comme une gamine. Était-elle amoureuse de ce type ?

— Mais ça ne te regarde pas, mon vieux ! Pas touche à l'infirmière du frangin, qui en plus n'est pas ton genre, avoue…

Avait-il une prédilection pour un « genre » de femme ? Certes, il les aimait grandes et belles, comme tous les hommes sans doute. À moins qu'il n'aime surtout les exhiber, par une stupide vanité. Le fait que Marie l'ait quitté l'avait-il rendu idiot à ce point ? En tout cas, il avait été incapable d'aimer pour de bon après son départ. Il ne faisait que séduire, conquérir. Et pour son métier, c'était pareil, il était toujours dans la compétition, le challenge.

— Abruti, va !

Regarder Robin et Laurence l'avait souvent rendu mélancolique, il enviait leur couple uni par la passion de la vigne, leur sérénité, leurs projets d'avenir.

— Ils avaient tout pour être heureux…

— Tu parles tout seul ? demanda Ralph en passant la tête à la porte.

— Bon sang ! Qu'est-ce que tu fais là ?

— J'arrive de la gare, Laurence est venue me chercher.

— C'était prévu, ça ?

— Je l'ai appelée, hier soir. Elle m'a assuré que tu n'y verrais pas d'inconvénient.

En le disant, Ralph avait eu, fugitivement, une expression de petit garçon anxieux. Radouci, Guillaume lui fit signe d'entrer.

— Tu n'as pas de cours en ce moment ?

— Si... Mais je voudrais t'en parler.

— À moi ? ironisa Guillaume. Il y a bien longtemps que tu ne m'avais pas consulté sur un quelconque sujet.

— Je crois que je me suis fourvoyé avec cette inscription en médecine. Et avec Johanna aussi.

Interloqué par cet aveu, Guillaume resta silencieux, attendant la suite, mais son fils passa à autre chose.

— Tu t'es blessé, paraît-il ?

— Ce n'est pas grave. Juste un peu handicapant. Tiens, puisque tu es là, tu me serviras de chauffeur, d'accord ? Je compte aller à Dijon voir Robin à peu près tous les jours, sauf quand Laurence voudra prendre ma place.

— Pas de problème, j'adore conduire. Surtout ta voiture !

— Eh bien, on va commencer tout de suite, j'ai besoin d'aller à la ferme.

— Finalement, tu l'as gardée ?

— *Nous* l'avons gardée, Robin et moi.

— Et tu vas l'aménager ?

— En tout cas, je ne la laisserai pas tomber en ruine. François est une tête de cochon, mais il en prenait soin. C'est un beau bâtiment.

— Génial, ça fera une maison de vacances ! Tu me la prêteras de temps en temps pour que j'y emmène mes copines ?

Guillaume le dévisagea, amusé par son culot.

— À ce que je vois, tu n'as pas d'états d'âme, fit-il remarquer.

— Tu dis ça à cause de Johanna ? Réjouis-toi, elle est en train de me larguer.

— Je ne trouve pas que ce soit spécialement réjouissant.

— Oh, avoue que tu n'as pas digéré ce… ce…

— Tu cherches le mot ? Tu as le choix entre coup en douce, trahison, saloperie.

— Mais tu ne l'aimais pas !

— Qu'en sais-tu ?

— Je te connais.

— Qu'est-ce que ça change ?

Enfin ils s'expliquaient franchement, ils crevaient l'abcès.

— Je n'aurais pas dû, admit Ralph à contrecœur. Sauf que…

— Rien du tout. Tu n'as pas d'excuse.

— J'avais tellement envie d'elle ! Elle damnerait un saint.

— Et tu crois que tu vas pouvoir te passer toutes tes envies ?

Ralph se redressa de toute sa taille pour lâcher, d'un ton agressif :

— Elle m'a dragué, imagine-toi ! Sinon, je n'aurais pas osé. Pas par respect pour toi, c'est vrai, mais par crainte de prendre un râteau. Je ne pensais pas qu'une fille comme elle voudrait faire l'amour avec moi, ça m'a mis sur un petit nuage. Et quand je l'ai déshabillée, je n'ai pas pensé à toi.

— Un vrai coq de basse-cour ! En couchant avec elle, tu t'es épaté toi-même. Tu ne pensais pas à moi, c'est certain, mais tu étais gonflé d'orgueil à l'idée de faire aussi bien que papa. Si c'est ta façon de mûrir, elle est assez sordide. J'espère pour toi que tu découvriras un jour le plaisir de conquérir tout seul. Tu n'as pas séduit Johanna, elle s'est servie de toi pour son caprice.

Ralph accusa le coup et finit par maugréer :

— Elle voulait te rendre jaloux.

— J'ai bien compris.

— Mais moi, je suis tombé amoureux, et aujourd'hui j'en bave.

— Tu ne vas pas te plaindre ! Qu'est-ce que tu espérais ?

— Une vraie histoire.

— Quel gamin tu fais… Que peux-tu offrir à une femme, Ralph ? Tu es un joli petit mâle sans expérience, façon *toy boy*, et tu n'as aucun projet de vie. Johanna pense à son avenir, elle commence à avoir envie de fonder une famille, et ce ne sera pas avec toi.

— Je suis prêt à l'épouser, déclara très sérieusement Ralph.

Partagé entre l'exaspération et l'envie de rire, Guillaume le toisa.

— Elle dira non, tu t'en doutes bien. Elle ne compte pas t'entretenir. Moi, j'y suis obligé, à condition que tu poursuives tes études, je te le rappelle au passage.

— Donnant, donnant, hein ?

— Bien sûr.

— J'ai pourtant passé l'âge que tu surveilles mes faits et gestes !

189

— Je ne te surveille pas, je m'en tiens aux termes de la loi. Tu as fait appel à un tribunal pour ça, non ?

Dressés l'un contre l'autre, ils étaient revenus au ton de la querelle. Y avait-il trop de contentieux entre eux pour que les choses s'arrangent enfin durablement ? Guillaume était persuadé qu'il devait exercer son rôle de père et ne pas tout accepter. Marie n'était pas de bon conseil, les rares fois où elle voyait leur fils c'était pour le conforter dans sa paresse et le dresser contre lui.

— Ralph, il faut qu'on arrive à se parler sans se disputer.

— Tu ne me fais que des reproches !

— Donne-moi un motif de satisfaction. Un seul me suffirait.

Ralph chercha une réplique cinglante, n'en trouva pas et haussa les épaules.

— Je ne sais plus où j'en suis, marmonna-t-il. J'ai appelé Laurence sur un coup de tête parce que ça me fait du bien de discuter avec elle. Contrairement à toi, elle ne s'énerve pas, elle ne juge pas. Mais, dans le train, j'ai réalisé qu'elle a bien d'autres soucis et que ce n'est pas très sympa de venir lui parler des miens.

Guillaume acquiesça, puis il alla s'asseoir au bord du lit. Son bras lui faisait moins mal qu'au réveil, mais il se sentait découragé. Ralph n'avait donc personne à qui se confier ? En général, il se plaignait auprès de sa mère, et même s'il la voyait peu, il lui téléphonait souvent. N'avait-il pas d'amis ? Sans doute s'était-il éloigné d'eux durant sa liaison avec Johanna, et s'il ne mettait jamais les pieds à la fac, il se retrouvait seul.

— Moi, je suis prêt à t'écouter. Je suis ton père, pas ton ennemi. Tu peux m'expliquer ce qui ne va pas dans tes études, et si tu t'es encore trompé de voie, on envisagera d'autres possibilités. Il y a *toujours* une solution. Essaie de déterminer ce que tu veux vraiment faire de ta vie, ce qui te donnera envie de te lever chaque matin pendant les quarante prochaines années.

— Aucune idée.

— C'est tout le problème.

Ils échangèrent un long regard et Ralph fut le premier à se détourner. Il toussota pour se donner une contenance, mit ses mains dans ses poches.

— Tu veux aller à la ferme maintenant ?

— Oui, on a le temps avant le déjeuner.

Insister ne servirait à rien, ils avaient déjà fait un grand pas en réussissant à ne pas se mettre en colère ni l'un ni l'autre.

— Tu ne t'es pas rasé, remarqua Ralph.

— Je ne peux pas le faire.

— Tu veux que je t'aide ?

— Sûrement pas ! Tu serais capable de me trancher la gorge.

Ralph eut un rire insouciant, probablement soulagé lui aussi que ce premier échange n'ait pas dégénéré.

**

Robin s'était juré de ne pas le faire, pourtant il n'avait pas pu résister, et depuis plus d'une heure il était rivé à l'écran de son ordinateur, lisant avidement tout ce qu'il pouvait trouver comme informations sur l'autogreffe. Mais les renseignements glanés sur Internet se contredisaient et finissaient par l'inquiéter au lieu de le rassurer. De toutes ses forces, il voulait croire qu'il allait s'en sortir, qu'après cette nouvelle hospitalisation de trois semaines son calvaire serait terminé et que plus jamais il n'aurait à subir de chimiothérapie. Son corps était épuisé, il n'aurait pas la force de recommencer à lutter. Ni la force, ni même le désir. Soit il redeviendrait un homme bien portant, soit il abandonnerait. Ces derniers temps, il s'était senti au bord de la dépression, prêt à se déclarer vaincu. Et lorsque le cancérologue avait évoqué un espoir de guérison, il n'avait pas été submergé de joie comme il l'aurait dû. La route commençait à être trop longue pour lui. Plus grave encore, il n'était pas certain, même s'il en réchappait, de se retrouver au bout du compte. Dans quel état serait-il ? Combien de temps lui faudrait-il pour redevenir l'homme qu'il avait été avant sa maladie ? Était-ce seulement possible ? Laurence serait-elle condamnée à vivre à côté d'un souffreteux ? Et s'il ne s'agissait que d'une rémission, devrait-il prier chaque matin qu'on lui accorde encore un jour ?

Heureusement, son frère était là. Quelle que soit la force de son amour pour Laurence, celui-ci contenait une part de pudeur, en conséquence il ne pouvait se livrer tout à fait qu'avec Guillaume. Ni l'âge et l'éloignement, ni la ressemblance physique qui s'était atténuée n'y changeait quelque chose, son jumeau demeurait un autre lui-même, capable de tout entendre, de tout comprendre. À lui seul il avait avoué sa terreur de la mort, sa révolte devant l'injustice du sort. Tant que Guillaume lui tiendrait fermement la main, il lui restait une chance de ne pas être emporté. C'était une illusion, il le savait, mais il n'avait rien d'autre à quoi se raccrocher.

Au début de sa maladie, quand l'effrayant diagnostic était tombé, il s'était senti prêt à faire n'importe quoi pour en sortir, et il avait quasiment lancé un défi à son cancer. S'estimant fort et croyant en sa bonne étoile, il avait lutté vaillamment. Mais, de chimio en rechute, il avait mal accepté sa décrépitude physique, et il était devenu prisonnier de cette fatigue qui ne le quittait plus. Il avait perdu confiance en lui comme en ses médecins. Le prix à payer lui semblait à présent trop élevé, il ne se reconnaissait plus. Effondré au milieu de ce parcours du combattant, il cherchait en vain les raisons de se relever. Quand il s'imaginait au stade terminal, grabataire et bourré d'une morphine qui n'atténuerait plus la souffrance, il était pris d'une panique incontrôlable.

Pour affronter cette épreuve supplémentaire de l'autogreffe qui allait le mettre à mal, les mots rassurants de Laurence ne suffiraient pas. D'avance, il savait qu'il ne pourrait supporter que la franchise brutale de son frère. Ils avaient l'habitude de se poser des questions directes et d'y répondre sans détour. Guillaume ne chercherait pas à le tromper si la guérison n'était pas au rendez-vous. Guillaume ne se déroberait pas s'il implorait son aide pour échapper à une fin dégradante, à une douleur insupportable.

Sur l'écran, les lettres étaient en train de se brouiller, il avait lu trop longtemps et il mélangeait tout, revenant sans cesse à ces facteurs héréditaires qui semblaient aggraver les choses. Or sa mère était morte d'un cancer. Il se demanda si c'était le dernier week-end qu'il passait chez lui, avec sa femme et son bébé, dans cette maison qu'il aimait tant. Pour être en paix avec lui-même, il décida qu'il irait faire un tour dans son chai et qu'il goûterait ce jus qui fermentait dans ses cuves, même s'il n'en percevait plus le goût. Fugitivement, il pensa à Marc Lessage, mais il chassa aussitôt cette idée. Marc était un bon vigneron, il épaulerait Laurence, et

Guillaume l'aurait à l'œil. S'encombrer d'un sentiment de jalousie en ce moment relevait de l'absurde. Il préféra se faire la promesse solennelle que s'il était encore là dans un an, ayant retrouvé une condition physique acceptable, alors il demanderait à Laurence une grande faveur : modifier les étiquettes de leur production. Que le Lachaume s'intitule un jour Lachaume-Montaubry serait sa plus belle victoire. Y songer lui arracha un sourire, et il éteignit l'ordinateur.

6

— Maman aimait les légendes et les héros. Elle m'a appelé Guillaume en référence à Guillaume Tell, et a choisi Robin pour Robin des Bois.

Ralph éclata de rire, égayé par cette confidence inattendue.

— Et moi, pourquoi Ralph ?

— Ta mère cherchait quelque chose d'original et d'exotique. À ce moment-là, elle était assez germano-phile parce qu'elle étudiait l'architecture allemande. Ralph vient de *Radwulf*, qui signifie « conseil », et « loup ».

C'était la troisième fois qu'ils venaient à la ferme. En partant, François avait soigneusement clos les volets, que Guillaume s'était empressé d'ouvrir dès la première visite. Ensuite, il avait appelé une entreprise pour débarrasser tout ce qui restait à l'intérieur. Quand la maison avait été vide, il en avait dressé le plan, et depuis, il réfléchissait.

Comme un chien fou, Ralph avait d'abord couru partout, échafaudant d'improbables plans qui faisaient sourire son père. Celui-ci avait expliqué longuement qu'il ne s'agissait pas seulement de conserver la structure des bâtiments, mais aussi de préserver l'ambiance qu'ils dégageaient.

— N'importe quelle construction possède une âme, on doit toujours essayer de la respecter.

— Je croyais que les maisons d'architecte étaient des coquilles vidées de leur ancienne substance afin de laisser place à l'imagination de l'artiste ! ironisa Ralph.

— Vidées ? Non, en principe on se sert de ce qui existe. Ici, je vais faire enlever les plâtres et les enduits des murs pour retrouver la pierre et la laisser apparente. La belle pierre de Bourgogne dont il faudra refaire tous les joints, mais qui sera à elle seule un élément de décoration. Idem pour les poutres. Elles ont noirci avec le temps et les cheminées, mais elles sont en chêne et il faudra les sabler pour retrouver leur couleur claire, très chaleureuse.

Tout en parlant, Guillaume prenait des notes et faisait des croquis sur un grand carnet à dessin. Ralph, qui n'avait jamais vu travailler son père, l'observait avec intérêt.

— Quoi que tu en dises, fit-il remarquer, tu as fait de l'ultramoderne pour la maison de Robin et Laurence.

— Ça n'a rien à voir, il s'agissait d'une création. Et j'ai suivi leurs désirs, je leur ai soumis tous les plans au fur et à mesure. Sur le terrain qu'ils possédaient je n'avais rien à préserver, et hormis le grand chêne qui était mon seul impératif, je pouvais tout inventer. Laurence voulait de grands espaces lumineux et fonctionnels, ce qui était facile, mais je tenais aussi à ce que leur maison s'intègre dans le paysage. J'ai revu ma copie vingt fois de suite, c'était passionnant.

— De toute façon, dès qu'il s'agit de Robin, tu te donnes du mal.

— Avec toi aussi je m'en suis donné, si c'est ce que tu veux dire. Mon frère n'est jamais passé *avant* mon fils. Mon frère est… à part.

Il faisait froid pour la fin du mois d'octobre, mais au moins il ne pleuvait pas ce jour-là.

— Qui va financer les travaux ? voulut savoir Ralph.

— Nous, grâce au produit de la vente des terres et du cheptel. Pour l'instant, c'est impossible à chiffrer.

— Par chance, vous n'aurez pas l'architecte à payer !

Ralph souligna sa plaisanterie d'un clin d'œil appuyé et recula de quelques pas pour avoir une vision d'ensemble.

— J'aime bien cet endroit. Vraiment.

— Tu n'y as pourtant pas beaucoup de souvenirs, ta mère n'aimait pas venir à la campagne. Elle était très parisienne, même Versailles lui paraissait trop loin de la capitale !

En général, Guillaume évitait de parler de son ex-femme, un sujet brûlant entre son fils et lui, mais il avait fait sa remarque en souriant et Ralph n'en prit pas ombrage.

— Et grand-père, qu'en pensait-il ?

— Pas grand-chose. Ou, plus exactement, je n'en sais rien parce que c'était un homme très réservé. Il estimait que je m'étais marié bien trop jeune, en plus il me considérait comme un transfuge.

— Il n'avait pas envie de voir son unique petit-fils ?

— Si, sûrement. De là à le demander… Regarde le linteau de cette porte, il est magnifique. Quand on aura nettoyé l'entablement et la corniche, ça aura de la gueule !

Guillaume ajouta quelques traits sur son croquis puis se tourna vers son fils.

— Ne crois pas que j'ai oublié mes parents. Mais nous n'étions pas très proches. Ni Robin ni moi ne voulions nous intéresser à l'exploitation. Ils ont vite compris qu'ils ne pourraient pas compter sur nous parce que nous n'avions qu'une idée en tête, partir ailleurs pour faire autre chose. En plus, comme tous les jumeaux, nous étions dans notre bulle, indifférents au reste du monde. Mon père, ma mère et François étaient d'un côté, Robin et moi de l'autre. Le passage du flambeau n'a pas eu lieu. Mon père était à la fois déçu et finalement fier que nous ayons réussi dans nos métiers.

— Et grand-mère ?

— Elle regardait sa belle-fille comme une extraterrestre. Elle aurait bien aimé sympathiser, mais elle ne savait pas comment faire. Ensuite, elle a été longtemps malade.

— Cancer ?

— Oui.

— L'hérédité compte dans cette maladie ?

— Eh bien, c'est un des facteurs.

Ralph hésita, puis il posa sa main sur le bras de son père.

— Est-ce que Robin a une chance de guérir ?

— Une sur deux, je pense.

— Mon Dieu…

— Tu me fais mal, dit doucement Guillaume.

Baissant les yeux, Ralph vit qu'il serrait les doigts à peu près à l'endroit du pansement.

— Oh, désolé ! Elle t'enlève bientôt les fils, la jolie petite infirmière ?

— Dans deux ou trois jours. Tu la trouves jolie ?

— Elle est mignonne, mais elle a surtout un charme fou.

Guillaume le dévisagea avant de marmonner :

— N'y pense même pas.

— Je n'y pense pas, papa, mais toi tu devrais, oui.

— Moi ?

— Tu lui jettes des petits coups d'œil en douce très révélateurs.

— Pas du tout !

— Si, si…

Contrarié, Guillaume se détourna et s'éloigna un peu. Il referma son carnet de croquis, sortit de sa poche un télémètre laser puis revint vers Ralph.

— Que ce soit clair, je ne veux parler d'aucune femme avec toi.

Le ton utilisé était sans appel, pourtant Ralph essaya d'argumenter.

— Je croyais au contraire que ce genre de conversation entre un père et un fils…

— Il y a eu l'histoire Johanna, trancha Guillaume, il n'y en aura pas d'autre.

— Mais je ne cherche pas à te piquer Sybil !

— Ça suffit, Ralph. Sybil n'est pas ma petite amie. C'est l'infirmière de Robin, la mienne accessoirement ces jours-ci, et c'est une jeune femme que Laurence apprécie beaucoup. Je tiens à ce que tu lui foutes la paix, compris ?

Il se surprit lui-même à s'énerver au sujet de Sybil. L'insinuation de Ralph l'avait mis mal à l'aise. Jetait-il vraiment des coups d'œil en douce ? En principe, si une femme lui plaisait, il la draguait ouvertement, en usant d'humour et de séduction, pas en la regardant à la dérobée comme un collégien.

— D'ici, on voit encore les vaches, mais elles ne sont plus à nous, constata Ralph, qui s'était prudemment éloigné.

Il se tenait près de la haute porte cochère de la remise, attenante à la ferme.

— Je vais faire communiquer ce bâtiment avec la maison, déclara Guillaume en le rejoignant.

Après avoir examiné les grands battants de bois, il secoua la tête d'un air navré.

— Ils sont bons à changer. Mais je me demande si je ne devrais pas plutôt envisager une baie vitrée.

— Là ?

— Eh bien oui, là. On ne rentrera pas un tracteur dans le séjour, que je sache !

— Ah, parce que tu ferais le salon...

— Je ne fais rien pour l'instant. J'imagine, je projette.

Rouvrant son carnet, il reprit quelques notes.

— Ce serait drôle d'être assis sur un canapé moelleux et de siroter paisiblement un verre à l'endroit où nous nous cachions, Robin et moi, pour boire nos premières bières. On s'installait sous une remorque ou derrière des ballots de paille, et de peur de se faire prendre on descendait les canettes si vite que des bulles nous sortaient par le nez !

— Vous étiez insupportables ?

— Nous étions deux garçons débordants d'énergie et toujours d'accord entre nous. On cherchait la bêtise, on testait la limite de la patience des parents. François était de notre côté parce qu'on le faisait rire. Il nous a connus tout gosses, et à cette époque-là il était plus marrant qu'aujourd'hui. Sauf pour les bêtes. Pas question de plaisanter avec le bétail, il a toujours eu un grand respect pour les animaux. Il rabâchait que ce n'était pas seulement notre gagne-pain, mais aussi des êtres vivants. Finalement, il est assez content que j'aie vendu le cheptel à Jean-Louis Marchand, qui est un éleveur sérieux. Sinon, je pense qu'il ne m'aurait plus jamais adressé la parole ! D'autant plus qu'à ses yeux je suis le « Parisien », celui qui n'y comprend plus rien.

Ralph écoutait avec curiosité, se gardant bien d'interrompre son père.

— Quand je dis que j'ai grandi dans une ferme où on élevait des vaches charolaises, les gens ont de curieuses réactions. Une vague compassion, une pointe de condescendance… Pourtant, c'était génial, ici ! On ne vivait pas comme des arriérés, maman écoutait de la musique classique, elle lisait, s'exprimait très bien, se tenait au courant de tout. Et papa a été un des premiers à utiliser un ordinateur pour la comptabilité de l'exploitation.

Tandis que Guillaume parlait, son regard allait de la maison à la remise, effleurait les prés tout proches, en contrebas, revenait à un détail de la façade.

— C'est chouette quand tu es en veine de confidences, dit Ralph à mi-voix. Tu ne m'en avais jamais autant dit.

— Tu ne me l'as pas demandé.

— Je n'y pensais pas.

— Pour être honnête, moi non plus.

— Tu parlais essentiellement de ton travail, de l'agence.

— J'ai beaucoup bossé pendant quinze ans. Trop, sans doute.

Guillaume mit son carnet sous le bras et plongea ses yeux dans ceux de son fils.

— J'ai bien conscience de ne pas avoir été un père idéal, mais j'ai vraiment fait ce que j'ai pu. Je ne t'ai pas ignoré, pas laissé dans ton coin.

— Non. Tu m'emmenais à la piscine tous les samedis et tu nageais avec moi. Tu acceptais de recevoir mes copains le dimanche, et tu ne manquais pas les réunions parents profs. Mais dans la semaine tu étais un courant d'air. Même quand tu t'arrangeais pour rentrer tôt, tu rapportais un dossier à la maison. Si on regardait un film ensemble, tu n'avais jamais la tête à ça.

— Ta mère disait la même chose, c'est pour ça qu'elle est partie.

— Parce que tu ne voulais pas lâcher prise.

— La belle expression ! Tu sais ce que c'est que monter une agence et la faire tourner ? Payer les salaires et les charges à la fin de chaque mois ? Bien sûr que je pouvais « lâcher prise », chouchouter Marie et te cocooner, mais qui donc aurait fait bouillir la marmite ? Dieu sait que je ne veux pas la critiquer, mais Marie aimait vivre dans un certain confort !

Il s'en voulut de s'être laissé entraîner à parler d'elle.

— Bon, ajouta-t-il plus doucement, tu verras d'ici peu que ce n'est pas si facile de gagner sa vie, encore moins de bien la gagner.

— Si la course au fric doit détruire les sentiments…

— Arrête, tu ne sais pas ce que tu dis. Et je refuse d'être mis en accusation, surtout par toi. Tu n'es plus un gamin, Ralph, il va falloir te résigner à perdre quelques illusions.

Le visage de son fils se ferma, son regard devint méfiant. Navré, Guillaume eut un geste d'impuissance.

— On va en rester là pour aujourd'hui, d'accord ? En ce qui me concerne, je suis content que nous ayons pu bavarder sans nous bouffer le nez, c'est un premier pas. J'adorerais qu'il y en ait d'autres et qu'on se rapproche un peu, toi et moi.

— Tu dis ça mécaniquement, comme s'il s'agissait d'une corvée !

— Non, soupira Guillaume, c'est important pour moi. Allez, viens, on va s'arrêter une seconde chez François pour voir s'il est bien installé. Tu sais où c'est ? Je vais t'indiquer la route…

Il se dirigea vers la voiture, espérant que Ralph retrouverait sa bonne humeur. Et il remit à plus tard la question préoccupante des études de son fils, encore un sujet de querelle entre eux.

**

— Tout le monde pense à vous deux, affirma Marc.

Il écarta la couche de peaux de raisin remontée à la surface de la cuve, goûta, recracha, eut enfin un sourire approbateur.

— Le moût a changé de saveur, la couleur s'intensifie…

Puis il consulta le thermomètre, hocha la tête.

— La température est bonne.

— Je surveille et je refroidis quand il faut.

— Pas trop quand même, sinon tu vas augmenter ta durée de cuvaison.

— Comme si je ne le savais pas !

— Oui, bien sûr, excuse-moi, Laurence. À force d'expliquer des trucs à ton beau-frère…

— Il ne demande qu'à bien faire.

— Mais il n'y connaît rien.

— Je suis là, je me débrouille. Et par bonheur tu passes tous les matins, merci.

Elle avait installé Violette dans l'écharpe de portage qui lui permettait d'avoir le bébé contre elle et ses deux mains libres. Malgré tous ses soucis, elle prenait soin de son apparence. Bien habillée, très légèrement maquillée, elle voulait continuer à plaire à Robin, mais c'était Marc qui semblait plus fasciné de jour en jour.

— Les gens sont tristes de ce qui vous arrive, Laurence. On m'a chargé de te faire savoir que tu peux demander de l'aide à qui tu veux.

— Pour l'instant, ça va. Grâce à toi, je dois dire.

— Arrête de me remercier ! N'importe lequel de tes voisins le ferait par solidarité, je viens de te l'expliquer. Moi, j'avoue qu'en plus j'y trouve du plaisir.

Elle le considéra d'un air de reproche, puis eut un geste explicite en désignant le bébé.

— Marc, tu ne dois pas…

— Quoi ? Il n'y a rien de répréhensible à être bien en ta compagnie. Tu es une très jolie maman et tu es mon amie. Tu crois que je pourrais être assez stupide pour te harceler ou même te mettre dans l'embarras alors que ton mari est malade et que tu viens d'avoir un bébé ? Si tu le penses, ce n'est pas très flatteur pour moi.

D'autorité, il lui prit la main, la retourna, embrassa l'intérieur de son poignet.

— Voilà, je ne désire rien d'autre.

Il s'écarta d'elle et se pencha de nouveau au-dessus de la cuve. Si Robin était un meilleur œnologue, Marc possédait néanmoins toutes les qualités d'un bon viti-culteur. Comme Laurence, il était né dans ce monde et en maîtrisait les difficultés. En le regardant faire, elle se demanda pourquoi il ne l'avait jamais attirée. Autant elle avait succombé au charme de Robin dès la première rencontre, autant Marc n'était pas arrivé à la séduire malgré ses multiples tentatives. Depuis leur année de terminale il n'avait pas désarmé, revenant vingt fois à la charge et ne se laissant pas décourager. Il l'avait demandée en mariage à plusieurs reprises, en avait même fait un sujet de plaisanterie entre eux, mais le jour où elle lui avait annoncé qu'elle épousait Robin, il s'était effondré. Pourquoi s'obstinait-il à l'aimer en vain, sans espoir de retour ? Qu'est-ce qui le fascinait chez Laurence et qu'il ne trouvait chez aucune autre femme ? Elle le suivit du regard tandis qu'il se déplaçait entre les cuves. À défaut de la séduire, il lui était sympathique, familier. Sans Robin, aurait-elle fini par le voir autrement ? Par lui céder ?

— Je crois que l'année sera bonne, déclara-t-il en revenant vers elle.

— Oui, c'est mon idée aussi.

— Tes vignes sont particulièrement bien exposées.

— Plains-toi ! Tu as trois fois plus de terres que moi.

Violette commençait à gigoter dans son écharpe car l'heure du biberon approchait.

— Elle a faim, je dois retourner à la maison.

S'occuper du bébé empêchait Laurence d'être efficace, la rendait dépendante de l'aide des autres et elle avait horreur de ça. Pourtant elle avait désiré un enfant de toutes ses forces, elle s'était imaginé des années d'un bonheur sans nuages, elle dans son rôle de mère et Robin à la tête de l'exploitation. Mais Robin était devenu son principal problème, la source de toutes ses angoisses, et elle ne pouvait négliger ni son mari malade ni son bébé. Prise entre le marteau et l'enclume, elle était obligée de tout déléguer, de faire confiance à son beau-frère et à son vieil ami Marc, en priant pour que le nouveau millésime n'en souffrirait pas.

— Je reviendrai demain, déclara-t-il en lui adressant un petit signe de la main.

Elle espéra qu'il était sincère et qu'il n'avait aucune arrière-pensée, comme il le prétendait. Certes, elle avait besoin de lui, mais en échange elle ne lui donnerait rien d'autre que son amitié, et ce ne serait peut-être pas suffisant.

**

— Vous ne deviez pas conduire, dit Sybil d'un ton de reproche.

— Je ne suis pas infirme, protesta Guillaume.

— Votre tendon n'a pas été sectionné, néanmoins il a subi un traumatisme. La cicatrisation est très lente, elle peut durer plusieurs semaines.

Elle ôta le dernier fil, nettoya la plaie avec de la Bétadine.

— Je continue à penser que vous avez eu de la chance.

— La chance que vous ayez été là, ce qui m'a évité de poireauter aux urgences.

Tout en baissant la manche de sa chemise, il regarda autour de lui.

— Vous êtes bien installée, votre cabinet est très accueillant.

— En fait, ce n'est pas grand mais ça me va. Je ne suis pas tenue d'avoir énormément de matériel, du moment que j'ai l'essentiel et que je peux respecter la confidentialité des soins. J'ai préféré y consacrer le rez-de-chaussée pour disposer d'une salle d'attente.

— Vous n'habitez pas là ?

— Si, au-dessus.

— Et vous recevez beaucoup de patients ?

— Quelques-uns. Je fais les vaccins ou les prises de sang pour ceux qui ne veulent pas aller chez leur médecin, et je me charge de porter les échantillons au laboratoire. Mais je fais surtout des visites à domicile, chez ceux qui ne peuvent pas ou qui ne veulent pas se déplacer. J'ai une grosse sacoche dans ma voiture, mon cabinet sur roues !

— En allant chez les gens, vous ne vous sentez pas un peu seule face à de grosses responsabilités ?

— C'est ça que j'aime ! Mais rassurez-vous, je travaille en étroite collaboration avec tous les toubibs de la région. En cas de doute, j'appelle. La seule chose pénible est de se lever tôt, très tôt. Certains prélèvements s'effectuent à jeun, alors je commence souvent mes journées à six heures.

Dès qu'elle s'animait, elle était vraiment mignonne. Guillaume remarqua que ses yeux dorés, bordés de longs cils, s'étiraient vers les tempes, et qu'une fossette creusait sa joue droite lorsqu'elle souriait.

— Je dois filer à Dijon voir Robin, annonça-t-il.

— Tout seul ? Pourquoi n'avez-vous pas demandé à votre fils de vous conduire ?

— J'ai préféré le laisser avec Laurence. Ils s'entendent bien, et je crois qu'il a besoin d'être écouté en ce moment. En plus, il pourra lui faire les courses ou garder le bébé, ce qui la soulagera. Croyez-vous que je puisse apporter quelque chose à Robin ? Il adore le chocolat noir, il…

— Attendez une seconde, l'interrompit-elle. Vous avez bien compris toutes les explications données par l'oncologue ?

Elle ne souriait plus et soudain semblait grave.

— Avant l'autogreffe, on va lui administrer une chimiothérapie à très hautes doses durant plusieurs jours. Il se sentira trop mal pour avoir faim ou envie de quoi que ce soit. La transfusion des cellules souches n'aura lieu qu'après la fin de la chimio, et là il sera placé pendant deux semaines dans un environnement stérile. Il sera très fatigué, il aura des nausées, des diarrhées, de la fièvre. Vous devez vous préparer à tout ça, Guillaume. Il se peut même qu'à ce moment-là il ne vous reconnaisse pas.

Atterré, il la scruta quelques instants puis baissa les yeux pour dissimuler son trouble. Lors de la dernière consultation avec Robin, il n'avait retenu que l'espoir et ne s'était pas attaché au reste du discours médical. Mais Sybil venait de lui parler avec des mots simples qui lui faisaient entrevoir tout autre chose qu'un séjour de plus à l'hôpital.

— Quoi qu'il en soit, ajouta-t-elle d'une voix douce, vous comptez énormément pour lui, vous le savez, et votre présence le rassurera. D'autre part, les équipes de ce service sont formidables, ne vous faites pas trop de souci, il ne sera jamais seul. Je voulais seulement vous avertir que c'est parfois très impressionnant.

— D'accord... Je vais essayer de me blinder.

— Dites-vous qu'il ira mieux ensuite. J'en suis certaine.

— Mieux ? explosa-t-il. Je veux qu'il aille bien, qu'il soit guéri, qu'on n'en parle plus ! Je veux mon frère tel qu'il était, c'est tout !

Il réalisa que son exaspération était tout à fait déplacée et s'excusa aussitôt.

— Vous allez me prendre pour un simple d'esprit, désolé. Je serai patient, évidemment, et la moindre amélioration sera une vraie bénédiction.

Elle resta quelques instants silencieuse, puis murmura :

— Vous êtes fatigué, Guillaume. Pour l'entourage aussi, c'est très dur.

— Non, non, nous tiendrons le coup, c'est lui seul qui compte.

— Vous ne pouvez pas vivre sa maladie à sa place.

— Quand on est jumeaux, on a une relation particulière. Je ne dis pas que je ressens les mêmes choses que lui, mais…

Il eut un geste d'impuissance et se leva, renonçant à expliquer ce qu'il éprouvait. Néanmoins, il essaya de trouver quelques mots agréables à lui dire avant de partir parce qu'elle se montrait très gentille avec lui.

— On a passé un bon moment l'autre soir, dans cette brasserie. Si ça vous tente de recommencer un de ces quatre, je suis preneur.

— Pourquoi pas ? répondit-elle aussitôt. J'imagine que vous avez besoin de vous changer les idées.

— Oh oui ! Je vous appellerai pour qu'on fixe le jour.

Après une courte hésitation, il se pencha vers elle.

— Vous permettez ? dit-il en l'embrassant sur la joue.

Il perçut un effluve discret, mystérieux, qui lui fit ajouter :

— Très bien, votre parfum !

Puis il sortit son portefeuille et lui tendit sa carte vitale.

— Laissez tomber, c'est ma tournée !

Elle sourit de nouveau, faisant apparaître sa fossette, et l'accompagna jusqu'à la porte, qu'elle referma derrière lui. Il gagna sa voiture d'un pas léger, plus réjoui qu'il ne l'aurait cru par la perspective de dîner avec elle. Alors qu'il s'installait au volant, il reçut un appel de Johanna.

— Ah, je suis contente de t'avoir, j'avais peur de tomber sur ta messagerie ! Avant tout, comment va Robin ?

— Pas plus mal, répondit-il laconiquement.

Il n'avait aucune envie de parler de son frère à Johanna, et surtout il se demandait ce qu'elle pouvait bien vouloir.

— Écoute, tu ne vas pas le croire mais je fais une séance photo cet après-midi tout près de chez vous ! C'est pour une publicité de maroquinerie haut de gamme très glamour, et le cadre somptueux des hospices de Beaune a été choisi, plus précisément la cour d'honneur de l'hôtel-Dieu.

— Et alors ?

— On en a pour toute la journée et j'ai exigé qu'on me réserve une chambre d'hôtel, ce soir. Je ne repartirai pas avec l'équipe, c'est trop fatigant. Bon, ils n'ont pas lésiné, ils m'ont logée au Cep, c'est moi qui l'ai voulu parce que c'est très bien. Alors, je pensais t'inviter à dîner dans leur restaurant, Loiseau des Vignes…

— Moi ? Mais pourquoi, grand Dieu ?

— Parce que c'est l'occasion ou jamais de te voir.

— Nous n'avons rien à nous dire, Johanna.

— Ne crois pas ça. Entre autres, je dois te parler de Ralph.

— Tu l'as laissé tomber, comme prévu, et il est malheureux, comme prévu.

— Ce n'est pas si simple. Pourquoi ne pas me donner une chance de m'expliquer ? Tu peux bien m'accorder deux heures de ton temps !

Un reproche qu'elle lui avait souvent fait lorsqu'ils étaient ensemble, et dont Marie l'avait aussi accablé en son temps.

— Je passe l'après-midi à Dijon, je ne peux pas…

— Je te demande seulement un bout de ta soirée. Beaune est sur ta route de retour.

Avait-elle vraiment des choses à lui apprendre au sujet de Ralph ? Il en doutait, tout comme il se demandait si elle n'avait pas influencé le choix du lieu pour pouvoir provoquer cette rencontre. Elle était particulièrement têtue et n'avait pas l'habitude qu'on lui résiste.

— S'il te plaît, Guillaume, dit-elle d'une voix différente, plus sincère et plus émouvante. Je ne t'ennuierai plus jamais, je te le jure.

— Très bien. Je passerai vers huit heures, au moins pour boire un verre.

Il s'en voulut d'avoir capitulé. Peut-être l'avait-il fait parce qu'il ne l'aimait plus. Leurs rapports n'avaient plus rien de passionnel, il ne désirait pas se venger d'elle ou la punir.

En rangeant son téléphone, il aperçut une voiture qui se garait devant le cabinet de Sybil. Un jeune homme en descendit, ressemblant à l'interne des urgences qui l'avait soigné quelques jours plus tôt. Celui qui trouvait Sybil à son goût.

211

Vaguement agacé, Guillaume le regarda entrer sans sonner, puis il démarra.

**

— Mais non, ce n'est pas une corvée. Avec le pick-up de Robin, je me suis éclaté !

Ralph était en train de ranger toutes les courses rapportées du supermarché où Laurence l'avait expédié.

— Quand je viens chez toi, je veux pouvoir t'aider, affirma-t-il avec insouciance. As-tu des nouvelles de Robin ?

— Je l'appelle matin et soir. Il ne veut pas que j'aille à l'hôpital. À part ton père, il ne veut voir personne.

— Peut-être a-t-il raison ?

— Je ne sais pas. Je ne suis pas dans sa tête, je crois qu'il cherche seulement à me préserver. En revanche, Guillaume a promis de ne rien me cacher, j'espère qu'il tiendra parole.

— Papa a bien des défauts mais il n'est pas menteur, quitte à balancer des choses très désagréables ! Dis, tu ne me ferais pas un gratin de macaronis ?

— Si tu veux. Nous ne serons que tous les deux, ton père ne dîne pas ici.

— Ah bon ? Et où ça ? Pas à l'hôpital, j'imagine !

— Je ne lui demande pas de me rendre des comptes.

— Non, bien sûr, mais… Il a une nouvelle petite amie ?

— Aucune idée. En tout cas, ne lui pose pas la question, à mon avis il le prendrait mal. Vous sortez d'un problème de femme, entre vous le sujet est à éviter.

212

— Pour l'instant, il n'est pas là, et les murs n'ont pas d'oreilles. Tu ne sais vraiment rien ? J'aimerais bien qu'il tombe amoureux, il serait moins sur mon dos.

— Sur ton dos ? Mais je rêve ! Vous ne vous êtes pas adressé la parole pendant des mois.

— Depuis qu'on est réconciliés, je sens qu'il a envie de reprendre son autorité paternelle. Mes études, mon avenir, il va me bassiner avec tout ça.

— C'est normal, Ralph. Il s'inquiète pour toi.

— Pour moi, ou pour la pension qu'il est obligé de me verser ?

Elle fronça les sourcils et le toisa sans indulgence.

— Ne sois pas injuste, il est prêt à t'entretenir pendant dix ans s'il le faut. Mais il veut que tu aies un métier.

— En tout cas, je ne serai jamais médecin. Je ne lui ai pas encore communiqué la mauvaise nouvelle.

— Communiqué ? Tu t'entends ? Bon sang, parle-lui franchement, ayez des rapports normaux ! Si tu ne veux pas faire d'études, dis-le. D'ailleurs, il y a d'autres voies, des façons différentes d'arriver à se faire une situation. Prends Robin, par exemple. Il a tracé son chemin tout seul, à son idée, sur le terrain. Et il a fini par acquérir mieux qu'un diplôme, une solide expérience professionnelle. Il a d'abord travaillé pour de petites appellations, puis pour des grandes. Il était passionné, il apprenait vite, ça a marché pour lui en peu de temps. Quand j'ai voulu l'embaucher ici, j'avais peur de ne pas avoir les moyens de le payer tellement sa réputation était bonne. Il n'a pas fait d'études d'œnologie, pourtant c'est l'un des plus fins palais que je connaisse !

— Il était né là-dedans.

— Pas du tout ! Tu sais bien que ton grand-père élevait des charolaises. Si Robin n'avait pas eu d'imagination, il aurait repris la ferme sans rien tenter d'autre.

— À propos de la ferme, nous sommes passés voir François. Tu sais ce qu'il fait ? Tous les matins il va surveiller ses vaches ! Sauf qu'elles appartiennent maintenant à Jean-Louis Marchand. Mais il prétend l'aider à mieux les connaître. Ils discutent d'origines et de croisements à l'infini. Papa lui a fait vertement remarquer que si c'est pour faire ça de sa retraite, il aurait bien pu continuer un moment. François l'a mal pris, il s'est braqué, un peu plus il nous jetait dehors, mais il s'est ravisé, il a dit qu'il comprenait. Quand ils se sont serré la main, il avait les yeux tout embués et il a marmonné qu'il avait mis un cierge pour Robin.

— Je crois qu'il les aime beaucoup tous les deux, dit lentement Laurence. Bien sûr, il a pris ses distances avec Guillaume qu'il appelle « le Parisien », ce qui n'est pas un compliment de sa part, néanmoins il a de l'admiration pour lui. On l'avait invité quand on a pendu la crémaillère et il a été épaté par la maison. C'était la première fois qu'il voyait le travail d'un architecte, et ça lui a plu. Même s'il trouve que c'est mieux de faire du vin !

Elle parvint à sourire et enchaîna :

— Ce qui nous ramène à nos moutons. As-tu une idée de ce que tu aimerais faire de ta vie ?

Venant d'elle, il ne le prit pas mal. Il enfouit ses mains dans les poches de son jean, apparemment embarrassé, et se mit à fixer le sol.

— Ben, je me demandais… Quand Robin ira mieux, s'il peut me montrer en quoi consiste le job, ça me donnerait une idée.

— Le job ? Lequel ?

— La vigne, tout ça… Même toi, si tu veux.

Cette fois, elle éclata de rire.

— Tu es trop bon ! Oui, « même » une femme arrivera à te guider dans le monde du vin. Qui comporte plein de métiers différents. Mais tu es vraiment tenté ou c'est seulement par manque d'imagination parce que je t'ai décrit le parcours de Robin ?

— Non, ça m'intrigue, ça pourrait bien me plaire. Enfin, faut voir.

— D'accord, je te ferai faire un tour d'horizon demain.

Elle se détourna pour mettre de l'eau à bouillir. Les motivations de Ralph semblaient un peu floues et ne seraient peut-être pas du goût de son père, qui risquait de soupçonner son fils d'opportunisme. Néanmoins, il avait le droit de se montrer curieux, le droit d'élargir ses choix.

— Quand ça frémira, tu jettes les macaronis en pluie, tu remues, tu surveilles la cuisson. Et beurre-moi un plat à gratin. Moi, je monte m'occuper de Violette.

Tout en grimpant l'escalier quatre à quatre, pressée de serrer sa fille dans ses bras, elle eut une pensée reconnaissante pour Ralph, qui avait utilisé l'expression : « Quand Robin ira mieux. » La guérison de son oncle ne semblait faire aucun doute pour lui, et Laurence voulut y voir un signe positif. Peut-être suffisait-il d'y croire de toutes ses forces pour que la prédiction se réalise ? Oui, Robin allait guérir, elle refusait d'imaginer autre chose. Car elle n'en pouvait plus de subir cette angoisse de chaque instant qui lui gâchait la vie, qui l'empêchait d'être une jeune maman pleinement heureuse. En regardant sa fille, elle se demandait si elle allait grandir sans père, et aussitôt elle rejetait l'idée avec horreur. Mais des cauchemars la réveillaient avant l'aube, des visions de deuil la hantaient, elle luttait pied à pied pour ne pas se laisser submerger par le doute, pour refouler des larmes qui n'étaient jamais loin. Elle avait même failli, deux jours plus tôt, ranger dans un tiroir la photo de Robin qui trônait sur sa table de chevet. Un Robin en pleine santé, riant aux éclats devant l'objectif, dégageant une force et une joie de vivre qui n'étaient plus que des souvenirs.

Elle ouvrit la porte de la nursery, constata que Violette dormait encore, les bras en croix et ses petits poings fermés. Son visage était rose, lisse, serein. Au pied du berceau, les peluches alignées veillaient sur elle. Tout, dans cette pièce, reflétait un bonheur paisible, la promesse de lendemains merveilleux. Laurence plia les genoux, s'accroupit, prit sa tête entre ses mains et se mit à prier en silence.

**

Arrêté devant le restaurant Loiseau des Vignes, Guillaume resta un moment dans sa voiture. Robin lui avait semblé si mal qu'il était encore sous le choc. Certes, on lui administrait une chimiothérapie à haute dose censée détruire toutes les cellules cancéreuses, ce qui justifiait son état. Il fallait donc attendre et accepter tous les effets secondaires. Mais il avait l'air tellement fatigué, écœuré, découragé ! Et rien ne pouvait le soulager pour l'instant. À son chevet, Guillaume s'était senti inutile.

Il leva les yeux vers les stores rouges du restaurant, poussa un long soupir. Pourquoi avait-il accepté ce rendez-vous ? Johanna était la dernière personne qu'il souhaitait voir. Néanmoins, il descendit, fit quelques pas puis se décida à pousser la porte de l'établissement. Il la vit tout de suite, installée à une table pour deux et aussi éblouissante que d'habitude. Elle portait une robe bleu saphir au décolleté asymétrique, des escarpins vertigineux. Son maquillage était parfait, ses longs cheveux blonds tombaient souplement sur ses épaules, ses boucles d'oreilles brillaient sous les lumières. Bien entendu, elle attirait tous les regards. Il la rejoignit, conscient de ne pas s'être rasé depuis deux jours et de n'avoir fait aucun effort vestimentaire.

— Je ne suis pas sûr de pouvoir rester, annonça-t-il en s'arrêtant devant elle.

— Impossible, j'ai commandé un gigot d'agneau de lait pour deux, et avant ça des huîtres chaudes. Je sais que tu les adores.

Elle avait répondu du tac au tac, mais il sentit qu'elle manquait de son assurance coutumière.

— S'il te plaît, ajouta-t-elle d'une voix rauque. Puisque tu es là…

À contrecœur, il finit par s'asseoir, ce qui provoqua l'arrivée d'un serveur avec deux coupes de champagne.

— Tu les avais demandées aussi ?

Piégé, il but une gorgée sans trinquer avec elle.

— Tu voulais me parler de Ralph, vas-y.

— C'est un très gentil garçon, et mon intention n'était pas de lui faire du mal. Je suis désolée d'avoir laissé les choses prendre trop d'importance.

— Tu es *toujours* désolée de toutes les catastrophes que tu provoques. Ralph est trop jeune, il partait perdant avec toi, tu n'en as fait qu'une bouchée. Tu t'es servie de lui uniquement pour me rendre jaloux. Tu n'avais donc personne d'autre sous la main ? Et par la suite, tu l'as gardé avec toi par inadvertance ?

Son ironie parut accabler Johanna. Elle secoua la tête, ce qui fit bouger ses cheveux et ses boucles d'oreilles. Guillaume essaya de se souvenir des bons moments passés avec elle, du désir qu'il avait éprouvé pour une femme aussi belle, mais il se rappelait surtout la blessure infligée, non pas par sa trahison à elle, mais par celle de son fils. Il en était resté bouleversé, avait mis du temps à pardonner. À présent qu'il avait fait la paix avec Ralph, et que sa rancune envers Johanna s'était diluée, il ne restait que de l'amertume.

— Tu me rendais folle, Guillaume. Tu ne pensais qu'au boulot, tu te décommandais et je me morfondais, j'avais l'impression de ne pas compter pour toi. J'étais prête à faire n'importe quoi pour te faire réagir, pour que tu me dises enfin des mots d'amour !

— Ce n'était pas le bon moyen.

— Je sais. Je l'ai regretté tout de suite, mais c'était trop tard.

— Si tu avais eu un minimum de moralité, tu n'aurais pas poursuivi le jeu avec Ralph. Or tu l'as gardé comme petit copain durant des mois, de quoi lui faire croire à une histoire sentimentale. Tu voulais le détruire parce que tu ne m'avais pas détruit, moi ?

— Non !

— Parce qu'il te donnait beaucoup de plaisir ?

— Même pas !

— Alors, quoi ? La flemme d'en chercher un autre ? Mais tu n'as qu'à tendre la main !

— Je ne veux personne d'autre que toi, c'est toi que j'aime. Éperdument. Et Ralph, c'était encore un peu toi…

218

Le serveur les interrompit une nouvelle fois, apportant les huîtres chaudes. Guillaume les considéra sans appétit. Il se demandait ce qu'il faisait là, dans ce restaurant gastronomique réputé, face à une femme qui lui était devenue indifférente. Embarrassé par ses déclarations, il ne comprenait pas pourquoi elle s'accrochait à lui.

— Je lui faisais raconter des anecdotes de son enfance où il était forcément question de toi. Je lui disais de se réconcilier avec toi pour pouvoir t'approcher.

— Quel égoïsme, Johanna ! Tu l'as utilisé comme un jouet, en plus tu lui as donné une mentalité de gigolo. Il s'est habitué au luxe, aux grands restaurants et aux bons hôtels, à boire du champagne tous les jours. Il a cru qu'il était devenu quelqu'un parce qu'on te regardait, toi. Et quand tu n'as plus eu besoin de lui, tu t'es mise aux abonnés absents au lieu de lui parler franchement. Il ne sait plus où il en est.

— Au moins, il aura mûri, dit-elle d'un ton boudeur.

— Tu te fous de tout ! explosa-t-il.

Des clients tournèrent la tête vers eux et Guillaume fit un effort pour recouvrer son calme.

— Tu m'as fait venir pour me dire ça ? C'est pathétique. Si je comprends bien, tu méprisais mon fils mais tu couchais avec lui ?

— Je ne l'ai pas méprisé. Avec moi, il était émerveillé, gentil, disponible, tout ce que tu n'as jamais été. N'empêche, c'est toi que j'aime, je n'y peux rien. Si j'ai voulu dîner avec toi, c'est pour te demander pardon.

— Inutile.

— Et te demander autre chose, aussi.

Elle se pencha au-dessus de la table, saisit sa main. Le mouvement avait accentué le décolleté de sa robe, il pouvait voir la naissance de ses seins. Mais elle avait trop l'habitude de contrôler son image pour avoir fait ce geste innocemment, et il regarda ailleurs.

— Laisse-moi une seconde chance, Guillaume. Essayons de repartir du bon pied, toi et moi. Recommençons comme au début, au premier jour. Tu t'en souviens ?

Il se rappelait vaguement ce dîner chez des amis, tout fiers de lui présenter une aussi jolie fille dont on voyait la photo dans tous les magazines.

— Simon était persuadé que je craquerais pour toi au premier regard, il avait raison ! Tu portais un costume gris, une chemise bleue, tu n'avais pas de cravate… et tu as déployé tout ton charme pour me plaire. Tu as été très brillant ce soir-là mais tu n'en avais pas besoin, j'étais conquise. Quand tu m'as demandé mon numéro et la permission de m'appeler, je me suis sentie aussi excitée qu'une gamine à son premier flirt ! Et tu m'as fait attendre toute une semaine, tu…

— Arrête, Johanna. Ça ne sert à rien de remuer le passé, c'est fini, c'est mort.

Elle eut un haut-le-corps, comme s'il lui avait jeté un verre d'eau à la figure. Encore une fois, le serveur s'approcha de leur table.

— Quelque chose ne va pas avec les huîtres ? s'enquit-il, l'air anxieux.

— Aucun problème, elles sont parfaites, répondit posément Guillaume. Mais nous avons un contretemps, quelque chose de personnel, je dois partir. Pouvez-vous me préparer l'addition ?

— Maintenant ?

— S'il vous plaît.

Le serveur hésita avant de s'éloigner, très raide.

— Tu plaisantes ? articula Johanna d'une voix blanche.

— Non. Je vais m'en aller, désolé.

— Reste assis ou je fais un scandale !

— Et alors ?

Il attendit une seconde puis se leva, traversa la salle. Il régla la note et sortit sans se préoccuper de ce que faisait Johanna. Mais elle le rattrapa dehors en courant, son manteau jeté sur ses épaules.

— Guillaume !

Son cri de détresse résonna dans toute la rue Maufoux.

— Tu ne peux pas me faire ça, haleta-t-elle en s'accrochant à lui.

Du coin de l'œil, il vit que le maître d'hôtel observait la scène sur le pas de la porte du restaurant. Johanna avait dû faire sensation en partant comme une folle. Combien d'hommes auraient aimé être à sa place, poursuivis par cette femme aux jambes interminables sur ses hauts talons, aux grands yeux en amande qui débordaient de larmes ? Machinalement, il l'entoura d'un bras pour que son manteau ne tombe pas.

— Johanna, dit-il tout bas, nous avons rompu il y a des mois…

— Mais je ne voulais pas, je ne voulais pas !

Elle sanglotait, appuyée contre lui de tout son poids, et il perçut son parfum, un jasmin très capiteux.

— Une toute petite chance, plaida-t-elle en se blottissant, le nez dans son cou.

Ils devaient avoir l'air de deux amoureux un peu ivres. Avec délicatesse, il l'obligea à s'écarter de lui.

— C'est fini, Johanna, entre nous c'est fini depuis longtemps et tu le sais. Demain, tu seras à Paris, tu penseras à autre chose. Moi, je ne peux penser qu'à Robin pour l'instant.

— Alors, plus tard ?

Il pencha la tête vers elle, écarta ses cheveux pour lui déposer un baiser léger sur la tempe.

— Non, chuchota-t-il.

Sa voiture était tout près, il s'éloigna sans se retourner. Johanna n'attendit pas qu'il ait disparu, la tête basse elle gagna l'entrée de son hôtel.

Un peu plus loin sur le trottoir, Sybil et deux de ses amis avaient assisté à la scène sans oser s'approcher du couple. Ils avaient prévu de dîner à La Grilladine, un restaurant situé également rue Maufoux, mais moins huppé que Loiseau des Vignes. Sybil avait reconnu immédiatement Guillaume et Johanna, mais elle était restée stupéfaite devant leur étreinte passionnée, qui les avait rendus aveugles à tout ce qui les entourait.

Le pincement de jalousie qu'elle éprouvait, tout en essayant de faire bonne figure devant ses amis, était très désagréable. Que s'était-elle encore imaginé ? Parce qu'il avait proposé de l'appeler « un de ces jours » pour un autre dîner, parce qu'il avait remarqué son eau de toilette ? Eh bien, Johanna devait porter un parfum de prix – un de ceux dont elle était l'égérie –, et elle trouvait sûrement normal d'être invitée dans le meilleur restaurant de la ville ! D'ailleurs, que faisait-elle en Bourgogne ? Était-elle venue pour un week-end d'amoureux avec Guillaume ? Mais Ralph, dans tout ça ? Est-ce que père et fils partageaient complaisamment la même maîtresse ? Quelle horreur ! Et dire qu'elle l'avait pris pour un type merveilleux… Le dévouement dont il faisait preuve envers son jumeau n'empêchait pas qu'il soit un coureur sans scrupules. Quant à rivaliser avec un top-modèle, c'était impossible. Sybil avait aperçu la robe saphir sublime, une épaule nue, la cascade de cheveux blonds. En pleine rue, Johanna n'avait pas hésité à se frotter langoureusement contre Guillaume, à se pendre à son cou. Des attitudes que Sybil n'oserait jamais adopter. D'ailleurs, elle se sentait petite et moche, tout à fait ordinaire. Le vague intérêt manifesté par Guillaume était celui d'un patient pour son infirmière, voilà tout. Et s'il avait un impérieux besoin de plaire à *toutes* les femmes qu'il croisait, juste par jeu, eh bien elle ferait exception à la règle ! Elle avait déjà été très amoureuse d'un séducteur, pas question de recommencer une aussi désastreuse expérience.

Elle se laissa entraîner par ses amis, que la scène avait fait sourire. Ils étaient en train d'imaginer tout un scénario stupide à propos de la fille « divine » et du « beau mec ». Pour rien au monde elle n'aurait avoué qu'elle les connaissait, car elle se doutait bien qu'elle devait avoir l'air pincée et que la déduction s'imposerait. Oui, elle était déçue, vexée, jalouse, mais personne n'avait besoin de le savoir. Dans l'avenir, elle se tiendrait à bonne distance de Guillaume Montaubry, et pas question d'aller dîner avec lui, d'autant qu'il serait capable de l'emmener dans une gargote, elle, la petite infirmière locale mal attifée !

En suivant ses amis, elle ravala sa rage, décidée à passer une bonne soirée malgré tout.

7

Lorsqu'il n'était pas à l'hôpital, Guillaume passait du temps à la ferme. Puisque Ralph tenait compagnie à Laurence, il avait moins de scrupules à s'absenter quelques heures pour aller méditer sur les lieux de son enfance, et ce retour aux sources l'apaisait. Son carnet à dessin était presque plein, les feuilles couvertes de plans qu'il modifiait sans cesse. Étonné d'y trouver tant d'intérêt, il parcourait les pièces, ouvrait les fenêtres malgré le vent froid, s'absorbait dans la contemplation du paysage puis, pris d'une idée soudaine, retournait mesurer un pan de mur. Il laissait courir son imagination d'architecte sans se donner de limites, comme si son projet n'était qu'une hypothèse. De mémoire, il connaissait toutes les constructions alentour, depuis les corps de ferme aux toitures en lave de Bourgogne jusqu'aux monuments médiévaux qui faisaient l'orgueil de certains villages. Et parce qu'il était imprégné de l'architecture de la région, il savait qu'il pourrait transformer la maison de ses parents sans la trahir. Construite sur une hauteur, bénéficiant d'une situation privilégiée au milieu des pâturages et des forêts, elle devait conserver son aspect rural tout en perdant un peu de son austérité.

Il baissa les yeux sur son dernier croquis, décida qu'un séjour cathédrale serait le bon choix, pour donner du volume à l'intérieur. Il effaça un plancher, reprit la ligne nette d'un escalier droit, plaqué contre le mur du fond et sans rampe, comme simplement dessiné sur la pierre apparente. Satisfait, il ajouta une cheminée centrale à foyer ouvert afin de profiter des flambées où qu'on se trouve dans la pièce. Bien entendu, il soumettrait toutes ces options à Robin. Et un jour, il pendrait la crémaillère ici avec lui. Avec Laurence et Violette, Ralph et qui voudrait, mais avec *lui*. Ensemble, ils se rappelleraient leurs frasques de gosses turbulents, les concours de boules de neige à Noël lorsqu'ils visaient les vaches entre les cornes et faisaient hurler François, les baignades interdites dans les cours d'eau glacés au printemps, les bagarres dans la paille dont les ballots s'éparpillaient. Il voulait égrener ses souvenirs avec Robin et pouvoir parler d'avenir. Il souhaitait ardemment la guérison complète, n'envisageait rien d'autre, refusait de penser au pire. Mais quoi qu'il arrive, il devinait qu'il allait devoir rester. Pour Laurence et Violette, si par malheur elles se retrouvaient seules. Pour profiter de Robin, s'il s'en sortait. Et un peu pour lui-même car il se demandait s'il ne s'était pas perdu quelque part en chemin. Il en avait assez d'être seul, assez de l'échec de sa vie privée. Comment avait-il pu consacrer tout son temps et toute son énergie uniquement à son métier ? Les reproches de Johanna ressemblaient à ceux de Marie à une époque, à ceux de Ralph. Seul Robin ne lui avait jamais reproché d'être aussi peu disponible, parce que Robin ne lui adressait jamais de reproches.

Un coup d'œil à sa montre lui apprit qu'il était l'heure d'aller à Dijon pour sa visite quotidienne. Il risquait de trouver Robin encore plus mal que la veille, mais d'après les médecins, c'était inévitable. Et son frère avait besoin de sa présence, la seule qu'il tolérait. Son carnet de croquis sous le bras, il quitta la ferme en prenant soin de fermer la porte à clef.

✻

Laurence s'était montrée si insistante que Sybil avait été obligée d'accepter son invitation à dîner. N'ayant pas eu la présence d'esprit de trouver un prétexte valable, elle n'avait pas pu avouer qu'elle ne souhaitait pas voir Guillaume.

— Je prépare une cassolette d'escargots, annonça Laurence en l'accueillant. Ensuite, vous aurez droit à mon jambon persillé ! En principe, je le réussis bien, j'ajoute du jambonneau pour le rendre plus moelleux. Mais c'est toute une préparation, il ne faut pas rater la gelée.

— Vous la faites à partir du bouillon ?

— Ah oui ! Je n'utilise jamais de feuilles de gélatine. Vous avez apporté des fleurs, c'est adorable, mais il ne fallait pas, les amis doivent arriver les mains vides. Et à propos d'amis, peut-on se tutoyer ?

— Avec plaisir.

Volubile, Laurence l'entraîna vers la partie cuisine. Elle confia les roses à Ralph pour qu'il les mette dans un vase, expliqua que Guillaume rentrait rarement de Dijon avant huit heures, puis elle proposa un kir. Sa gaieté semblait un peu artificielle, et Sybil devina qu'elle se forçait à mener une vie normale pour ne pas penser sans cesse à son mari. Heureusement, elle avait son bébé, qui trônait dans son couffin sur le canapé, et qui devait amplement l'occuper.

— J'essaie toujours d'améliorer mes recettes, expliqua-t-elle. Dans la cassolette, on met traditionnellement des cèpes, mais si on a des morilles, c'est encore meilleur.

— Comment va Robin ? demanda Sybil.

La question ne pouvant pas être évitée, autant la poser maintenant.

— Il est ravagé par la chimio, mais il n'a pas mauvais moral. Je crois qu'il attend beaucoup de cette autogreffe.

Sachant à quel point Robin voulait protéger sa femme, Sybil supposa qu'il ne lui disait pas toute la vérité. En revanche, il devait se confier à son jumeau et faire peser sur lui ses angoisses. Et malgré sa défiance envers Guillaume, elle savait que celui-ci était prêt à tout supporter pour son frère.

Comme Violette commençait à pleurer, Laurence proposa à Sybil de lui donner le biberon. Ravie, la jeune femme prit délicatement le nouveau-né dans ses bras.

— J'adore les bébés, je les trouve craquants. Minuscules, sans défense, et pourtant ils font tout avec une sorte d'avidité. Boire leur lait, respirer, crier... même dormir ! Je suis folle de mes neveux, ma sœur sait que je suis toujours disponible pour les garder.

Violette se mit à téter goulûment son biberon, sous le regard attendri de Laurence.

— Nous avions rêvé d'une petite fille, avoua-t-elle à mi-voix. Robin s'en faisait une telle joie...

— Il en profitera un peu plus tard, répondit Sybil fermement. Très bientôt. Ne t'inquiète pas.

— J'aimerais y croire, mais j'ai peur de prendre mes désirs pour des réalités. Depuis le début de la maladie, nous avons été d'espoirs en déceptions. Et puis je ne sais pas vraiment ce qui se passe, Robin refuse que j'aille à l'hôpital et je dois me fier à ce que Guillaume veut bien me dire. Je le soupçonne d'enjoliver les choses.

C'était probable, mais Sybil ne fit pas de commentaire. Elle se sentait bien avec Laurence, dans l'atmosphère chaleureuse de sa maison, et elle avait envie de s'en faire une véritable amie. Après tout, Guillaume ne serait pas toujours là, il finirait bien par rentrer à Paris et alors Sybil pourrait venir à sa guise. Mais pour l'instant, elle redoutait de le voir arriver.

— Voilà papa, annonça Ralph qui regardait par la fenêtre.

Laurence se précipita vers la porte pour être la première à avoir des nouvelles de son mari. Concentrée sur le bébé, Sybil leva à peine les yeux pour saluer Guillaume d'un signe de tête. Elle l'entendit faire son compte rendu qui, ainsi qu'elle l'avait supposé, était très édulcoré. D'après lui, Robin n'allait pas trop mal, bien qu'il ait encore un peu maigri.

— Est-ce qu'il s'ennuie ? voulut savoir Laurence.

— Il dort beaucoup. Il se prépare pour sa greffe. Et bien sûr, il t'embrasse et te dit mille choses tendres. Il t'appellera tout à l'heure s'il n'est pas trop dans le cirage.

Pour parler de Robin, l'intonation de Guillaume se faisait toujours plus affectueuse. Il était là depuis des semaines, avait mis sa propre vie entre parenthèses et semblait suspendu à la guérison de son frère. Le lien entre jumeaux était-il donc si puissant ? Mais Sybil ne voulait pas être émue par Guillaume, aussi lança-t-elle d'un ton innocent :

— Je vous ai aperçu à Loiseau des Vignes, l'autre soir. Avez-vous bien dîné ? C'est l'une des meilleures tables de la région, vous avez bien fait d'y emmener votre amie Johanna.

— Johanna ? s'exclama Ralph.

Il toisa son père, attendant une quelconque explication qui ne vint pas. Guillaume restait silencieux, l'air contrarié, et il finit par adresser un regard de reproche à Sybil.

— C'est moi qu'elle était venue voir et tu l'en as empêchée ? insista Ralph d'une voix tranchante.

— Non, pas du tout. Elle faisait une séance photo aux hospices de Beaune.

— Ben voyons !

Le jeune homme était furieux, il devait se sentir trahi. Même Laurence semblait surprise, à l'évidence Guillaume ne lui avait pas parlé de cette soirée. Rencontrait-il Johanna en cachette ? À quel jeu jouait-il donc ?

— Tu n'es pas honnête avec moi, gronda Ralph. Et quand on sait ce que tu penses d'elle, on peut se demander pourquoi tu l'invites à dîner. Est-ce que vous vous seriez remis ensemble dans mon dos ? Elle en avait tellement envie, la pauvre chérie ! Je ne sais pas si c'est par amour ou parce que tu es plein aux as, mais elle n'a que ton prénom à la bouche !

Embarrassée, Sybil regrettait d'avoir provoqué un incident alors qu'elle voulait seulement faire comprendre à Guillaume qu'elle n'était pas dupe.

— Arrêtez de vous disputer, intervint Laurence. Ralph, sers-nous ce kir qu'on attend au lieu de crier, tu fais peur au bébé.

En réalité, Violette s'était endormie dans les bras de Sybil, repue. Guillaume alla prendre son fils par les épaules et l'entraîna à l'autre bout du séjour.

— Oui, murmura-t-il, c'est bien moi qu'elle voulait voir, et, non, nous ne nous sommes pas « remis » ensemble. D'ailleurs, nous n'avons même pas dîné. Je lui ai dit qu'entre nous deux c'était terminé depuis longtemps, et que j'aimerais qu'elle te foute la paix puisqu'elle n'a aucun sentiment pour toi. Je lui ai demandé de sortir de nos vies, voilà. Je pense comme toi qu'elle n'était pas là par hasard, mais elle en a été pour ses frais. C'est la stricte vérité. Est-ce que cette explication te suffit ?

Ralph hésita, peu convaincu.

— Détache-toi d'elle, oublie-la, ajouta Guillaume.

— Tu crois que c'est facile ?

— Je crois que tu n'as rien à gagner si tu t'obstines.

— Pourquoi faut-il toujours que tu me dictes ma conduite ?

— Sans doute parce que je suis ton père. Mais tu es majeur, tu as le droit de décider. C'est ce que tu as fait tous ces derniers temps, et ça ne t'a pas réussi.

Ralph conservait un air de défi, et Guillaume soupira. Il était maladroit avec son fils, ne parvenait pas à regagner sa confiance. Johanna avait ouvert une faille entre eux, qu'il était impuissant à combler. Il se détourna et constata que Laurence et Sybil avaient quitté la pièce, sans doute pour aller coucher le bébé.

— Nos petites histoires n'intéressent pas tout le monde, fit-il remarquer à Ralph. Essayons de passer une soirée tranquille, on doit bien ça à Laurence.

Il gagna le comptoir, servit enfin les kirs.

— Je ne peux pas aller voir Robin, moi ? demanda Ralph en le rejoignant.

— Il préfère être seul.

— Seul ou avec toi.

— C'est pareil. Je suis son frère, il n'a pas honte devant moi.

L'évocation de Robin semblait avoir calmé Ralph. Guillaume but une gorgée et alla s'asseoir sur le canapé. Il n'en voulait pas à Sybil, comment aurait-elle pu deviner la complexité de leurs rapports avec Johanna ? Néanmoins, elle ne s'était pas montrée très aimable, et il était déçu. En arrivant, lorsqu'il avait vu sa voiture garée devant la maison, il avait éprouvé un plaisir vif et inattendu. Apparemment, ce n'était pas réciproque. Dommage, il aurait bien aimé la connaître davantage, passer un peu de temps avec elle. Il ne s'était pas inté-ressé à une femme depuis longtemps, échaudé par Johanna, et s'était contenté de rencontres d'un soir auxquelles il ne donnait pas suite. Mais Sybil était diffé-rente, il y avait quelque chose d'attirant chez elle qu'il n'arrivait pas à définir.

— Bébé dort, annonça Laurence en entrant.

Elle jeta un coup d'œil à Guillaume, puis à Ralph, et parut soulagée de ne pas les trouver en pleine dispute.

— Allez, je lance les escargots !

Sybil la suivait, et Guillaume se leva pour lui donner son verre de kir.

— On trinque ?

Il n'obtint qu'un sourire poli qui le déconcerta. Était-elle gênée par la réaction excessive de Ralph, dont elle devait se sentir responsable ?

— Désolée d'avoir vendu la mèche, chuchota-t-elle d'un ton ironique. Je ne voulais pas vous créer d'ennuis, je ne pensais pas qu'il s'agissait d'un rendez-vous secret.

N'ayant aucune envie de se justifier, il ne jugea pas utile de répondre. Elle le scruta quelques instants sans indulgence avant de lui tourner le dos puis de rejoindre Laurence devant les fourneaux. Il la suivit des yeux, agacé, sans pouvoir s'empêcher de la trouver mignonne dans sa jupe bien ajustée.

— Demain, je vais passer un moment dans les caves avec Marc, le copain de Laurence, annonça Ralph.

Tombant des nues, Guillaume reporta son attention sur son fils.

— Pourquoi ? hasarda-t-il.

— J'aimerais qu'il m'explique des trucs à propos du vin, de la vigne, tout ça.

— *Tout ça ?* C'est ta dernière lubie ? Je suppose que Laurence peut te dire ce que tu veux savoir sur le sujet.

Comme il avait consacré beaucoup de temps à la ferme, il n'avait pas vraiment surveillé les allées et venues de Marc.

— Il veut parler à un homme, intervint Laurence.

— Si Robin était là, il te...

Guillaume s'interrompit net, ravalant la fin de sa phrase. L'absence de son frère lui parut soudain encore plus pesante, plus désespérante.

— Est-ce que tu savais qu'il y a une école des vins de Bourgogne à Beaune ? ajouta Ralph.

— Non.

Une école de plus, une nouvelle idée, une velléité supplémentaire. Quand donc son fils allait-il se choisir sérieusement un avenir ?

— À l'université de Dijon, on peut s'inscrire pour un diplôme national d'œnologue. Mais il existe aussi une formation continue et par alternance, qui prépare au brevet professionnel agricole vigne et vin. Pour ça, il faut d'abord suivre un stage de six mois dans une exploitation.

— Je constate que tu t'es bien renseigné.

— En fait, je compte lâcher la médecine. Ces études-là ne sont pas pour moi.

Dévisageant son fils, Guillaume finit par esquisser un sourire las.

— Qu'est-ce qui est fait pour toi ?

— Quelque chose en rapport avec la terre.

— Ah bon ? La révélation t'est venue d'un coup, un beau matin ?

— J'ai des origines paysannes. Mon grand-père élevait du bétail. Mon oncle est passionné par la vigne.

— Et ton grand-père était maréchal-ferrant. Quand vas-tu me demander une forge ?

Le silence s'installa dans la pièce, jusqu'à ce que Laurence se mette à remuer bruyamment sa casserole. Ralph, mains dans les poches, gardait la tête baissée et fixait ses pieds.

— Bon, céda Guillaume, parles-en avec Marc. Demande-lui de t'emmener visiter son exploitation, continue à te renseigner. Si tu es vraiment intéressé…

Il n'acheva pas, incapable de croire à cette énième vocation de son fils. Pourtant, si celui-ci trouvait enfin sa voie, il l'aiderait tout le temps nécessaire. À condition de le voir enthousiaste, déterminé, bien dans sa peau. Il ne souhaitait rien d'autre. Et il ne voulait surtout pas s'emballer, imaginer que Ralph pourrait un jour profiter de la ferme familiale rénovée. Trop souvent déçu par son fils, il ne faisait plus aucun projet le concernant.

— On va passer à table ! annonça Laurence.

Une merveilleuse odeur était en train de se répandre, et Guillaume s'aperçut qu'il avait faim. Pour tout déjeuner, il s'était contenté d'un sandwich acheté à l'hôpital et jeté dans une poubelle à peine entamé. Malgré l'excellente cuisine de Laurence, il avait maigri depuis son arrivée en Bourgogne, miné par l'état de son frère et par tous les soucis accumulés.

— Avant que tu n'arrives, lui dit Ralph, il y a eu un coup de fil pour toi. Un certain Philippe qui voudrait que tu le rappelles.

Son associé ne désarmait pas. Comme Guillaume ne répondait pas sur son portable en voyant s'afficher son nom, il avait dû chercher le numéro des Montaubry en Bourgogne. Y avait-il quelque chose d'urgent à décider ou était-ce encore pour le sermonner et le sommer de rentrer ? Il se sentait très loin de Versailles, déconnecté de son agence pour le moment.

Ils s'installèrent sur les hauts tabourets de part et d'autre du comptoir, et Guillaume se retrouva face à Sybil dont il chercha à capter le regard. Mais elle l'évitait, s'adressant exclusivement à Laurence. Pourquoi avait-elle changé d'attitude, elle qui pouvait se montrer si chaleureuse ? Tout en l'observant, il réalisa qu'il aimait beaucoup son visage expressif et qu'il lui arrivait d'y penser un peu trop souvent. Était-il en train de tomber amoureux ? Ce serait si mal venu, si…

Si quoi ? Il était célibataire, elle aussi, où était le problème ? Et au moins, Ralph ne s'en mêlerait pas.

— Tes escargots sont fabuleux, Laurence ! s'exclama-t-elle avec un adorable sourire.

Guillaume s'empressa de goûter, et en effet c'était délicieux, pourtant il n'était plus aussi affamé.

— Tu as mis du chablis ? demanda-t-il afin de s'intégrer à la conversation.

— Oui, à la fin pour déglacer. Et avant, de la crème fraîche, de l'ail, du persil.

— C'est divin, approuva Ralph. Il en reste ?

— Je ressers tout le monde, proposa Laurence.

Elle parvenait à rester une bonne maîtresse de maison alors qu'elle devait tendre l'oreille vers le baby-phone pour guetter les bruits de la chambre du bébé, et surtout espérer un appel de Robin. Mais il était peu probable qu'il lui téléphone ce soir, trop fatigué et trop déprimé.

— Est-ce que vous aimez faire la cuisine, Sybil ? demanda Guillaume pour qu'elle le regarde enfin.

— Uniquement quand je reçois des amis.

Bon, il ne rêvait pas, elle avait répondu d'un ton froid. Il se força à terminer son assiette, soudain pressé de voir le dîner se terminer. Une fois dans sa chambre, il joindrait Philippe et ferait le point avec lui. Et s'il ne tombait pas de sommeil, il transcrirait ensuite les plans de la ferme sur son ordinateur pour sortir une version en trois dimensions.

La fin du repas lui parut traîner en longueur, et pas une fois Sybil ne s'adressa directement à lui. Après le dessert, il s'excusa sous prétexte de nombreux coups de fil à passer et s'éclipsa.

— Il n'avait pas l'air dans son assiette, constata Ralph lorsqu'il fut certain que son père était monté. Et il était en mode agressif avec moi !

— Laisse-le digérer le fait que tu abandonnes tes études.

— Je ne les abandonne pas, j'en change. Je m'arrangerai pour rester inscrit quelque part, sinon il va me couper les vivres.

— Non, soupira Laurence, il n'est pas comme ça. Vous n'arrivez pas à vous comprendre tous les deux, mais crois-moi, il ne demande qu'à t'aider.

— À son idée. Qui n'est pas forcément la mienne.

— Je crois qu'il voudrait que tu en aies une, quelle qu'elle soit, et que tu t'y tiennes.

— Oh, tu ne vas pas t'y mettre ? Je fais ce que je peux. Le monde du vin m'intéresse depuis longtemps, il m'est arrivé d'avoir des conversations à ce sujet avec Robin avant sa… maladie.

— Vraiment ?

— Mais oui ! Il te le dira lui-même. Je n'en ai pas parlé jusqu'ici par esprit de contradiction. Papa me bassinait tellement avec la *merveilleuse* passion de son jumeau, son *amour* de la terre et sa *formidable* réussite que je faisais celui qui n'entend pas. Tu sais à quel point il est en admiration devant Robin, et c'est parfois exaspérant.

— Robin aussi est en extase devant Guillaume, répondit Laurence avec un sourire attendri. Moi qui suis fille unique, je les ai souvent enviés.

— Ce n'est pas le cas de toutes les fratries, intervint Sybil. Le lien entre jumeaux est un peu particulier. En ce qui concerne Guillaume et Robin, il est manifestement très puissant.

— Pourtant, papa ne venait pas souvent vous voir, ces dernières années !

— Si, mais en coup de vent. Il n'est jamais resté plus d'un mois sans descendre ici au moins pour vingt-quatre heures. Sauf depuis quelque temps, à cause du projet sur lequel il travaillait comme un fou.

— Et qui a foiré. Comme quoi, se rendre dingue avec le boulot ne sert à rien. En plus, il s'en veut de n'avoir pas compris rien qu'à la voix de Robin que quelque chose n'allait pas. Mais il était obnubilé, et voilà le résultat.

— Tu es injuste, lui reprocha Laurence. Ton père a une existence bien remplie, tant mieux pour lui.

— Remplie par les femmes, en plus de son agence, ricana Ralph.

— Qu'est-ce que ça peut te faire ? Il t'a consacré beaucoup de temps, il a le droit d'avoir une vie sentimentale.

— Tu rigoles ? Il n'y met aucun sentiment, il a juste le goût de la conquête ! J'en ai vu défiler quelques-unes, toujours très belles parce que ça le flatte, mais qu'on ne revoyait jamais.

— Défiler où ? s'énerva Laurence. Je suis sûre qu'il n'amenait pas ses maîtresses chez vous. Que je sache, il ne t'a jamais imposé une autre femme après le départ de ta mère.

Du coin de l'œil, elle voyait la mine déconfite de Sybil, qui devait trouver ce déballage familial indigeste. À moins que… Était-il possible qu'elle soit tombée sous le charme de Guillaume ?

— Ne te fâche pas, ma Laurence, poursuivait Ralph. Tu sais bien que, malgré tout, j'ai de l'affection pour lui. Mais ce n'est pas facile d'être son fils, il met la barre trop haut. Après l'adolescence, comme n'importe quel garçon je me suis senti en rivalité avec lui. Il fallait que je tue le père pour…

— Oh, ta psychologie de comptoir, merci !

Mieux valait arrêter ce déluge de confidences. Ralph se cherchait des excuses pour l'histoire Johanna dont il ne sortait pas grandi, mais tout cela semblait mettre Sybil de plus en plus mal à l'aise.

— On t'assomme avec nos petites histoires, lui dit-elle en souriant.

— Pas du tout. Dans ma famille, c'est pareil. Dès qu'on se retrouve ensemble, on parle de nos problèmes ou on se dispute. C'est bien normal.

Ralph lui adressa un regard reconnaissant, puis il annonça qu'il allait se coucher et qu'il les laissait entre femmes.

— Je veux être en forme pour ma matinée de demain avec Marc, dit-il en embrassant sa tante.

Laurence ne se faisait pas d'illusions, sans doute allait-il jouer sur son ordinateur ou téléphoner à des copains. À son âge on ne s'endormait pas à dix heures du soir. Elle attendit qu'il soit parti avant de soupirer :

— Heureusement, je n'ai qu'un neveu !

— Il a l'air d'un gentil garçon, pas trop bien dans sa peau.

— À mon avis, c'est pour ça qu'il est là. Il a beau être en conflit avec Guillaume, il a besoin de lui et il cherche inconsciemment son aide. En plus, je le crois déçu par sa mère. Il l'adore, mais il est en train de s'apercevoir qu'elle n'a pas assumé son rôle, contraire-ment à ce qu'elle prétend. C'est l'éternelle absente.

— Comment est-elle ?

— Je ne la connais pas. Elle était déjà sortie de la vie de Guillaume quand j'ai rencontré Robin.

— Elle ne l'aimait plus ?

— Ils s'étaient mariés bien trop jeunes, parce qu'elle était enceinte. En réalité, elle l'a piégé. Il est trop droit pour fuir ses responsabilités, mais je suppose qu'il n'était pas fou amoureux. Il s'est consolé dans le travail, sa carrière a décollé, et elle est restée à la traîne, ce qu'elle n'a pas supporté.

— Ce ne serait pas plutôt un mari trop coureur qu'elle n'a pas supporté ? insinua Sybil. À en croire Ralph, son père est plutôt du genre homme à femmes.

— Ralph a besoin de s'affirmer. Le côté séducteur de Guillaume le complexe.

— Ah, tu vois, séducteur !

— En apparence. Il plaît facilement et il en profite, mais à part quelques aventures éphémères il est seul et il en a assez. Tout ça, je le sais par Robin, Guillaume ne me parle pas de choses aussi intimes. Viens, on va se mettre sur le canapé pour finir nos verres.

Elle l'entraîna dans la partie salon, ouvrit la porte en verre trempé de la cheminée encastrée dans le mur.

— Je prépare toujours du bois pour qu'il n'y ait qu'à mettre une allumette, dit-elle en observant s'élever les premières flammes. Après, je regarde ça comme la télé !

Elle eut un petit rire triste et alla s'asseoir près de Sybil.

— Robin me manque affreusement, murmura-t-elle.

— Je comprends.

Durant quelques minutes elles se turent, fascinées par la flambée.

— Cette maison qu'il adore, notre bébé, la belle vendange de cette année… Il ne profite de rien, c'est tellement injuste !

— Il va revenir, et il va guérir.

— Tu en es sûre ?

— Je n'ai aucune raison d'en douter. Après l'auto-greffe, il lui faudra de la patience, mais petit à petit il retrouvera son énergie et il redeviendra comme avant. Dans six mois, vous regarderez la cheminée ensemble.

— J'en rêve tous les soirs. Mais la nuit, je cauche-marde. Je ne peux même pas l'aider, le soutenir, il ne veut voir que son frère, alors je ne sers à rien !

— Bien sûr que si. Mais tu dois aussi être une jeune maman heureuse et un chef d'exploitation attentif à ta cuvée. Robin n'a pas envie que tu te transformes en garde-malade. Il a sa dignité, sa pudeur, sa virilité à préserver.

— Peut-être. Guillaume me répète la même chose. Que c'est dur pour un homme d'être diminué devant la femme qu'il aime.

Le regard perdu dans le feu, Laurence médita quelques instants avant d'ajouter :

— C'est quelqu'un de bien, Guillaume. Quelqu'un de solide sur qui j'ai pu compter tous ces derniers temps. Depuis que je le connais, je l'aime bien, mais maintenant, il a une place à part dans mon cœur.

Se tournant vers Sybil, elle la scruta.

— On a beaucoup parlé de lui, ce soir. Est-ce qu'il t'intéresse ?

— Oh non ! Non, je… J'ai déjà eu une expérience calamiteuse avec un type dans son genre, un grand char-meur pour qui je me serais damnée et qui m'a menée en bateau pendant des mois. Je suis tombée de haut et j'ai eu du mal à m'en remettre, mais j'y ai perdu ma naïveté. Alors, le beau mec aux yeux bleus irrésistibles qui plaît aux filles et qui en profite, très peu pour moi.

— Tu as tout de même remarqué ses yeux.

Elles rirent ensemble, puis Laurence voulut savoir :

— C'était qui, ta grande déception ?

— Un chirurgien tout à fait craquant. Les infir-mières en étaient dingues, elles se pâmaient devant lui comme dans une série télé, mais il m'avait choisie, moi, et j'étais aux anges. Galant, attentionné, il avait tout pour plaire. Sauf qu'il passait son temps à mentir ! J'aurais dû m'en douter, il y a même des copines qui ont cherché à me prévenir et j'ai bêtement cru qu'elles étaient jalouses. Quand j'ai découvert qu'il me trompait depuis le début malgré ses serments d'amour et ses promesses d'avenir, je me suis sentie si ridicule que j'ai réussi à rompre. Mais j'en ai bavé longtemps, je n'arrivais pas à l'oublier, c'était très douloureux. J'ai dû quitter l'hôpital et bouleverser toute mon existence pour m'en sortir. Tu comprends bien que je ne veux pas retomber dans le même piège.

— Et que vas-tu faire pour éviter ça ? En choisir un bien moche ?

De nouveau, elles se mirent à rire, contentes de la complicité qui s'installait entre elles.

— Ton beau-frère, je t'avoue qu'il ne me laissait pas indifférente. Il a un charme certain, même avec une barbe de trois jours et un vieux pull. Mais quand je vois une fille comme Johanna, cent fois plus belle que moi, se pendre à son cou…

— Elle ne peut pas se pendre à son cou, ils ne sont plus ensemble !

— Si tu les avais vus, rue Maufoux, ils donnaient l'impression d'avoir besoin d'une chambre d'hôtel dans la minute.

— Ah bon ? Vraiment, ça me surprend. Mais après tout, il ne m'en avait pas parlé, alors qui sait ?

Sybil regarda sa montre et esquissa une grimace.

— Je me lève très tôt demain, s'excusa-t-elle. C'est la période des vaccins et j'ai plein de rendez-vous. En tout cas, j'ai été ravie de passer ce moment avec toi.

— Moi aussi ! Reviens souvent, ça me fera plaisir.

Laurence était sincère, les conversations entre femmes lui manquaient. Depuis son mariage, elle s'était consacrée à Robin, à la construction de leur maison, à son exploitation, et avec la maladie de son mari elle avait fini par perdre de vue ses amies. Elle raccompagna Sybil et la regarda monter en voiture avant de fermer la porte. Grâce à la présence de Guillaume, et à celle de Ralph, elle ne se sentait pas trop seule, mais le silence de la nuit la ramenait toujours à ses angoisses. Et à cette question lancinante qu'elle repoussait sans cesse : que deviendrait-elle si Robin ne guérissait pas, s'il disparaissait ?

Secouée d'un frisson, elle s'éloigna de la porte, alla se réinstaller sur le canapé pour profiter de la fin du feu. Après avoir monté au maximum le volume sonore du baby-phone, elle décida qu'elle pouvait dormir là au lieu de se retrouver seule dans son trop grand lit.

**

Éberlué, Guillaume toisa Philippe de la tête aux pieds.

— Qu'est-ce que tu fais là ?

— Surprise ! J'ai pris le premier TGV, j'ai loué une voiture à Dijon, et me voilà.

Comme Guillaume restait silencieux et ne lui proposait pas d'entrer, Philippe recula de trois pas pour englober la maison du regard.

— Je ne l'avais vue qu'en photo, elle est vraiment réussie. Surtout quand on la découvre dans son contexte. Bravo ! Et je dois avouer que la route pour venir jusqu'ici est un délice. Bon, tu m'offres un café ? Celui du train était infect.

— Viens, céda Guillaume.

Il le précéda à travers le vaste séjour jusqu'à l'espace cuisine, le laissant s'extasier sur les détails de l'architecture intérieure. Après les compliments d'usage, il en viendrait forcément au motif de sa visite.

— Tu n'as pas bonne mine, finit-il par déclarer en s'installant sur un des hauts tabourets. Le séjour à la campagne ne te réussit pas.

— Je ne suis pas venu me refaire une santé !

— Ne te fâche pas. Le rôle de l'indigné m'est réservé.

— *Indigné ?*

— Révolté, stupéfait, anxieux, rancunier… Tu as le choix du terme.

Guillaume haussa les épaules et posa brutalement une tasse de café sur le comptoir.

— C'est la pagaille à l'agence, enchaîna Philippe. Tu es trop bon en affaires pour ignorer que le bateau a besoin d'un capitaine.

— Et tu ne te sens pas la carrure ? Qu'est-ce qui t'empêche de prendre le relais ?

— Tu cours un risque en me faisant jouer les intérimaires, je pourrais bien vouloir ta place.

— Ne me fais pas rire. Tu ne supporterais pas le poste et tous les ennuis qui vont avec.

— Alors, il faut que tu reviennes.

Guillaume le dévisagea puis finit par s'asseoir en face de lui.

— Je suis désolé que tu aies fait ce voyage en pure perte. Mais je suppose que tu le savais en prenant ton billet.

— Tu vas vraiment rester ici ?

— Pour un moment encore, oui.

— Impossible de t'arracher à ta dévotion familiale ?

Le ton était ironique, mordant, et les mots bien choisis pour faire sortir Guillaume de ses gonds.

— Tu t'es déplacé pour rien, je viens de te le dire. Tu pensais sérieusement que j'allais te suivre ? Que j'attendais que tu viennes me chercher ? À croire que tu ne me connais pas, depuis le temps !

— Je suis là pour te raisonner, répliqua Philippe, qui ne voulait pas se laisser décourager. L'enjeu est de taille, il s'agit de notre agence. Ou plutôt de la tienne, puisque tu es majoritaire et qu'en général tu te tapes les gros projets. Si on a planté le dernier, c'est parce que tu étais absent. Ça m'arrache la gueule de le reconnaître, mais c'est vrai. Ton autorité et ton charisme nous ont manqué dans les rendez-vous décisifs, ton œil infaillible aussi, sur les derniers plans. Moi, je n'ai que du bagout, ça n'a pas suffi. J'ai aussi manqué de rigueur pour les petits détails et je…

— Arrête, tu vas me faire pleurer ! Il y a plein de dossiers en cours que tu es tout à fait capable de superviser. Les jeunes ont du talent et des idées, laisse-les faire.

— Ils ont aussi une fiche de paie à la fin du mois. Je n'ai pas le beau rôle, je fais patienter le banquier pendant que tu joues les gardes-malades.

Le poing de Guillaume s'abattit sur le comptoir, envoyant valser la tasse qui explosa au sol.

— Je ne joue pas, pauvre con ! Mon frère est dans un état épouvantable, il a besoin de moi. Je me fous pas mal de tous les bâtiments de la planète, crois-moi ! Je me fous du fric et de la notoriété de l'agence, pour l'instant ça ne m'intéresse absolument pas, et peut-être que ça ne m'intéressera plus jamais. Ma famille d'abord. Si je peux aider Robin d'une manière ou d'une autre, que ce soit pour surmonter l'épreuve ou pour l'aider à mourir, je serai là. C'est tellement plus important que tout le reste !

Choqué par la violence de Guillaume, Philippe attendit quelques instants avant de répliquer, d'une voix hachée :

— D'accord, je comprends. Mais tu peux te le permettre. Moi, si ça m'arrivait, je n'aurais pas cette possibilité. Pour se foutre du fric il faut en avoir, ne serait-ce qu'un peu.

— Je n'ai pas de fortune personnelle, Philippe. Pourtant, l'argent est la dernière de mes préoccupations en ce moment. Dans la vie, il y a des priorités absolues, et celle-ci en est une. Je tiendrai la main de Robin tant qu'il le souhaitera, et je sais qu'il en ferait autant pour moi. Tu n'as pas de frère, tu ne…

— J'ai une sœur !

— Elle a dix ans de plus que toi et vous vous voyez uniquement à Noël.

— Bien, alors je vais te dire autre chose. Tu avais de l'ambition quand tu as monté cette agence, et tu t'es fait un nom. Dans notre milieu, on sait que tu es un bourreau de travail et que tu peux ficeler un beau projet en quelques jours. Tout le monde reconnaît ton talent. Mais les gens ont la mémoire courte, ils t'oublient en un rien de temps. Un client m'a raccroché au nez l'autre jour en disant que tu étais injoignable et que tu te moquais du monde. Pour les autres, j'ai prétexté des vacances, et puis la grippe, maintenant je ne trouve plus d'excuse. Si tu veux tout arrêter, dis-le-moi en face.

— Ma parole, tu es sourd ? Tu perds ton temps et le mien, vieux ! Je ne bougerai pas d'ici, même si tu te roules par terre. J'ignore ce que je ferai demain ou dans un mois, je vis au jour le jour. Ce que tu me racontes sur l'ambition, la notoriété et les contrats juteux m'est totalement étranger.

— Tu n'as pas toujours dit ça. Te serais-tu transformé en apôtre ?

Guillaume sentit qu'il n'allait plus pouvoir se contrôler. Le cynisme de Philippe, qui l'avait parfois amusé, lui devenait soudain insupportable.

— Tu pourrais très bien revenir au cabinet, ça ne t'empêcherait pas de sauter dans un TGV de temps en temps, comme je l'ai fait ce matin, pour rendre visite à ton frère.

— Et pourquoi ne pas lui envoyer simplement des cartes postales, hein ? Il n'aurait qu'à les mettre sur sa table de chevet, tout content de montrer aux infirmières que son jumeau a eu une petite pensée pour lui ! Tu es vraiment à côté de la plaque. Allez, reprends ta voiture de location et, comme tu le dis si bien, saute vite dans un TGV.

Tournant le dos à Philippe, il fit volte-face et empoigna un balai afin de ramasser les éclats de porcelaine qui jonchaient le sol.

— Guillaume, nous ne nous sommes pas compris, on va reprendre au début.

— Je ne te demande pas de comprendre mais de foutre le camp. Fais-le maintenant.

La pelle à la main, Guillaume se redressa de toute sa taille. Il échangea un long regard avec Philippe, qui finit par perdre contenance. Quittant son tabouret, il se dirigea vers la porte à pas lents, sans pouvoir s'empêcher de marmonner :

— Appelle-moi quand tu seras calmé.

Guillaume le regarda sortir, soulagé. Dix ans de collaboration et d'amitié venaient de trouver leur terme. Pas une fois Philippe n'avait essayé de se mettre à sa place, il n'éprouvait aucune compassion et ne s'était pas donné la peine de faire semblant. Le sort de Robin lui était indifférent, contrairement à celui de cette foutue agence. Sous ses dehors désinvoltes, Guillaume l'avait pris pour quelqu'un de bien, mais il s'était trompé. Philippe ne pensait qu'à son avenir professionnel, au chiffre d'affaires. Bon gestionnaire, en revanche il n'avait pas beaucoup de personnalité comme architecte et il devait savoir que, sans Guillaume, les clients seraient moins enthousiastes, moins nombreux.

Réalisant qu'il venait de penser *sérieusement* à ne pas retourner à l'agence, il resta un moment songeur. Ce qu'il avait dit à Philippe était sincère, il ne pouvait pas rentrer maintenant, il ne pouvait pas se remettre au travail. À cette heure-ci, son frère avait subi la transfusion de ses cellules souches, ultime espoir de guérison. Les jours à venir seraient cruciaux, rien d'autre ne comptait. Après… Eh bien, il n'en savait rien, rien du tout.

**

— Ta tante aurait pu être un aussi bon guide que moi, déclara Marc.

— Elle est très occupée par son bébé.

— Et par son mari. Elle se fait un sang d'encre pour lui, il a bien de la chance ! Enfin, ce n'est pas ce que je voulais dire.

Avec une mimique d'excuse, Marc précéda Ralph vers la seconde cave.

— Ici, tu es sur une exploitation de moyenne importance. Plus grande que celle de Laurence mais pas énorme. De toute façon, en Bourgogne, les propriétés sont moins grandes que dans le Bordelais, il y a même des parcelles minuscules qui donnent des vins très prestigieux. Bref, si tu cherches un métier, ils sont nombreux. D'abord le maître de chai, qui dirige un peu tout. Celui qui t'intéresse, l'œnologue, déguste cuve après cuve, barrique après barrique, pendant toute la période d'élevage. Il procède à des assemblages, s'occupe de la vinification, peut même faire des recommandations sur les méthodes d'élaboration. Mais il y a d'autres postes, comme le caviste, chargé des opérations de conservation et de mise en bouteilles, ou encore le responsable des contrôles laboratoire, qui fait les analyses chimiques et biologiques. Sans parler des commerciaux et du négoce ! Bref, le monde du vin offre plein de possibilités. Chez eux, Laurence et Robin ont chacun plusieurs casquettes et réalisent beaucoup de choses eux-mêmes. Robin a la chance de posséder un vrai palais de connaisseur, il n'a pas besoin d'embaucher quelqu'un pour goûter ! Enfin, il était comme ça avant... Désolé, je n'arrive pas à en parler normalement.

Ralph lui jeta un regard en coin et réprima un sourire.

— Tu ne digères pas qu'elle ait épousé mon oncle, hein ?

Au lieu de se fâcher, Marc éclata de rire.

— Ça se voit tant que ça ?

— Au banquet des vendanges, moi je l'ai vu.

— Tu es observateur et perspicace, jeune homme ! Un bon point pour travailler dans les vignes. Allez, suis-moi, j'ai encore plein de trucs à te montrer, et après j'ai du boulot. Parce que, je te préviens, il ne faut pas être fainéant pour vivre du raisin !

— Et l'investissement de départ ?

— Pour quoi faire ? Devenir propriétaire ? Ici, la terre viticole est très chère, n'y pense même pas. Forme-toi d'abord, tu bâtiras des châteaux en Espagne après. D'ailleurs, regarde ton oncle. Quel qu'ait pu être son talent, il serait resté employé s'il n'avait pas épousé Laurence, qui elle-même tient ses vignes de son père. Notre petit monde est comme un œuf, bien plein et bien clos. Ou alors trouve-toi une héritière !

— Est-ce que tu insinues…

— Non !

Marc secoua la tête, agacé, cherchant ses mots.

— Robin aime sa femme, ça se voit. Ça m'emmerde, mais je sais qu'il ne s'est pas marié par intérêt. Je pense juste que c'est bien tombé pour lui.

— Et pour elle.

— Si tu veux.

Ralph se demanda fugitivement si cet homme allait rester toute sa vie célibataire, bloqué sur son amour de jeunesse perdu. Ou alors il attendait son heure, refusant de s'avouer vaincu. Être quasiment voisin ne devait pas arranger les choses, et en ce moment, voir Laurence chaque jour…

— Tu rêves, ou quoi ? Suis-moi, on va descendre, j'ai des caves voûtées magnifiques.

En bas, Ralph fut ébloui par l'ordonnance du lieu. Des centaines de bouteilles et des douzaines de tonneaux s'alignaient le long des murs de pierre.

— C'est là que se trouvent mes trésors. Dans ma famille, on a gardé quelques flacons de chaque millésime. Viens, je vais te faire faire un test.

Il prit un objet en argent posé sur un tonneau, ouvrit le robinet et regarda se déverser le liquide rouge rubis dans le taste-vin qui ressemblait à un cendrier.

— Le passage en barrique est d'au moins six mois. Il permet la stabilisation, l'assouplissement des tanins et le développement des arômes… Vas-y, goûte.

Ralph but une gorgée et fit la grimace.

— Non, soupira Marc, il faut la recracher et sentir ce qui reste dans ton nez, sur ta langue. Celui-ci sera magnifique, mais il doit attendre encore.

Il esquissa un sourire réjoui puis scruta Ralph durant quelques instants.

— Tu as l'air intéressé, c'est bien. Ton père, j'ai essayé de lui expliquer des choses, mais je le sens toujours pressé, la tête ailleurs.

— Il est là en intérimaire, plaisanta Ralph.

— Oui, je sais. Il fait ce qu'il peut. Y compris me jeter un regard assassin dès que j'approche sa belle-sœur de trop près ! Comme si j'allais chercher à profiter de la situation…

Décidément, il y revenait, il n'avait pas dû apprécier la surveillance de Guillaume. Néanmoins, Ralph le trouvait sympathique, et tout ce qu'il découvrait de son exploitation était intéressant. Chez Laurence et Robin, parce qu'ils étaient de sa famille, il n'avait pas éprouvé la même curiosité. Résisterait-elle à une vraie formation ? Il avait assez envie d'essayer, ce qui lui permettrait de changer d'horizon, d'existence. Paris et son minuscule studio déprimant, la fac à périr d'ennui, le souvenir humiliant de son aventure avec Johanna : pourquoi ne pas oublier tout ça ? En avouant à son père qu'il se sentait des attaches terriennes, il n'avait pas

menti. Quelque chose l'avait poussé à revenir en Bourgogne où il se sentait bien.

— Tu me prendrais en stage ? demanda-t-il
abruptement.

— Non rémunéré. Je ne te paierai pas pour ce que tu
ne sais pas faire, mais si tu veux regarder et apprendre,
c'est d'accord.

Marc acceptait-il parce que Ralph était le neveu de
Laurence ou seulement parce que ça l'amusait d'initier
un jeune Parisien sans expérience ? Au fond, peu
importait, l'essentiel était d'avoir trouvé quelque chose
de motivant pour l'année à venir. Son père ne pourrait
plus lui reprocher d'abandonner la médecine, et avec un
peu de chance, s'il s'accrochait, il allait peut-être se
forger un avenir. Débordant d'enthousiasme, il topa
dans la main de Marc. La seconde d'après, il se
demanda comment Robin prendrait la nouvelle, mais
c'était trop tard.

***

Après avoir revêtu une blouse et des gants stériles,
puis un masque, une charlotte et des chaussons en
papier, Guillaume avait pu se rendre au chevet de
Robin. Penché au-dessus du lit, il éprouva un instant de
pure terreur tant son frère avait les traits tirés et le teint
terreux. Il lui prit doucement la main et la serra, lui
faisant ouvrir les yeux. Son regard était trouble, voilé,
et après s'être arrêté un instant sur Guillaume, il s'égara
dans la chambre.

— Quelle heure est-il ? demanda-t-il dans un
murmure. Mon frère va arriver…

— C'est moi, Robin. Je suis là.

Bouleversé, Guillaume voulut sourire mais n'y parvint pas. Son jumeau, décharné, avait vraiment l'air d'un spectre. Il semblait hagard, sa main était toute molle.

— Robin, je suis là, répéta-t-il. Tout s'est bien passé, ça va aller.

Il continua à chuchoter des paroles rassurantes jusqu'à ce que son frère tourne enfin la tête vers lui. Après une hésitation, il parut accommoder sa vision puis finit par lâcher, d'une voix éteinte :

— Je me sens bizarre.

— Oui, on t'avait prévenu.

— Ah…

— Il n'y a rien d'anormal. Les médecins te surveillent.

Le son de sa voix parut enfin ramener Robin à la réalité.

— Bon sang, Guillaume, fais-moi sortir d'ici, ils vont me tuer !

— Tu es seulement très fatigué.

— Je suis au bout du rouleau, c'est la fin ?

— Pas du tout.

— Allez, emmène-moi.

— Où donc ?

— À la maison. Je veux mourir chez moi.

— Tu dis des bêtises, tu ne vas pas mourir.

— Tu m'as promis que tu ne me laisserais pas crever à l'hôpital !

— Je m'en souviens très bien, et je n'ai qu'une parole. Si tu vivais tes dernières heures, je te sortirais de cette chambre.

Guillaume essayait de conserver un ton apaisant, mais Robin avait réussi à serrer sa main et il s'y s'accrochait avec angoisse.

— Ne me raconte pas de conneries. Où suis-je exactement ? En soins palliatifs, hein ?

— Mais non ! En chambre stérile, après ton autogreffe. Tu ne t'en souviens pas ?

— Les cellules souches ?

— C'est ça. Le chemin de la guérison.

— Tu me mens !

— Jamais, et tu le sais.

Robin tenta un effort pour se redresser, mais il y renonça, trop faible.

— Jamais ?

Guillaume se pencha davantage vers lui et articula :

— Tu es en train de terrasser le crabe. Tu comprends ce que je te dis ? Ce n'est pas lui qui a gagné, c'est toi. Mais il a fallu utiliser l'artillerie lourde et il y a quelques dégâts.

Le regard de Robin, à présent rivé sur lui, se fit plus aigu.

— Je sors quand ?

— Quand tu seras en état. Au moins, quand tu tiendras debout. Peut-être dans quelques jours.

— Ah…

Se laissant aller sur son oreiller, Robin reprit son souffle. Il déglutit plusieurs fois, les lèvres sèches, puis réclama à boire. Guillaume l'aida à avaler quelques gorgées d'eau, jusqu'à ce qu'il se mette soudain à rire et à tousser en même temps.

— Tu es… Tu es ridicule avec cette charlotte sur la tête !

De soulagement, Guillaume eut les larmes aux yeux. Sous le masque macabre de la maladie, il apercevait enfin son frère.

— Mais je dois être encore plus moche que toi.

— Oui.

— Tu as une glace ?

— Ce serait curieux que j'en aie une dans ma poche.

— Je vais faire peur à Laurence en rentrant.

— Je crois que tu vas lui faire une joie immense.

— Elle me manque.

— Bien sûr.

— Non, je veux dire qu'elle me manque depuis le premier jour. Quand j'ai su que j'avais un cancer, je me suis senti pestiféré, alors j'ai installé comme une barrière morale entre elle et moi. Pour la protéger. Il me semble que je ne voulais plus qu'elle m'aime, qu'elle perde son temps avec un condamné, qu'elle soit obligée…

Sa voix devenait à nouveau un murmure et il referma les yeux, trop épuisé pour continuer.

— Ne parle plus, c'est assez pour aujourd'hui. De toute façon, je n'ai pas le droit de rester davantage.

— Tu reviendras demain ?

— Évidemment ! Et sois gentil de me reconnaître quand je passerai la porte, charlotte ou pas, sinon ça me flanquera le cafard.

Il sortit à reculons pour pouvoir regarder son frère le plus longtemps possible. Puis, à peine la porte refermée, il se débarrassa de sa tenue stérile et s'adossa au mur du couloir, submergé d'émotions contradictoires. Il se sentait à la fois déchargé d'un poids immense, ce qui aurait dû le rendre euphorique, et paradoxalement vidé. Depuis une bonne vingtaine d'années Robin et lui avaient suivi des trajectoires différentes, cependant ils étaient toujours restés sur un pied d'égalité. Or la maladie avait rendu son jumeau dépendant et fragile, rompant l'équilibre fraternel. Pour apaiser les angoisses de Robin – et juguler sa propre peur à l'idée de le perdre –, Guillaume avait quasiment dû endosser le rôle d'un père. Il allait être contraint de faire le chemin inverse pour retrouver un rapport normal avec son frère.

— Alors, comment va-t-il ?

La présence de Sybil dans le couloir le prit de court. Il ne l'avait pas vue arriver, perdu dans ses pensées et encore sous le choc.

— Vous avez l'air désemparé, remarqua-t-elle.

Avec un sourire très professionnel d'infirmière, elle ajouta :

— C'est un peu impressionnant parce que le malade est très fatigué par la chimio intensive qui précède la greffe, mais d'après ce qu'on m'a dit, les médecins sont contents !

Contrarié d'avoir été surpris dans un moment d'abattement qui pouvait passer pour de la faiblesse, il lui demanda ce qu'elle faisait là.

— Robin a été mon patient, rappela-t-elle en se raidissant. Et comme j'ai des amis ici, j'ai demandé la permission de le voir juste une minute.

— Vous avez des amis dans tous les hôpitaux de la région, on dirait.

Il n'avait pas voulu être désagréable, mais elle répondit d'un ton cinglant :

— Oui, je connais du monde, j'ai travaillé durant des années pour l'Assistance publique !

Fugitivement, il pensa à l'interne aperçu devant chez elle. Combien de jeunes médecins lui couraient après, mignonne comme elle l'était ?

— Allez-y, Robin est réveillé et lucide.

— C'est le signe qu'il réagit très bien !

Il n'avait pas envie qu'elle lui parle de cette façon, professionnelle et détachée. La charmante jeune femme avec qui il avait passé un dîner si agréable et chaleureux avait disparu derrière l'infirmière. Pourquoi affichait-elle une telle froideur ?

— Est-ce que je vous ai fait quelque chose, Sybil ?

La question, trop directe, lui fit froncer les sourcils, puis elle le toisa.

— Absolument pas.

Il soutint son regard un moment avant de lâcher prise.

— Bonne soirée, marmonna-t-il en passant devant elle.

Vexé, et agacé de l'être, il partit vers les ascenseurs sans se retourner.

8

Durant les trois semaines qui suivirent, Guillaume se rendit quotidiennement à l'hôpital. Robin répétait qu'il ne voulait pas voir Laurence tant qu'il n'aurait pas retrouvé une apparence présentable. Dans ce but, il se montrait un patient très docile, mangeait même s'il n'avait pas faim, subissait des batteries de tests sans se plaindre. Les visites de son frère représentaient sa bouffée d'oxygène et son seul lien avec le monde extérieur, car en chambre d'isolement il se retrouvait très seul. Sybil était passée deux fois, en coup de vent pour ne pas le fatiguer, et elle lui avait raconté de petites anecdotes sur la façon dont Violette s'éveillait à la vie, sur ses premiers sourires.

Laurence bouillait d'impatience de revoir son mari, et chaque soir Guillaume devait lui décrire en détail les progrès de Robin ainsi que la satisfaction de l'équipe médicale.

Pour sa part, Ralph allait tous les matins chez Marc. Il s'étonnait d'y trouver autant d'intérêt et, rétrospectivement, il regrettait de ne pas être venu plus souvent chez son oncle et sa tante, où il aurait pu découvrir plus tôt le monde viticole. Mais au moment du mariage de

Laurence et Robin, il était déjà en révolte contre son père et refusait de le suivre en Bourgogne lorsqu'il y descendait.

Ses rapports avec Guillaume restaient un peu tendus, mais chacun faisait un effort pour essayer de comprendre l'autre. Ils n'avaient pas vécu ensemble depuis longtemps, et sous le toit de Laurence ils pouvaient s'observer à loisir. Ralph n'avait plus aucune nouvelle de Johanna, ce qui le vexait sans vraiment le surprendre. Si tout au début, lorsqu'elle lui avait cédé alors qu'il ne s'y attendait pas, il avait pu croire à une histoire d'amour, au fil des mois il avait bien senti qu'il n'était pour elle qu'un substitut. Son moment de triomphe vis-à-vis de son père avait été de courte durée, avant de devenir carrément amer. Dans le regard que la jeune femme posait sur lui, il n'y avait que de l'indifférence, voire de l'ennui, sauf lorsqu'elle évoquait Guillaume. Il avait vite compris, néanmoins il s'était acharné, et aujourd'hui il voyait tout le ridicule de son attitude. Il s'en voulait d'avoir été le toutou de l'éblouissante Johanna, et ce qui avait pu flatter son orgueil n'était plus qu'une humiliation.

Ce mardi de novembre, alors que Robin devait quitter l'hôpital à la fin de la semaine, Guillaume était encore allé arpenter la ferme, son ordinateur portable sous le bras. Après avoir fait pour la énième fois le tour de toutes les pièces, il décida que son projet était au point. Il était toujours le premier à rappeler aux jeunes architectes travaillant avec lui dans son agence qu'il existe un moment précis où le plan est abouti, ce qui rend toute modification superflue ou malvenue. Il fit défiler sur son écran l'ensemble de ses dessins et s'estima satisfait.

Restait à établir le budget de la réalisation, mais avant, il devait se poser les bonnes questions. Pour qui et pour-quoi voulait-il réhabiliter cette maison ? Quel argent y consacrerait-il ? Quelle serait la position de Robin et de Laurence ? Et, surtout, comment s'imaginait-il dans cet endroit ?

Jusqu'ici, il avait évité d'envisager son retour. Son appartement de Paris et son agence de Versailles lui semblaient très loin, il n'était pas du tout impatient d'y retourner. Cependant, il allait devoir le faire. Reprendre sa vie où il l'avait laissée pour voler au secours de son frère. Mais le désirait-il ? Dans son appartement en location, il ne rentrait que pour dormir depuis le départ de Ralph et faisait à peine attention au cadre. Dans son agence, où il avait tant aimé travailler quelques années plus tôt, il connaissait désormais plus de soucis que de satisfactions. Débordé par le succès, il avait laissé l'affaire devenir trop importante, et non seulement il subissait les lourdeurs administratives, mais il était contraint de faire du chiffre, que les projets soient inté-ressants ou pas. Quant à sa vie sentimentale, elle n'avait pas d'intérêt. Il n'était attaché à aucune femme et n'avait rien reconstruit après son divorce. À longueur d'année il arrivait en retard chez ses amis, qu'il n'avait jamais le temps d'appeler, achetait ses chemises par six sans les essayer, ne mangeait qu'au restaurant, avait cessé de faire du sport. Alors même si, comme le disait Philippe, il était connu pour son talent dans le petit milieu des architectes, son existence ne le satisfaisait plus. Il était prisonnier de ses habitudes, d'un planning surchargé auquel il avait cru ne pas pouvoir soustraire un seul jour alors qu'il était en Bourgogne depuis des semaines et que la terre ne s'était pas arrêtée de tourner.

En revanche, la ferme le faisait vraiment fantasmer. Il se demandait ce que ce serait d'y vivre, et non pas d'y passer un dimanche de loin en loin. Habiter là pour de bon et ouvrir une agence à Chalon ou à Beaune. Après tout, pourquoi pas ? La maison de Robin serait une bonne illustration de ce qu'il savait faire en matière de construction neuve. La ferme, après travaux, donnerait la preuve de son habileté à rénover des bâtiments anciens. Deux cartes de visite à montrer sur place, qui pourraient l'aider à démarrer.

Quand il se projetait ainsi, il se sentait très excité, puis il se disait qu'il était fou et son enthousiasme retombait. Revenir ici après deux décennies à Paris ? Et s'il n'arrivait même pas à gagner sa vie ? Bien sûr, il y avait Robin. Après avoir eu si peur de le perdre, allait-il s'en éloigner maintenant et se contenter de l'appeler pour prendre de ses nouvelles ? À son chevet, dans les instants de doute où il pensait à la mort, il s'était promis tout autre chose. Pour profiter des bons moments avec les siens, encore fallait-il s'en donner les moyens.

Et puis dans un coin de sa tête flottait la silhouette de Sybil. Il devinait confusément que ce petit bout de femme représentait une chance pour lui, et il ne voulait pas passer à côté. Certes, elle le traitait de haut et ne serait sans doute pas facile à séduire, mais il était prêt à se lancer tête baissée dans sa conquête. Pour ça, il devait rester encore, même si c'était sa raison la plus inavouable et la plus insensée. Sybil pouvait très bien être amoureuse d'un autre homme ou ne pas du tout être disposée à s'intéresser à Guillaume. Il avait six ans de plus qu'elle, un grand fils de vingt ans, et il habitait à trois cent cinquante kilomètres ! Néanmoins, le jour où il s'était blessé et où elle l'avait conduit aux urgences, il avait senti que quelque chose se produisait, un courant de sympathie ou un début d'attirance réciproque. Il n'avait pas rêvé, il savait détecter ces premiers instants, lorsqu'un homme et une femme commencent à se plaire. Par la suite, elle avait fait marche arrière, mais de façon excessive et il voulait comprendre pourquoi.

Décidé à tirer les choses au clair, il fit une dernière fois le tour du rez-de-chaussée avant de verrouiller la porte avec soin. Il n'avait qu'à passer chez Sybil et l'inviter à déjeuner ou à dîner, il verrait bien sa réaction. Tout en regagnant sa voiture, il se mit à jouer distraitement avec la clef de la maison et elle lui échappa. Alors qu'il la ramassait, il la regarda pour de bon et tout un flot de souvenirs surgit de sa mémoire. Cette clef, leur mère voulait qu'ils la portent autour du cou quand ils étaient petits et qu'ils partaient à l'école du village, à un kilomètre de là. Elle préférait fermer la maison si elle rejoignait leur père et François dans les prés, ou lorsqu'elle partait faire des courses, et elle ne voulait pas que les jumeaux trouvent porte close à leur retour. Guillaume et Robin se disputaient le privilège de garder la clef, mais au fond d'une poche et pas autour du cou ! Bien entendu, ils l'avaient égarée plusieurs fois, jusqu'au jour où leur père avait décrété qu'on laisserait ouvert. Il affirmait qu'il n'y avait rien à craindre dans cet endroit perdu et, en effet, ils n'avaient jamais été cambriolés. Le couple de bouviers bernois qui montait la garde du côté des étables devait être suffisamment dissuasif. Les jumeaux adoraient ces chiens et jouaient des après-midi entiers dans la paille avec eux. Ils n'avaient pas le droit de pénétrer dans la maison, et les deux frères menaçaient d'aller dormir dans les granges pour leur tenir compagnie. On le leur interdisait, mais ils allaient y goûter et partageaient leurs tartines avec les bouviers. Vautrés sur des ballots de foin, un de leurs jeux favoris était de commencer par dire, comme une gourmandise : « Si j'étais riche… » Alors, ils imaginaient tout ce qu'ils feraient, entre autres chambouler de fond en comble la disposition de la maison.

Guillaume se rendit compte qu'il souriait béatement, tout seul devant sa voiture. Il n'y avait qu'ici qu'il repensait à son enfance. Était-ce la vraie raison qui lui faisait garder la ferme ? Arrivait-il à un moment de sa vie où il avait besoin de retrouver ses racines ? Il avait voulu oublier ses origines rurales. En arrivant à Paris, jamais il n'avait mentionné la profession de son père. Avait-il stupidement cru que ça l'empêcherait de réussir ? Élever des vaches lui semblait appartenir à un autre monde, qu'il ne méprisait pas mais qui n'était plus le sien. Quelle erreur ! Aujourd'hui, il était bien obligé de constater qu'il se sentait chez lui quand il regardait les étables, les prés, la forêt au loin.

— Il faut que je parle à Robin ! décida-t-il en s'installant au volant.

Les jours passant, il ne s'adressait plus à son jumeau comme à un malade, ils retrouvaient enfin des conversations à peu près normales. Ce qui était le meilleur signe de la guérison tant espérée. Sous peu Robin allait rentrer chez lui, la vie reprendrait son cours. Et si Guillaume voulait le changer, ce serait délibéré et non plus subi.

**

Lorsqu'elle quitta son cabinet pour remonter chez elle, en fin d'après-midi, Sybil se lança dans un grand ménage. Elle n'avait jamais le temps de s'occuper de son appartement, qui avait vraiment besoin d'être rangé et nettoyé. Elle enfila son plus vieux jean délavé, un pull informe et troué aux coudes qu'elle réservait pour ce genre de tâche, puis elle ouvrit les fenêtres avant de s'attaquer à la poussière. Pour une fois, elle allait d'abord trier et jeter les affaires inutiles, déplacer les meubles, décrocher les rideaux pour les laver.

Une demi-heure plus tard, elle était en nage et tout essoufflée lorsqu'on sonna en bas. Comme elle n'attendait personne, elle hésita un instant, mais il pouvait s'agir d'une urgence et elle se résigna à descendre ouvrir. Découvrant Guillaume, elle resta saisie.

— Bonsoir, Sybil. Euh… je vous dérange, peut-être ?

Elle eut aussitôt une conscience aiguë de sa tenue négligée, de ses cheveux hirsutes et de ses mains sales.

— Grand nettoyage d'automne, lâcha-t-elle pour se justifier.

La lueur amusée dans les yeux de Guillaume acheva de la mettre mal à l'aise.

— Besoin d'aide ? s'enquit-il de manière aussi laconique qu'elle.

— Pour faire le ménage ? Non, merci.

Elle espérait qu'il allait partir, refroidi par cet accueil, mais au contraire il lui demanda s'il pouvait entrer, juste un instant. À contrecœur, elle céda parce que la pluie commençait à tomber.

— Vilain temps, constata-t-il platement.

Le miroir de l'entrée renvoyait à Sybil une image consternante car elle avait l'air d'une folle mal attifée devant un élégant citadin. Sans doute arrivait-il de l'hôpital puisqu'il rendait visite à son frère tous les jours, mais pourquoi s'était-il arrêté chez elle ?

— Robin sort quand ? interrogea-t-elle pour prendre une contenance.

En même temps, elle passa sa main dans ses cheveux, ce qui eut pour effet de les dresser sur sa tête.

— Vendredi. D'après ce que j'ai compris, il aura un suivi médical important durant un bon moment, mais il est débarrassé de toutes ses cellules cancéreuses. On va fêter son retour avec la fanfare !

Lorsqu'il avait évoqué la guérison de son frère, son sourire avait été si tendre qu'elle se sentit fondre. Cet homme l'attirait de façon irrésistible, pourtant elle ne voulait pas se laisser prendre à son jeu de séducteur. Sans doute s'amusait-il à plaire à *toutes* les femmes qu'il rencontrait, et le fait qu'il soit célibataire prouvait qu'il ne s'attachait à aucune. De plus, Sybil ne serait pas une conquête glorieuse pour lui, il avait de beaucoup plus belles femmes – comme Johanna – à son tableau de chasse.

— J'aimerais vraiment le savoir, Sybil, dit-il d'une voix charmeuse, qu'est-ce que je vous ai fait ?

— Vous me l'avez déjà demandé. Rien, bien sûr ! Mais vous arrivez chez moi sans prévenir… Vous avez une idée en tête ? Vous voulez me lancer une invitation pseudo-romantique ?

Le cynisme n'était pas son fort, elle se sentit tout de suite stupide. Et plus encore lorsqu'elle entendit sa réponse.

— Non, je… J'étais venu pour vous convier à boire un verre avec nous vendredi, quand Robin sera à la maison. Il n'y a rien de romantique là-dedans. J'ai bien compris que je ne vous intéressais pas, mais ça ferait plaisir à Laurence et à mon frère.

Elle avait réussi l'exploit de l'humilier et d'être elle-même très vexée. Jamais elle ne s'était montrée aussi maladroite, aussi agressive, elle ne comprenait pas ce qui lui arrivait, ou plutôt elle le comprenait trop bien.

— Je suis désolée, bredouilla-t-elle. La fatigue me fait dire des bêtises. En plus, je déteste le mois de novembre ! Évidemment, je viendrai. J'aime beaucoup Robin et je me réjouis pour lui. Maintenant, si vous voulez bien, je vais continuer mon nettoyage, j'ai hâte d'en finir.

Elle voulait surtout qu'il parte, qu'il cesse de la regarder avec cet air attendri. Pourquoi ne s'était-elle pas cantonnée à une attitude neutre, professionnelle, par exemple en lui demandant si son tendon n'était plus douloureux ? Comme ils étaient restés dans l'entrée, il n'eut qu'à tendre la main pour ouvrir la porte.

— Moi non plus, je n'aime pas tellement le mois de novembre, dit-il en sortant.

Quelle sacrée cruche elle faisait ! Elle s'était imaginé qu'il venait la draguer ? Pas du tout ! Juste boire un verre en famille, et sans doute à la demande de Laurence. Et elle avait cru bon de repousser des avances qui n'avaient pas eu lieu, oubliant que dans sa tenue aucun homme au monde ne pouvait vouloir dîner avec elle. Guillaume avait dû la trouver arrogante et ridicule. À l'avenir, elle n'avait plus qu'une solution : l'ignorer. Lui répondre par monosyllabes pour éviter de sortir une insanité.

De très mauvaise humeur, elle remonta à l'appartement et empoigna l'aspirateur.

**

Le jeudi matin, Guillaume prit un TGV pour Paris, et de là le RER pour gagner Versailles. Au téléphone, Philippe avait insisté pour l'inviter à déjeuner dans le meilleur des restaurants, trop content de son appel. Ils avaient donc rendez-vous aux Trois Marches, dont la salle à manger s'ouvrait sur le parc et le jardin à la française.

Ponctuel, Philippe était déjà attablé lorsque Guillaume arriva.

— Ah, que ça fait plaisir de te voir ici ! s'exclama-t-il avec enthousiasme. Alors, ton frère va mieux ? C'est génial ! On va pouvoir se remettre au boulot, hein ?

— Je ne t'ai jamais empêché de travailler.

— D'accord, mais ce n'était pas pareil sans toi.

Guillaume jeta un coup d'œil sur le cadre raffiné qui les entourait, puis sur le menu qu'on venait de déposer devant lui.

— Tu me traites royalement, ironisa-t-il.

— Pour marquer le coup.

— Ah oui, ça... Mais rassure-moi, ce n'est pas la boîte qui paie ?

— Non ! Une initiative personnelle, que je prends à mon compte.

— Tu es trop gentil, et tu risques de le regretter. Écoute, je vais te faire une proposition honnête, on partagera l'addition.

— Pourquoi ?

— Je vais y venir.

— Attends une seconde ! Ça sent la mauvaise nouvelle. Ne me dis pas que...

Il scruta Guillaume avec anxiété puis leva les yeux au ciel.

— Non, tu ne peux pas me faire ça.

Adressant un signe au maître d'hôtel, Guillaume commanda deux coupes de champagne.

— Au point où nous en sommes, allons-y gaiement !

Ils attendirent en silence qu'on revienne les servir puis, lorsqu'ils furent de nouveau seuls, Guillaume déclara :

— Je ne suis que de passage. J'arrive directement de la gare, je n'ai pas de sac de voyage, je repars tout à l'heure. Je ne retourne pas à l'agence, vieux. Pas pour le moment.

— Le moment ! explosa Philippe. Et ce sera quand ? Dans trois mois ?

— Dans un an. Je prends un an de congé sans solde.

— Tu n'as pas le droit !

— Ben, si. C'est moi le patron, je me le donne. Et ça ne coûte rien à l'agence.

— Je pense que tu es cinglé, Guillaume.

— Peut-être, mais c'est comme ça.

— Et tu vas passer cette année sabbatique dans ton trou perdu ?

— Probablement.

— Mais tu as dit que ton frère allait mieux ! Il a une femme, un bébé, il n'a plus besoin de toi.

— « Besoin », j'espère. Ça ne m'empêche pas d'avoir envie de rester dans les parages.

— Tu veux refaire ta vie là-bas ? Élever des vaches comme ton père ?

— Ne prends pas ce ton méprisant. Si je voulais élever des vaches ou des cochons, ça ne te regarderait pas. Mais je suis architecte, comme tu sais, et comme tu sembles l'ignorer, on peut être architecte ailleurs qu'à

Versailles ! Pour ce que nous avons construit dans la région parisienne, je n'aurai pas trop de regrets.

— Je rêve…, soupira Philippe.

Il commanda un lièvre à la royale tandis que Guillaume optait pour un turbot, puis il fit semblant de se concentrer sur l'impressionnante carte des vins.

— Tu y arriveras très bien sans moi, Phil. Tu as déjà commencé à le faire.

— Ce sera moins facile, moins convivial, moins… sécurisant. Est-ce que tu reviendras, dans un an ?

— Pas sûr. Mais je ne vois pas si loin.

— Quand je suis venu en Bourgogne, tu m'as quasiment jeté dehors. Tu avais déjà pris ta décision ?

— Non. J'y réfléchissais vaguement.

— Vraiment ? Il n'y aurait pas une femme là-dessous ?

Un peu surpris, Guillaume se mit à rire.

— En partie, peut-être. Sauf que c'est encore plus vague.

— Ça ne te ressemble pas.

— Et alors ? Je serais content de changer. Il y a vingt ans que je fais la même chose, travailler seize heures par jour et draguer une belle fille de temps en temps. J'ai perdu de vue mes motivations de jeunesse. Oui, je voulais réussir, gagner du fric, être reconnu dans mon métier. J'avais aussi mon fils à élever. Mais c'est derrière moi, ce moteur-là s'est arrêté. Sans l'appel au secours de mon frère et mon séjour forcé chez lui, j'aurais sans doute continué longtemps ainsi, la tête dans le guidon, sans m'apercevoir que tout ça a cessé de me satisfaire. Un de ces quatre, Philippe, pose-toi la question aussi.

— Alors tu vas plonger dans l'inconnu, sur un plan personnel et sur un plan professionnel, uniquement parce que tu as le blues de la quarantaine ?

— Pas de blues. Au contraire, j'ai envie de choses nouvelles.

Le regard de Guillaume s'égara sur le parc du château qui s'étendait devant les fenêtres. Allait-il regretter Versailles et cette agence à laquelle il tenait malgré tout ?

— Comment s'appelle-t-elle, cette femme ?

— Je te le dirai si elle entre dans ma vie.

— On se parlera encore ?

— À toi de voir.

Il reporta son attention sur Philippe, qu'il regarda manger durant quelques instants. Leur rencontre ne lui procurait aucun plaisir, hormis celui d'un excellent déjeuner, mais il avait estimé nécessaire d'être face à face pour annoncer sa décision. Ils allaient désormais suivre des routes très différentes et n'auraient sans doute plus rien à partager.

— Je demande des cafés ? proposa-t-il. Mon train est dans moins de deux heures.

— Je vais d'abord prendre un dessert. Mais après, je t'accompagne gare de Lyon à moto, ce sera rapide.

— Tu l'as toujours ?

— Je ne me déplace que comme ça. Et j'ai envie de te laisser sur un bon souvenir parce que je te sens très distant, très… hors de portée. Même si je désapprouve ce que tu es en train de faire, je tiens à rester ton ami.

Guillaume n'en était pas convaincu, mais il s'abstint de le contredire. Peut-être Philippe était-il sincère, peut-être voyait-il seulement son intérêt car Guillaume restait majoritaire dans l'agence, en congé ou pas.

Comme convenu, ils payèrent chacun la moitié de l'addition, et en quittant le restaurant Guillaume se sentit plus libre qu'il ne l'avait été depuis bien longtemps.

*
**

— Moi qui pensais vous aider à faire vos bagages ! dit Sybil en riant.

Dans la chambre où Robin avait été transféré après l'unité stérile, tout était en ordre, les pyjamas bien pliés, les livres et objets qui lui avaient tenu compagnie ces dernières semaines soigneusement rangés au fond d'un sac de voyage.

— Guillaume m'a tout préparé, y compris les vêtements que je porterai demain pour sortir. Il a été tellement disponible, tellement présent…

Le teint moins gris et le regard plus vif, Robin semblait rajeuni. Ses cheveux devaient encore repousser, et il lui faudrait grossir d'une bonne dizaine de kilos, mais à l'évidence, son état s'améliorait.

— Hier, poursuivit-il, il a fait un saut à Paris, et malgré ça il est passé me voir en fin de journée. Il sait que je meurs d'ennui ici depuis que je ne dors plus du matin au soir.

— Votre frère est très dévoué, approuva-t-elle d'un ton indifférent.

— Non, ce n'est pas le terme exact. Ce qu'il a fait pour moi est au-delà du dévouement, mais il ne peut pas faire autrement, nous sommes trop proches. S'il était malade à son tour, j'en ferais autant sans y penser.

— Tous les jumeaux réagissent comme vous deux ?

— Aucune idée, je n'en connais pas d'autres.

Il but une gorgée du bol de thé qu'on lui avait apporté un peu plus tôt et fit la grimace.

— Sybil, vous qui avez travaillé dans des hôpitaux, pourquoi est-ce toujours immangeable et imbuvable ? Ou alors j'ai perdu le goût.

Elle se remit à rire, tout heureuse de le voir si gai.

— Les cuisines sont loin et les malades sont nombreux. Vous n'imaginez pas tout le chemin que ce thé a parcouru pour arriver à votre étage. Et puis, entre les régimes sans sel, sans sucre, sans porc, sans viande du tout… Mais je sais que Laurence vous a fait parvenir des parts de gâteau, ces derniers jours.

— Ah, les gâteaux de ma femme, quel régal ! Guillaume les apportait sans se faire voir, au cas où on me les aurait interdits.

— Pourquoi ?

— À vous de me le dire. Toutes les infirmières ne sont pas aussi gentilles que vous. J'ai beaucoup apprécié vos visites. Sincèrement. Vous avez un miroir ? Mon frère n'a pas voulu m'en apporter un et il n'y en a même pas dans la salle de bains.

Elle fouilla dans son sac et lui tendit son poudrier ouvert. Il se contempla quelques instants avant de lâcher un soupir désolé.

— Que va-t-elle penser ?

— Laurence ? Elle ne pensera à rien d'autre qu'à vous serrer dans ses bras. Elle vous attend avec une telle impatience ! C'était un peu cruel de refuser sa présence.

— Pas du tout. Elle serait partie d'ici en pleurant tous les jours et je me serais inquiété de la savoir sur la route. En plus, pendant ce temps-là, que serait devenue Violette ? Un bébé a besoin de sa maman, d'une maman joyeuse et disponible.

Il lui rendit le poudrier et demanda, presque timidement :

— Ça met longtemps à repousser, les cheveux ?

— Pas trop, non. Mais ça dépend de chacun. En attendant, les femmes portent des perruques et les hommes des casquettes. Vous en avez une ?

— Guillaume m'en a offert deux. Une en tweed, façon lord anglais, et une de marin, façon vieux loup de mer. Il m'a dit qu'il s'était beaucoup amusé à les essayer !

— Et bien sûr, vous avez le même tour de tête ?

— Bien sûr. C'est la seule mesure qui ne change pas quand on devient un squelette ambulant comme moi. La chimio m'a vraiment secoué, je ne souhaite ça à personne.

— Secoué, mais guéri.

Il eut une mimique dubitative, puis il finit par sourire.

— J'ai du mal à y croire.

— Pourtant, vous l'êtes. Même s'il peut toujours y avoir une rechute. Les médecins vont vous surveiller de près, vous verrez.

— Guéri… Mon Dieu, j'ai eu si peur de mourir ! J'ai dû user les nerfs de mon frère avec mes angoisses. On devient très égoïste quand on se sent proche de la fin. Je ne lui parlais que de ça, je lui extorquais des promesses intenables, qu'il aurait pourtant tenues. Et ce qui me désole aujourd'hui est qu'il a laissé toutes ses affaires en plan. Son aller-retour à Paris est significatif, il doit avoir un million de choses urgentes en attente. Mais je vais lui rendre sa liberté, il faut qu'il retrouve sa vie là-bas. Bien qu'il ne le montre pas, il doit avoir hâte de partir. Ici, il a mené une véritable existence de moine alors qu'il est habitué à sortir, à voir du monde, à courir les filles…

— Il est coureur, hein ? ne put s'empêcher de répéter Sybil.

— Disons que je n'ai pas le temps de retenir les prénoms de ses conquêtes. Bon, il y a eu Johanna, qui a duré plus longtemps que les autres, mais quand on voit comment ça s'est fini !

— C'est vraiment terminé entre eux ?

— En fait, je n'en sais rien. L'histoire est un peu incompréhensible et je n'ai pas laissé l'opportunité à Guillaume de m'en parler. Je l'ai accaparé, soûlé, vampirisé !

L'idée lui arracha un sourire attendri. Son frère avait exactement le même lorsqu'il évoquait Robin.

— Est-ce que… papillonner le rend heureux ? demanda-t-elle d'une voix qu'elle espérait neutre.

— Peut-être. Il fait ça depuis le départ de sa femme. C'est dire !

Décidément, tout ce qu'elle apprenait la décevait, elle n'avait rien à attendre d'un homme comme lui, qui ne valait pas la peine qu'on s'y intéresse et qui allait disparaître.

— Je dois partir, annonça-t-elle, mais j'irai vous voir chez vous.

— Promis ?

Elle ne voulait pas dévoiler la petite surprise préparée par Laurence pour son retour, aussi se contenta-t-elle d'acquiescer. Il lui prit les deux mains et murmura :

— Vous m'avez beaucoup aidé, merci de votre gentillesse, et merci d'avoir pris du temps pour moi.

Émue, elle lui déposa un baiser léger sur la joue. Pour l'instant, il ne ressemblait plus beaucoup à son jumeau, sauf ses yeux, d'un bleu intense.

— Demain, c'est Laurence qui fera votre thé, il sera bon, lui dit-elle gentiment.

— Demain ? J'aurai du champagne ! Ou mieux, un verre de lachaume, j'en rêve depuis cinq semaines !

Elle quitta la chambre sans cesser de sourire, mais à peine dans le couloir elle devint triste. Si elle avait gardé le moindre espoir, contre toute logique, d'avoir mal jugé Guillaume, Robin venait de lui enlever ses dernières illusions.

✳✳

— Tu es tous les matins dans les prés, tu passes tes journées avec le fils Marchand, tu traînes jusqu'à la nuit dans ses étables ! Si c'est ça, ta retraite paisible, tu pouvais aussi bien continuer chez nous au lieu de m'obliger à tout vendre en catastrophe.

François plissa les yeux pour mieux toiser Guillaume.

— Tu ne comprends décidément rien, hein ? À mon âge, je ne veux plus avoir de responsabilités, d'obligations. Il faut se tenir au courant, les normes n'arrêtent pas de changer, obtenir l'appellation devient problématique. Jean-Louis Marchand est jeune, il va de l'avant, j'aime bien le regarder travailler. D'ailleurs, je l'aide pour tout ce qui concerne le cheptel que tu lui as vendu. Je peux réciter par cœur le pedigree de chaque vache et lui indiquer les bonnes saillies. Comme ça, je me sens utile, mais ça reste du plaisir.

— Tu m'as tout de même mis le dos au mur. Sans Jean-Louis, les bêtes me restaient sur les bras, ou bien je les envoyais à l'abattoir.

— Tu ne l'aurais pas fait, et je savais qu'il serait acheteur.

L'air matois de François exaspéra Guillaume.

— Vous étiez d'accord entre vous ? C'est la raison de ton espèce de chantage ?

— Fais attention à ne pas dire trop de bêtises.

— Et toi trop de mensonges ! Tu as touché une commission ?

Cette fois, François resta silencieux un moment. Ensuite, d'un mouvement impérieux du menton, il fit signe à Guillaume de s'asseoir.

— Tu me connais depuis que tu es gamin, comment peux-tu penser une chose pareille ? J'aimais beaucoup ton père, et vous aussi, les sacrés jumeaux. Mais les vaches, il fallait les recaser. Je sais que ça ne signifie pas grand-chose pour toi, tout ce travail qu'on a fait sur la sélection, la lignée. Le bétail Montaubry, c'était du sérieux, et toi, tu l'aurais bradé au premier venu. Ton frère est moins con, malheureusement il est tombé malade. Oui, je m'étais entendu avec Jean-Louis, et alors ? Je ne lui ai pas demandé un seul euro, je l'ai juste prévenu de ce qui allait arriver et je lui ai suggéré de s'organiser pour être sur les rangs quand tu t'énerverais. Rien d'autre.

— Mais tu n'as pas cru utile de m'en parler.

— Plus on se tait, mieux on se porte.

— Tu me juges bien mal.

— Comme un Parisien. C'est ce que tu es devenu, non ?

— Pas tant que tu l'imagines.

Avec une grimace dubitative, François posa deux petits verres sur la table.

— Tiens, ce marc de Bourgogne, je suis sûr que tu n'en as jamais bu des comme lui.

Il ouvrit la bouteille, huma le goulot d'un air béat avant de verser un peu d'eau-de-vie dans les verres.

— Tu sais avec quoi c'est fait, au moins ?

— On distille le résidu des cuves de fermentation.

— Un point pour toi. On prend la peau, les pépins, les rafles…

— C'est quoi, déjà ?

— Le squelette de la grappe. Tu devrais le savoir, tu as quasiment dirigé la maison Lachaume pendant les vendanges. Quelle blague !

Il éclata de rire tandis que Guillaume haussait les épaules.

— J'ai fait ce que j'ai pu.

— Oui, je te mets en boîte. On a le droit de s'amuser un peu, non ? Tu as été formidable avec ton frère, tout le monde le reconnaît.

— Je n'ai pas besoin de reconnaissance.

— Tu crois que tu n'as besoin de rien ni de personne, c'est ton caractère. Parle-moi donc de Robin. Il va vraiment s'en sortir ?

— Le cancer l'a lâché, il est guéri. Il rentre aujourd'hui à la maison.

— J'aime bien la façon dont tu dis ça, on voit que ça te touche. Maintenant, accouche, pourquoi es-tu là ? Juste pour me reprocher de ne pas rester claquemuré chez moi ?

— Laurence a préparé une petite fête toute simple, et elle pense que ça ferait plaisir à Robin que tu sois des nôtres.

— Vraiment ?

Il semblait étonné et presque ému qu'on ait pensé à lui.

— Bon, ben je vais venir, d'accord. Il faut apporter quelque chose ?

— Non, elle a tout prévu, tu penses ! Mais je dois t'avertir que tu vas trouver Robin assez changé. Il est très…

— Tu me prends pour un plouc, ou quoi ? J'en ai vu, des gens atteints d'un cancer ! Ceux qui s'en sortent et ceux qui y passent. Je sais à quoi ça ressemble.

Guillaume vida son verre et se leva, satisfait que François ait accepté sa proposition. Robin avait de l'estime et de l'affection pour lui, il serait heureux de le voir.

— Ne dis rien à ton frère pour cette histoire d'entente préalable avec Jean-Louis Marchand, hein ?

— Pourquoi ? Tu crains davantage son jugement que le mien ?

— C'est différent. Toi, tu as deviné. Tu as toujours été plus rusé que lui. Ce qui n'est pas forcément un compliment.

— Ne me fais pas rire, dans ta bouche ça n'a rien d'une injure ! Et avant que je parte, j'aimerais te poser une question, François.

— Vas-y.

— Avais-tu une préférence pour l'un de nous deux ?

— Tu plaisantes ? Je n'arrivais même pas à vous reconnaître quand vous étiez petits !

— Et par la suite ?

— Robin est resté, je l'ai vu plus souvent. Il venait passer un moment avec votre père, et après sa mort il passait bavarder avec moi. Il aime la terre, pour moi c'est un critère. Toi, ta vie était ailleurs, tu avais toujours dit que tu partirais, à croire que tu détestais l'endroit où tu es né. Mais si tu as trouvé ton bonheur, tant mieux.

Guillaume resta songeur quelques instants, puis il lui adressa un clin d'œil.

— Tu es un sage. Viens vers six heures, ce sera bien.

Sur le chemin du retour, il médita longtemps la phrase de François. *Détester* l'endroit ? Pas du tout ! Oui, il l'avait négligé, un peu oublié, mais jamais rejeté. Au contraire, chaque fois qu'il était descendu faire une petite visite à Robin, voir sur l'autoroute le panneau annonçant Beaune et Chalon lui avait toujours procuré une sorte d'allégresse. Il était d'ici, il s'y sentait chez lui. Et l'année à venir, cette année sabbatique que Philippe ne digérait pas, allait lui apprendre si ce n'était qu'une illusion.

**

Laurence s'était lovée dans les bras de Robin et refusait d'en bouger. Ralph s'occupait du bébé tandis que Guillaume disposait sur la table basse un assortiment de toasts au foie gras, au saumon et au concombre. Côté cuisine, Marc débouchait des bouteilles de vin et Sybil préparait un plateau de gougères sortant du four. François, refusant de venir les mains vides, avait apporté un tartouillat, sorte de flan aux cerises, et il semblait ravi de partager cette petite fête de famille.

— Faites tout de même attention à ce que vous mangez, souffla Sybil à l'oreille de Robin en lui présentant le plateau.

— Je serai raisonnable demain, répliqua-t-il avec un large sourire.

Il n'en revenait pas d'être assis sur son canapé, sa femme tout contre lui, et de pouvoir trinquer à un avenir qu'il avait cru perdu. Marc lui tendit un verre qu'il hésita à prendre.

— C'est le tien ou le mien ?

— Du lachaume, mais tu y perds, ironisa Marc. On boira du domaine Lessage après, tu verras la différence !

— Je sais que tu as beaucoup aidé ma femme et mon frère en mon absence, je t'en remercie, se força à dire Robin.

Il avait souffert de savoir Marc chez lui à tout bout de champ, mais il lui était reconnaissant d'avoir veillé sur l'exploitation. Laurence aurait peut-être pu y arriver si elle n'avait pas eu le bébé, néanmoins, à l'époque où elle avait embauché Robin, avant de tomber amoureuse de lui, elle ne se sentait pas assez sûre d'elle pour améliorer seule la qualité de son vin. Robin lui avait apporté son savoir-faire, sa rigueur et sa patience, ses dons d'œnologue nécessaires à toute bonne cave.

— C'était un vrai plaisir. La vendange a été excellente cette année, le temps était pour nous.

— Mais on sait bien que la suite demande une surveillance constante, et des initiatives si besoin est.

— J'ai fait au mieux, comme je l'aurais fait chez moi. Je suppose qu'à partir de maintenant tu reprends les choses en main ?

Sans même s'en rendre compte, Marc l'avait demandé d'un ton nostalgique, comme si l'idée de ne plus voir Laurence chaque matin le rendait déjà triste. Robin hésita avant de répondre, de mauvaise grâce.

— En principe, oui. Sauf que je ne suis pas certain d'avoir récupéré à cent pour cent le goût et l'odorat. Tous ces foutus médicaments…

— Si tu as besoin de moi, tu m'appelles, proposa aussitôt Marc.

Guillaume réprima un sourire devant l'air réjoui de l'un et crispé de l'autre. Son frère n'avait rien à craindre de Marc, il suffisait de voir de quelle façon Laurence se blottissait contre lui ou le dévorait du regard. Elle était très amoureuse de son mari, et davantage encore depuis que la maladie l'avait mis en danger. À l'évidence, peu lui importait que Robin soit chauve ou chevelu, gros ou maigre, fort ou faible. Et la carrure de boxeur de Marc, tout comme son sourire chaleureux, la laissait indifférente.

— Bébé dort, annonça Ralph, qui était monté le coucher. Je branche le baby-phone.

— Il paraît que tu t'intéresses à la vigne ? lui lança Robin. C'est formidable !

— Je l'ai pris chez moi en stage, précisa Marc.

Cette fois, Robin lui jeta un coup d'œil exaspéré. Ce type était trop souvent sur son chemin, et à un moment où il se sentait encore diminué.

— Il peut tout aussi bien apprendre à la maison, fit-il sèchement remarquer.

— Non, en famille c'est trop facile.

— Mais je vais aussi m'inscrire dans une école, s'empressa d'ajouter Ralph. Papa est d'accord.

— Première nouvelle, marmonna Guillaume.

— Si, si, tu es d'accord, dit tranquillement Robin.

— Il a dit « bonne » nouvelle, railla François.

Pris à partie, Guillaume haussa les épaules.

— Souhaitons que ça dure.

— On veillera sur lui, déclara Laurence. Pendant que tu seras à Paris, on va bien s'en occuper.

Le moment était mal choisi pour annoncer sa décision, il préférait être en tête à tête avec son frère pour lui faire la surprise.

— Vous allez être content de retrouver votre agence et une vie plus mouvementée, lui dit Sybil avec un petit sourire ironique qu'il détesta.

— Tu as dû te sentir un peu enfermé, ajouta Laurence. Heureusement que c'est toi qui as construit la maison !

— J'y suis toujours très bien, répondit-il. Mais j'ai aussi des projets pour la ferme, à étudier avec Robin.

— Qu'est-ce que vous allez trafiquer là-bas ? grogna François.

— La raser et planter une grosse éolienne à la place, que tu pourras voir depuis chez toi.

— Toujours le mot pour rire, grommela le vieil homme. Je sais que tu es enragé, mais pas à ce point-là. Même ici, tu n'as pas réussi à massacrer le paysage.

— Tu vas enfin me montrer les plans ? demanda Robin.

— On ira sur place ensemble pour que je t'explique tout.

— Vous la gardez, alors ? C'est sûr ? s'enthousiasma Ralph.

Il semblait ravi de cette perspective, et Guillaume y vit un bon signe. Avec un peu de chance, son fils s'accrocherait peut-être à sa nouvelle idée de viticulture et finirait par trouver sa voie. Et même si Guillaume n'aurait jamais pu imaginer ce genre de choix pour lui, un retour aux sources serait somme toute assez extraordinaire.

Il alla s'asseoir sur l'accoudoir du canapé où Sybil venait de prendre place. Malgré la froideur qu'elle lui témoignait, il ne renonçait pas à essayer de lui plaire.

— L'hiver arrivant, je suppose que vous avez un travail fou ?

— Oui, je suis passablement occupée.

Toujours ces réponses laconiques, très décourageantes, mais il insista.

— Vous qui connaissez bien la région, est-ce que vous voyez à peu près où se trouve cette ferme dont nous parlons ?

— Non, pas vraiment.

— C'est un endroit retiré, qui domine une petite vallée. Les bâtiments sont très intéressants pour un architecte, ils forment un tout très homogène, et ce sera une vraie gageure de ne rien dénaturer.

— Vous allez vous faire une maison de week-end pour vos escapades ? demanda-t-elle d'un ton narquois.

Désemparé, Guillaume chercha en vain une repartie mais elle poursuivit :

— Robin m'a parlé de vos innombrables conquêtes, vous êtes un vrai bourreau des cœurs !

Le sarcasme l'agaça, et que ce soit son frère qui ait dressé ce portrait lui parut incroyable.

— Non, je ne suis pas comme ça, protesta-t-il.

Mais il manquait de conviction car, après tout, que faisait-il d'autre qu'enchaîner les aventures éphémères depuis des années ? Jamais Robin n'aurait dit de mal de lui, il n'avait fait qu'une simple constatation. Et que son frère passe pour un séducteur devait l'amuser, lui sembler innocent, voire flatteur. Guillaume regretta de ne pas lui avoir avoué son attirance pour Sybil, qu'il avait préféré garder secrète tant il échouait auprès d'elle.

Sybil profita de son silence pour se lever et aller prendre une part du tartouillat qu'elle choisit de manger près de Laurence et Robin. Marc prit aussitôt sa place et s'adressa à Guillaume à voix basse.

— Si vraiment Ralph persiste, il va devoir vite s'inscrire, l'année est commencée partout. Tu comptes l'aider matériellement ? Parce qu'il ne va pas gagner sa vie tout de suite.

— Je lui donnerai les moyens de faire ce qu'il aime s'il s'accroche. De toute façon, il était parti pour huit ans de médecine, donc je ne suis pas pressé.

Il ne jugea pas utile d'expliquer que son fils l'obligeait à lui verser une pension par voie de justice. Aux yeux de Marc, son image de jeune homme sympathique risquait d'en pâtir, ce que Guillaume ne souhaitait pas. Tout en écoutant Marc lui décrire les possibilités de formation qui s'offraient à Ralph, des plus sérieuses aux carrément fantaisistes qu'il fallait éviter, il continuait à observer Sybil. Ses yeux dorés le fascinaient, et sur son visage aux multiples expressions on pouvait déchiffrer tous ses sentiments. Avec lui, elle s'était fermée, mais pour parler à Laurence elle avait un sourire amical tout à fait désarmant. Quand elle quitta sa place pour remplir le verre de chacun, il la suivit du regard. Menue, petite et bien faite, on avait envie de la toucher, la faire danser, la déshabiller. Y penser lui fit éprouver un désir soudain, inattendu et violent.

— Je ne suis pas sûr que tu m'écoutes, fit remarquer Marc d'une voix amusée.

Embarrassé, Guillaume eut une mimique d'excuse.

— On n'a pas toujours celle qu'on veut, ajouta Marc.

Il était redevenu sérieux tandis que son regard effleurait Laurence, toujours accrochée à Robin. Il soupira puis annonça qu'il partait, et qu'il attendrait Ralph le lendemain matin à la première heure. Guillaume aurait pu avoir de la sympathie pour lui, mais Robin en était jaloux et s'en méfiait, il supporterait mal que son frère s'en fasse un ami.

Quand Sybil décida de s'en aller elle aussi, Guillaume sortit avec elle pour l'accompagner à sa voiture. Il faisait très froid, avec un vent désagréable, et elle releva le col de son manteau, resserra son écharpe.

— Nous avons toujours un dîner en suspens, rappela-t-il en lui ouvrant sa portière.

— Ah bon ?

— Il me semble que nous avions…

— Écoutez, l'interrompit-elle, je suis désolée mais je crois que nous allons en rester là.

— Je ne comprends toujours pas pourquoi.

Elle boucla sa ceinture de sécurité et leva les yeux vers lui.

— On ne peut pas plaire à tout le monde, même pas vous.

Il fit un pas en arrière, surpris par le ton tranchant qu'elle venait d'employer. Elle claqua sa portière et démarra, lui passant au ras des pieds.

9

Le mois de décembre était passé, apportant de la neige pour le premier Noël de Violette. En ce début janvier, la circulation sur les routes était difficile en raison du gel, et Guillaume avait dû faire équiper sa voiture de pneus spéciaux. Il se rendait tous les matins à la ferme, recevait différents corps de métier, examinait les devis. Robin lui laissait carte blanche, il avait approuvé toutes les idées de son jumeau sans discuter. Savoir qu'il restait ici, au moins pour quelques mois, l'avait autant surpris que ravi. Du moins au début, car ensuite il avait commencé à se demander quelle était sa part de responsabilité dans la décision de Guillaume. Était-ce à cause de lui, de sa maladie, que le fameux projet de son frère avait échoué ? Était-ce la raison qui lui faisait délaisser son agence de Versailles ? Ces questions le hantaient, et Guillaume n'y apportait pas de réponse satisfaisante en prétendant avoir fait son choix pour d'autres motifs. Heureusement, Robin était accaparé par l'élaboration de son vin, et malgré le froid, il passait beaucoup de temps dans ses caves.

Sybil et Laurence commençaient à nouer de véritables liens d'amitié. Elles allaient faire des courses ensemble ou bavardaient gaiement autour d'un thé brûlant. Laurence partageait ses recettes avec Sybil qui, en échange, lui donnait des conseils de puériculture. Mais Sybil fuyait dès que Guillaume apparaissait. Fidèle à ses bonnes résolutions, elle se tenait à distance, toutefois elle écoutait avec attention ce que sa famille disait de lui. Comptait-il vraiment s'installer dans la région ? Elle avait du mal à y croire et essayait de ne pas se sentir concernée.

Ralph s'était accroché à Marc comme à une planche de salut. Il ne voulait pas retourner sur les bancs d'une école quelconque et il avait plongé dans un univers concret avec soulagement. Si une formation sur le terrain équivalait à un diplôme, pour lui c'était tout choisi. D'autant plus que les processus de vinification commençaient à l'intéresser pour de bon. À tel point que, lorsqu'il n'était pas chez Marc, il rejoignait son oncle dans les caves pour comparer les méthodes. Son père avait essayé, sans succès, de le persuader de s'inscrire à Toulouse ou à Bordeaux, mais il ne voulait plus d'études, il voulait travailler, même sans être payé. Restait le délicat problème de la pension. Ralph savait bien qu'il aurait dû écrire au juge puisqu'il ne pouvait plus justifier de son statut d'étudiant, cependant il remettait toujours au lendemain. Il lui semblait qu'il allait être livré au bon vouloir de son père s'il le faisait. Or, même s'ils s'entendaient mieux, tout n'était pas parfait entre eux. Ils manquaient de confiance l'un dans l'autre et s'observaient parfois comme des ennemis. Sans Laurence, qui savait bien arrondir les angles entre eux, ils se seraient sans doute encore querellés.

Ce matin-là, la température était toujours de moins cinq degrés, et la couche de neige gelée qui n'avait pas pu fondre depuis quinze jours était devenue une véritable patinoire. Robin et Guillaume avaient chargé du sel dans le pick-up pour le déverser sur le chemin communal menant à la ferme et le rendre ainsi praticable. Debout sur la plate-forme, Guillaume jetait des pelletées tandis que Robin roulait au pas. Une fois arrivés dans la cour, ils ne résistèrent pas à la tentation d'une petite bataille de boules de neige avant de se réfugier dans la maison, trempés.

— Je laisse deux radiateurs ouverts en permanence, sinon ce n'est pas tenable, expliqua Guillaume.

— Il reste du fuel ?

— J'en ai fait livrer, François avait laissé la cuve à peu près vide.

— Depuis le temps qu'il voulait partir, il n'allait pas la remplir !

— De toute façon, c'est un mode de chauffage archaïque, et la chaudière est hors d'âge. J'ai prévu différents systèmes, un réseau souterrain qui nous fera profiter des avantages de la géothermie, une pompe à chaleur, deux cheminées à foyers fermés. Mais ces travaux-là auront lieu au printemps, pour l'instant il fait trop froid et j'ai d'autres choses à mettre en œuvre.

— Par quoi commences-tu ?

— Par abattre des murs et des planchers, agrandir certaines ouvertures.

— Trois fois rien ! s'amusa Robin.

Ils s'étaient mis d'accord pour utiliser l'argent de la vente du bétail et des terres à la rénovation de la ferme, dont ils étaient propriétaires tous les deux. Par la suite, si Guillaume l'habitait, soit il verserait un loyer à

Robin, soit il lui rachèterait sa part, à condition que ses moyens le lui permettent. Ils n'avaient évidemment rien signé, entre eux c'était superflu.

— Il y a une partie de la maison qui n'est pas concernée par le gros œuvre, c'est l'aile en retour.

— Oui, j'ai tes plans en tête.

— Et je me disais que je pourrais m'y installer, le temps du chantier.

Robin dévisagea son frère, vaguement contrarié.

— Ici ? Tu es fou !

— François y vivait encore, il y a trois mois.

— Tu ne veux pas rester avec nous ?

— Vous avez le droit d'être tranquilles, vous l'avez mérité.

— Mais tu ne nous gênes pas !

— Robin, ta femme n'a pas forcément envie de cohabiter avec son beau-frère.

— Elle t'adore !

— Moi aussi. La question n'est pas là. Laurence a déjà Ralph sur le dos, elle…

— Mon neveu est le bienvenu sous mon toit.

— Ne te drape pas dans ta dignité, tu veux ? Ton neveu est mon fils, je suis bien placé pour savoir qu'il n'est pas toujours facile à vivre.

— Mais on aime la vie de famille, Laurence et moi ! On veut d'autres enfants, du monde autour de nous. Bon, Ralph s'en ira un jour, évidemment. D'ailleurs, Marc compte lui proposer un des petits logements dont il dispose pour son personnel, le temps du stage chez lui. Un moyen de le rendre indépendant s'il veut ramener une fille, un soir.

— C'est gentil.

— Oui, Marc est *très* gentil. Il est aussi très bon viticulteur, et assez beau mec si on apprécie le genre
costaud. Ça me désespère.

— Pourquoi ?

— Parce que je ne suis pas comme avant, Guillaume. J'ai des cheveux de nouveau-né sur la tête et une
carrure d'ablette. Laurence ne peut pas s'empêcher
d'être maternelle avec moi, ce qui fausse nos rapports.
Elle a épousé un homme sur qui s'appuyer, mais la
tendance s'est inversée.

Guillaume ne répondit pas immédiatement. Il alla
monter le thermostat d'un radiateur puis gagna la
cuisine d'où il cria :

— Il y a du café ! Tu en veux ?

Intrigué par son absence de réaction, Robin le
rejoignit.

— J'ai apporté du sucre et des gobelets, la semaine
dernière. Avec tout le temps que je passe ici…

Il versa de l'eau dans la cafetière et la mit en route
avant de se retourner pour regarder son frère d'un air
pensif.

— Tu deviens geignard, mon vieux, laissa-t-il
tomber.

— Quoi ?

— Tu as été malade, mais tu ne l'es plus. Arrête de
regarder pousser tes cheveux et laisse Laurence te
câliner. Elle est devenue maternelle depuis que Violette
est là, alors ça déborde peut-être un peu sur toi parce
qu'elle t'aime au moins autant qu'elle aime son bébé.
Elle a eu tellement peur de te perdre ! Tu réalises ?

— Elle m'a perdu d'une certaine manière. Je ne suis
plus le même.

— Là, tu n'es pas loin du blasphème. Tu es en vie, Robin ! Vivant, guéri, et vraiment chiant à t'apitoyer sur toi-même.

Ulcéré par ce jugement, Robin voulut protester mais Guillaume ne lui en laissa pas le temps.

— Pour tout t'avouer, je t'ai connu plus battant et moins autocentré.

— Toi, je t'ai connu moins désagréable. Quoique… Au fond, tu ne me ménages jamais.

— Pour quoi faire ? Je devrais compatir parce que tu as une tête d'oisillon tombé du nid ?

Robin scruta son jumeau quelques instants, puis il éclata de rire.

— Paix ! dit-il en levant la main. Tu as gagné, je ne me plaindrai plus.

— Eh bien, voilà…

Parce que son frère n'était plus couché sur un lit d'hôpital, Guillaume ne pouvait pas lui prendre la main ou le serrer contre lui, des gestes incongrus entre hommes bien portants, mais le regard qu'il posait sur lui débordait de tendresse.

— Avant que tu ne tires la couverture à toi, j'en étais à t'expliquer que je camperais bien ici. Je pourrais surveiller les travaux de près, parce que dès que tu tournes le dos les ouvriers n'en font qu'à leur tête, et j'aurais tout le loisir de m'imprégner de l'atmosphère de la maison.

— Tu y es né, tu y as grandi. Si ça n'a pas suffi à t'imprégner !

— Je veux la réinvestir à ma manière.

— Dis que tu veux être indépendant. Tu parlais de Ralph ramenant une fille, mais tu devrais plutôt penser à toi. Tu es seul depuis trop longtemps, je finis par m'inquiéter de ta… chasteté.

— Très amusant. Si je voulais passer la nuit avec une femme, j'irais à l'hôtel. Tu me vois en inviter une au milieu des gravats ?

— Je n'imagine pas que ça puisse t'arrêter.

— Mais pour qui me prends-tu ? Tu m'as fait une stupide réputation de don Juan qui me rend totalement antipathique !

— Aux yeux de qui ?

— Eh bien, s'il y a une femme que j'aurais aimé mieux connaître mais qui grâce à toi me regarde comme un danger public, c'est…

Il s'arrêta, répugnant à se livrer.

— Sybil, je sais, dit posément Robin. Désolé, j'ai remarqué ton intérêt trop tard.

— Tu m'as cassé mon coup.

— Il n'y a pas de « coup » à faire avec elle.

— Ce n'est pas ce que je voulais dire. Au contraire, elle me…

— Ah, tu vois comme c'est agaçant quand on te fait la morale !

— Je n'en ai pas besoin. Si elle me laissait une chance, je me conduirais bien avec elle. Mais elle m'ignore totalement, elle se méfie de moi, et en plus je ne lui plais pas.

— Ça me surprendrait.

— Elle me l'a dit.

— Comme ça ?

— Pas beaucoup plus gentiment que ça.

Robin semblait sceptique, comme s'il estimait Sybil incapable d'être blessante, et tout aussi incapable de résister au charme de Guillaume.

— Bon, finit-il par reconnaître, c'est vrai qu'elle n'est pas très souriante avec toi.

— Elle m'ignore, je suis transparent.

— Je trouve même qu'elle t'ignore trop, pour une aussi gentille fille. Réfléchis-y. Et change donc de tactique.

— Je n'ai pas envie de me faire jeter une deuxième fois.

— Tu es trop orgueilleux.

— Je ne veux pas non plus la harceler.

— Eh bien, oublie-la !

— J'aimerais bien, mais plus j'essaie, plus je pense à elle.

— Tiens, tiens... Tu ne serais pas carrément amoureux ?

— On dirait.

— C'est chouette, hein ? Être amoureux transforme la vie.

— Quand ça marche.

— Je vais mettre un cierge ! Toi et Sybil, ce serait génial, j'adorerais. Est-ce que je peux faire quoi que ce soit pour arranger les choses ?

— Surtout pas, Robin.

— D'accord, débrouille-toi tout seul.

Guillaume ne souhaitait pas que son frère ou n'importe qui d'autre intervienne. Il avait laissé Sybil en paix pour se donner le temps d'échafauder des stratégies, mais tout ce qu'il imaginait lui paraissait trop grossier, trop maladroit.

Ils burent un second café en silence, Robin conservait un sourire malicieux et jetait de fréquents coups d'œil à son frère. Le savoir tenu en échec l'amusait sans doute, il devait se demander comment Guillaume allait s'y prendre pour parvenir à ses fins. Car jamais, depuis leur enfance, Robin n'avait douté des succès de son jumeau, tenant pour acquis qu'il obtenait toujours ce qu'il voulait.

— Cette fois, ce ne sera pas si simple, marmonna-t-il.

Robin, qui n'avait rien dit, eut la confirmation que son frère lisait dans ses pensées, et il se remit à rire.

✳✳

— J'aurais été d'une redoutable lâcheté si j'avais cherché à profiter de l'hospitalisation de ton mari. Mais il est rentré, et d'après ce que j'ai compris, on peut considérer qu'il est guéri. Eh bien moi, je ne le suis pas, Laurence ! Te voir tous les jours a été une torture.

— Tu sais très bien ce qu'il en est. Je ne t'ai jamais encouragé.

— Si. Quand nous étions au lycée.

— Oh, Marc…

Elle s'écarta de lui, navrée, mais il la retint par le bras.

— Ne me fuis pas, je ne vais pas te sauter dessus. Je veux seulement t'expliquer pourquoi je ne viens plus chez vous. Penser à toi de loin est moins difficile pour moi.

— Marc, non seulement je suis mariée et heureuse de l'être, comme tu le sais, mais en plus, maintenant, je suis mère de famille.

— Une très, vraiment très jolie maman.

La façon dont il la contemplait avait de quoi la bouleverser. Elle le connaissait depuis si longtemps qu'elle le considérait presque comme un membre de sa famille.

Chaque fois qu'elle avait eu besoin de lui, il était accouru. Par plaisir, peut-être, mais avec efficacité.

— Ne t'inquiète pas, ajouta-t-il, je continuerai à m'occuper de ton neveu. En revanche, tes caves sont redevenues le fief de ton mari. Je n'ai plus rien à y faire, il s'en sortira très bien seul.

C'était comme s'il lui disait adieu et elle éprouva une sorte d'angoisse. D'une certaine manière, il faisait partie de sa vie, il la rassurait, lui donnait l'impression d'être toujours une jolie fille de dix-huit ans. Mais elle n'avait pas le droit de lui laisser la moindre illusion. Pas le droit de lui dire que, certaines nuits, quand l'angoisse l'avait prise à la gorge à l'idée que Robin puisse mourir et la laisser seule, elle s'était parfois rassurée en pensant à lui.

— Marc ? Tu restes mon ami, dis ?

— Tu sais bien que ça n'existe pas. L'amitié amoureuse est frustrante pour moi, envahissante pour toi.

— Non !

Il eut un sourire désarmant puis tendit la main vers elle sans achever son geste.

— Tu as tout pour être heureuse, Laurence, pas moi.

Sans cesser de sourire, il se détourna et s'éloigna, longeant les cuves jusqu'à la sortie. Elle le comprenait, le plaignait, l'approuvait. Et elle se demandait pourquoi, avant de rencontrer Robin, elle n'avait jamais voulu céder à Marc. Parce qu'il faisait partie de son entourage depuis trop longtemps ? Par manque d'attirance ? Parce qu'elle voulait trouver un homme qui lui ferait vraiment battre le cœur ? Robin avait été celui-là, la chavirant au premier regard, et Marc était resté l'éternel soupirant. Comme elle s'était mariée tard, il avait dû espérer durant des années sans se lasser, et elle l'avait poignardé en cessant d'être Laurence Lachaume pour devenir Mme Montaubry. Mais, curieusement, il n'avait pas cherché à l'oublier, n'avait pas fait sa vie de son côté. Il demeurait libre et semblait attendre le jour où le destin changerait le cours des choses. Avait-il souhaité la disparition de Robin ? Cette supposition la faisait frémir et lui rendait Marc odieux. Néanmoins, il ne s'agissait que d'une hypothèse, peut-être très injuste, après tout elle n'était pas dans sa tête.

Regardant autour d'elle, elle poussa un soupir de satisfaction. Ses journées redevenaient normales, elle pouvait enfin s'occuper de son exploitation, débarrassée de la peur et du chagrin éprouvés depuis des mois. D'un cœur léger, elle avait mis au point l'emploi du temps de sa petite famille. Robin s'occupait de Violette le matin, ce qui lui permettait théoriquement de se reposer un peu, et en tout cas de rester au chaud à la maison. Pendant ce temps Laurence reprenait ses tâches habituelles, en particulier ses échanges avec les négociants en vins, son travail sur le graphisme des étiquettes, la recherche constante des meilleurs tonneaux et des meilleurs bouchons de liège, ainsi que la comptabilité. Vers la fin de la matinée, elle rentrait préparer le déjeuner auquel elle accordait un soin tout particulier pour redonner de l'appétit à Robin. L'après-midi, c'était lui qui filait vers les caves, d'où il n'émergeait que le soir. Il élevait son vin à son idée, plus personne ne le remplaçait. Dès le mois prochain, il retournerait dans les vignes pour la taille, une opération délicate qu'il ne déléguerait pas non plus et qui avait lieu en février. Après… Eh bien, ce serait le printemps et tout irait pour le mieux. Elle s'était juré, si Robin guérissait, qu'ensemble ils profiteraient de chaque jour, de chaque heure de la vie, et elle était décidée à tenir parole.

✳✳

— Tu fais quoi, là ? demanda Ralph en entrant dans la chambre de son père.

Guillaume était assis sur son lit, un écouteur dans l'oreille, et il articulait des paroles en silence. Il sourit à son fils, débrancha son lecteur MP3.

— Je révise.

— Quoi ?

— Un truc personnel.

— C'est-à-dire ?

— Tu ne me croirais pas. Tu voulais quelque chose ?

— Te parler cinq minutes seul à seul.

— Je t'écoute.

— Bon, voilà…

Dansant d'un pied sur l'autre, embarrassé par ce qu'il avait à dire, Ralph hésita, puis se jeta à l'eau :

— Cette pension que tu me verses, je suis en train de me demander s'il faut vraiment en passer par un juge.

— Je te rappelle que tu l'avais estimé nécessaire.

— On était fâchés. Maintenant, ça paraît un peu… Mais à ce moment-là, tu voulais m'oublier, me laisser tomber.

— Ah bon ?

— Ne dis pas le contraire, papa.

— Pourtant, tu te trompes.

— Tu t'es mis dans une telle colère !

— Il y avait de quoi. Tu t'étais conduit comme un sale petit con. En fait, tu méritais une raclée, que je ne t'ai pas donnée. De là à te laisser mourir de faim, non.

296

— Tu m'aurais entretenu de gaieté de cœur alors que j'étais parti avec Johanna ?

— De gaieté de cœur, sûrement pas. Et *entretenu* est le terme exact. Mais, oui, je l'aurais fait, évidemment. Tu as eu peur de m'affronter, Ralph, et c'est pour cette raison que tu t'es adressé à un juge.

— Je vais lui écrire.

— Parfait.

La lueur ironique dans les yeux de son père augmenta le malaise de Ralph.

— Tu ne me crois pas ?

— Si, si.

— Et, euh… Tu penses que tu… Enfin, je ne suis pas prêt à voler de mes propres ailes.

— C'est évident.

— Alors, comme tu ne reprends pas ton boulot à Versailles, qu'est-ce qui va se passer ?

— Tu es inquiet pour toi, ou pour moi ?

— Les deux. Maman dit que je prends un risque en me mettant à ta merci.

— Elle dit ça ? Elle n'a jamais été de très bon conseil pour toi, Ralph.

— Ne la dénigre pas.

— Je m'en suis toujours gardé, au moins devant toi.

— Tu sais bien qu'elle n'a pas digéré que tu exiges ma garde. Elle ne m'a pas vu grandir, elle le regrette, elle dit que pour une mère, c'est un vrai crève-cœur.

— Tu en es encore là ? Tu prends cette version au sérieux ? J'ai été très heureux de t'avoir avec moi, mon fils, mais en aucun cas je ne l'ai exigé. Ta mère aspirait à la liberté, elle ne voulait s'encombrer de personne dans sa nouvelle vie. Ce qu'elle regrette surtout est que tu puisses l'apprendre et ne plus la considérer comme une mère à qui on a enlevé son enfant. Elle t'a poussé à exiger de l'argent venant de moi, mais est-ce qu'elle t'en a donné, elle ? Je ne crois pas qu'elle t'aide ni qu'elle passe beaucoup de temps avec toi. Alors, ses sempiternelles critiques à mon égard, je m'en moque. À l'époque où elle est partie, elle voulait me donner une leçon, me prouver qu'elle pouvait se bâtir une meilleure vie que celle que je lui offrais. Elle n'y est pas arrivée et elle doit en éprouver beaucoup de frustration. Ce n'est pas une raison suffisante pour te monter contre moi.

Quelques mois plus tôt, Ralph aurait violemment protesté, mais il commençait à comprendre certains aspects de la situation familiale qui lui avaient échappé jusque-là. Une découverte qui l'obligeait à reconsidérer ses rapports avec son père.

— Si tu veux te faire une opinion impartiale, conclut Guillaume, apprends à juger les gens sur leurs actes, pas sur des mots qui ne leur coûtent rien. Et en ce qui concerne cette foutue pension, écris donc au tribunal, je continuerai à t'aider de toute façon.

Ralph hocha la tête, perturbé par tout ce qu'il venait d'entendre, et il sortit en bredouillant un « merci » à peine audible. Guillaume rebrancha son MP3 et se remit à fredonner.

⁂

Il n'était pas loin de onze heures du soir, mais Sybil ne dormait pas encore. Assise en tailleur sur son lit, son ordinateur posé à côté d'elle, elle venait d'entrer quelques données dans les fichiers de ses patients qu'elle tenait à jour quotidiennement.

Malgré son pyjama en polaire, elle frissonna. Le froid ne désarmait pas et sa petite maison n'était pas très bien isolée. Elle se leva pour aller toucher le radiateur électrique, qui était pourtant brûlant. Résignée, elle enfila un poncho tout en se disant qu'elle devait absolument convaincre son propriétaire d'effectuer quelques travaux. Ensuite, elle gagna sa petite cuisine et fit chauffer de l'eau. Une infusion aux fruits rouges la tentait, elle la boirait sous sa couette.

Alors qu'elle ouvrait un placard pour prendre un bol, elle entendit du bruit au-dehors. Sans doute des jeunes qui chahutaient dans le village, ou bien une voiture dont la radio hurlait. Elle ébaucha un sourire avant de s'apercevoir que le boucan avait lieu sous ses fenêtres. Intriguée, elle s'approcha de la croisée et jeta un coup d'œil en bas. Une silhouette s'agitait, juste devant chez elle. Il s'agissait d'un homme, en train de crier, les bras levés vers elle.

— C'est quoi, ce délire ?

Elle ouvrit et reconnut avec stupeur une rengaine italienne, chantée à pleins poumons.

— *'O sole, 'o sole mio... sta'nfronte a te ! 'O sole miiiio !*

L'individu s'égosillait, et au second refrain il troqua la version italienne contre les paroles en français.

— *Mais sur mon rêve, Plus radieux, Un soleil règne, Que j'aime mieux...*

Comme l'éclairage public était coupé à partir de vingt-trois heures à La Rochepot, elle eut du mal à identifier le chanteur qui brandissait quelque chose dans sa direction. À la seconde où elle comprit qu'il s'agissait de Guillaume, elle fut prise d'un fou rire inextinguible.

Ouvrant la fenêtre en grand, elle s'appuya à la rambarde et réussit à dire, entre deux gloussements :

— Vous êtes cinglé !

— Je vous jette le bouquet ou vous venez le chercher ?

— Vous avez réveillé tout le village, maintenant, taisez-vous ! Je descends.

Exactement comme la dernière fois, elle n'était pas du tout à son avantage avec son pyjama et son poncho, mais elle n'y pouvait rien. Elle dévala l'escalier pour aller ouvrir, manquant de trébucher parce qu'elle essayait d'enlever le poncho en même temps.

— C'est un authentique plaisir de vous surprendre, vous m'offrez un défilé de mode à chaque fois, dit-il en lui mettant un somptueux bouquet de roses dans les mains.

— Est-ce que vous êtes vraiment fou ou bien c'est un genre que vous vous donnez ?

— Je voulais faire quelque chose d'original, mais je n'ai plus vingt ans et les idées m'ont manqué. La sérénade avec les fleurs, ce n'est pas terrible, d'accord.

— Surtout la sérénade. Restez architecte, vous n'avez aucun avenir dans la chanson.

Elle jeta un coup d'œil vers les autres maisons de la rue et aperçut quelques lumières allumées.

— Je vous avertis, il y a des gens prêts à me secourir.

— Si vous me faites entrer, ils seront rassurés. Mais bien sûr, ils vont cancaner.

S'écartant pour le laisser passer, elle lui demanda s'il parlait italien.

— Non, j'ai appris le texte par cœur. J'espérais vous amuser, et comme j'ai entendu votre rire, je suis plutôt content de moi.

— Voulez-vous monter cinq minutes ? J'étais en train de me préparer une infusion et je suis disposée à partager.

— Merci un million de fois, mais j'ai horreur de ça. Et je ne veux pas vous déranger.

— Vous plaisantez ? Vous avez dérangé au moins vingt personnes, ce soir !

Réfugiée derrière le bouquet, elle lui adressa un vrai sourire.

— Vous devez penser que je suis affreuse à toute heure du jour ou de la nuit.

— Évidemment, je pense le contraire. Sinon, tout ce cirque pour une horrible petite femme, ce serait du masochisme ! Mais je vous ai surprise et vous n'êtes pas à l'aise, je ne vais pas m'incruster. J'avais dans l'idée de vous inviter pour la Saint-Vincent. Dites-moi oui tout de suite et vous serez débarrassée de moi dans la seconde.

— M'inviter à quoi ? Une dégustation ?

— Non, il y a trop d'agitation, ces fêtes de la Saint-Vincent rendent tout le monde fou.

— Vous serez à votre affaire.

— Ma proposition, poursuivit-il sans se laisser distraire, est de vous emmener dîner au château de Gilly, à Vougeot.

— Rien que ça !

— Trois étoiles au Michelin, on devrait se régaler.

— J'ai déjeuné une fois dans leur restaurant, le Clos Prieur, mais c'était il y a des années. Je me souviens de la superbe salle voûtée, un ancien cellier de moines cisterciens.

— Je suis très déçu que vous connaissiez l'endroit.

— Moi, je serais ravie d'y retourner !

— Alors, c'est oui ?

Elle posa les fleurs sur la console de l'entrée pour gagner du temps. Après avoir ri et plaisanté, elle se sentait de nouveau gênée. Elle laissa passer quelques instants de silence puis murmura :

— Guillaume, je ne crois pas que je vais accepter.

— Mais pourquoi ?

— Parce que ça ne nous mènera nulle part.

— Vous n'en savez rien. Je vous déplais à ce point ?

— Vous êtes le genre d'homme auquel je ne veux surtout pas m'intéresser.

— Vous seriez bien en peine de définir mon « genre ». Laissez-nous la chance de faire un peu connaissance, je ne vous propose qu'un dîner, ça ne vous engage à rien d'autre.

Résister était vraiment difficile. Il l'attirait, et sans doute le devinait-il pour insister autant. Mais qu'avait-elle d'autre à espérer qu'une déception au bout du compte ? Par Laurence, elle avait appris qu'il restait dans la région pour le moment. Un moment de quelle durée ? Six mois, le temps de ses travaux à la ferme ? Un jour ou l'autre il repartirait à Paris et elle aurait le cœur brisé si elle commettait l'erreur de s'attacher à lui. D'ailleurs, il se lasserait vite d'elle, qui n'était ni assez jolie ni assez mondaine pour quelqu'un comme lui. Car même si c'était un homme bien – son attitude avec son frère l'avait prouvé –, c'était aussi un homme à femmes, célibataire endurci et incorrigible coureur.

Elle secoua la tête en signe de refus, s'estimant héroïque, mais au lieu de partir, furieux ou la tête basse, il fit un pas vers elle et la prit par les épaules.

— S'il vous plaît, chuchota-t-il.

Inclinant la tête vers elle, il lui déposa un baiser léger sur la tempe, puis descendit le long de sa joue jusqu'à sa bouche. Il sentait bon, il avait dû se doucher et se raser avant de venir faire cet incroyable numéro sous ses fenêtres. Lentement, il l'attira à lui sans la serrer trop fort, et cette fois il l'embrassa pour de bon. Parce qu'elle en avait rêvé, elle se laissa aller au plaisir d'être dans ses bras, pourtant ce fut elle qui s'écarta la première. Elle allait parler mais il l'en empêcha en répétant :

— S'il vous plaît, Sybil. Rien qu'un dîner.

— Déjeuner, transigea-t-elle.

Le sourire radieux qu'eut alors Guillaume n'avait rien d'arrogant, au contraire il semblait émerveillé comme un gamin.

— Le 22, jour de la Saint-Vincent. Je passerai vous prendre à midi.

Il se dépêcha de sortir, peut-être inquiet à l'idée qu'elle se ravise. Immobile dans son vestibule, elle se sentit à la fois contrariée et surexcitée. Elle récupéra le poncho abandonné sur la rampe, l'enfila tout en remontant l'escalier. Le bol d'infusion ne la tentait plus du tout, elle lui préféra deux doigts de cognac qu'elle versa dans un petit verre et emporta dans sa chambre. Ce qui venait de se produire était quasiment irréel. Juste avant de se glisser sous sa couette, elle se souvint des fleurs, redescendit en courant. Décidément, elle avait la tête à l'envers. Les vingt et une roses étaient blanches, bordées d'un liseré rouge, magnifiques. Elle n'avait aucun vase adapté et elle dut les répartir en plusieurs bouquets. Guillaume s'était vraiment donné du mal pour arriver à ses fins ! Mettait-il toujours autant d'énergie pour séduire ? Bon, elle avait cédé à son charme, à son enthousiasme délirant, et si elle continuait à craquer, elle finirait dans son lit. Ce n'était pas ce qu'elle souhaitait, du moins pas *uniquement*. Cette aventure, si elle avait lieu, la rendrait folle, elle le savait d'avance. Mais par ailleurs, sous prétexte de se préserver, elle risquait de se priver d'une belle histoire. Depuis le chirurgien qui l'avait rendue si malheureuse, elle se méfiait trop des hommes. En les prenant tous pour des menteurs en puissance, elle ne pouvait pas espérer trouver l'amour, elle allait se dessécher toute seule à force de suspicion. Et de manque de confiance en elle.

Elle vida le cognac d'un trait, espérant que ça l'aiderait à s'endormir, puis elle éteignit sa lampe de chevet. Dans l'obscurité, elle se mit à sourire en songeant à la manière dont Guillaume lui avait donné la sérénade. Au moins, c'était une grande première, aucun autre avant lui n'avait eu le culot et l'humour de le faire. Demain, des gens du village lui en parleraient forcément.

— C'est ça, j'y penserai demain, comme Scarlett O'Hara…

Elle remonta la couette sous son menton et se repassa tout le film de la soirée avec un délicieux plaisir.

**

Violette s'étant assoupie dans ses bras, Robin prit mille précautions pour la remettre dans son berceau sans la réveiller. Il adorait s'occuper d'elle, la regarder, la bercer, guetter un sourire. Durant sa longue hospitalisation, il avait souvent pensé à elle avec désespoir. Il imaginait les gestes tendres de Laurence, qu'il ne pouvait pas voir, tout cet émerveillement des premiers mois auquel il ne participait pas. Dans ces moments-là, il se demandait ce que sa femme et sa fille deviendraient si la maladie ne le lâchait pas.

En sortant, il faillit heurter son frère qui se tenait sur le seuil de la nursery, immobile et sourire aux lèvres.

— Elle est trop mignonne, chuchota Robin.

Le sourire de Guillaume s'élargit et il acquiesça en silence. L'un derrière l'autre, ils traversèrent le palier jusqu'à la baie vitrée d'où l'on apercevait les vignes.

— Ce sera bientôt le moment de les tailler, mais je vais laisser passer les grosses gelées.

— Tu comptes te faire aider ?

— Peut-être le faudra-t-il.

— Ne présume pas de tes forces. Quand as-tu rendez-vous avec ton médecin ?

— Dans huit jours. Après, j'aurai une consultation tous les trois mois, avec un examen clinique complet et une prise de sang. Tous les six mois, ce sera un scanner. Ne t'inquiète pas, je serai bien suivi.

— Rien ne pourra m'empêcher de m'inquiéter pour toi, tu m'en as trop fait voir, ces temps-ci.

Guillaume lui tapota l'épaule alors qu'en d'autres temps il lui aurait envoyé une bourrade bien plus brutale, même par jeu.

— Je ne suis pas en sucre, ronchonna Robin.

Ils descendirent ensemble et s'installèrent sur le canapé, face à la cheminée où brûlaient deux grosses bûches derrière la vitre.

— Tu veux toujours aller habiter la ferme ? s'enquit Robin.

— D'ici peu, oui. Le temps de m'organiser un petit campement provisoire.

— Et pour ton boulot, qu'est-ce que tu vas faire ?

— Prospecter à Beaune et à Chalon. Rencontrer les architectes du coin, étudier le marché. Peut-être remonter une agence, je n'ai rien décidé de précis. Je peux vivre quelques mois sans salaire.

— Tu ne risques pas de t'ennuyer ?

— Non.

— Tu es bien catégorique. Moi, je ne suis jamais parti, je me plais ici, mais toi, tu as goûté à autre chose.

— Dont je me suis gavé, lassé. Il y a vingt ans que je travaille comme un dingue, j'ai gagné le droit de lever le pied et de regarder autour de moi.

— Mais ce n'est pas à cause de moi que tu restes ?

— Je n'ai pas envie de te perdre de vue, c'est certain. Et quoi qu'on puisse en dire, trois cent cinquante kilomètres, ça compte.

— Je refuse que tu…

— Attends ! Il y a autre chose, comme une espèce d'envie de rentrer à la maison après un trop long voyage.

Il quitta le canapé, alla ouvrir la vitre de la cheminée et tisonna le feu. En se retournant vers son frère, il avoua :

— Et puis, il y a Sybil. On doit déjeuner ensemble pour la Saint-Vincent.

— Tu as réussi à la convaincre ?

— Non sans mal.

— Si tu voyais la tête d'idiot que tu fais !

— Je n'imaginais pas qu'elle prendrait une telle importance. Je pense à elle tout le temps, je me sens prêt aux pires folies. Je suis même allé chanter sous ses fenêtres, l'autre soir.

Robin ouvrit de grands yeux incrédules, puis il hurla de rire.

— Ah, celle-là ! Tu as poussé la chansonnette ? Toi ?

— Parfaitement. Une rengaine italienne, avec des fleurs à la main.

— Je n'arrive pas à le croire, s'étrangla Robin en se donnant une grande tape sur la cuisse. Qu'est-ce qu'elle a dit ?

— Que j'étais cinglé.

— Oh oui !

— En attendant, elle a accepté.

— Tu es tout à fait mordu, alors ?

— En extase. Comme un gosse devant le sapin de Noël.

— Et moi qui me sentais coupable… En tout cas, fais bien attention, marche sur des œufs, je ne veux pas qu'on se fâche avec elle. C'est une fille formidable.

— Je ne te le fais pas dire ! Tu l'as mis, ce cierge, à l'église ?

— J'irai, promis. Si tu penses avoir besoin d'un petit coup de pouce…

Robin se remit à rire, décidément égayé de voir son frère amoureux. Il était aussi très soulagé de ne pas être le seul responsable de sa décision de changer de vie. Débarrassé de ce poids, il pourrait savourer la joie de le savoir à proximité.

— Tu viens donner son bain à Violette avec moi ? proposa-t-il.

— Volontiers, je n'ai pas encore embrassé ma nièce, aujourd'hui !

— Et après, on mettra le déjeuner en route parce que Laurence est très occupée, ce matin.

— Tu es un père et un mari modèle, ironisa Guillaume.

307

— Tu as tort de te moquer, ça pourrait bien te guetter, qui sait ?

Au lieu de sourire, Guillaume considéra Robin très sérieusement.

— Ce ne serait pas le pire de ce qui pourrait m'arriver, finit-il par déclarer.

**

Sybil planta l'aiguille dans le muscle du bras et injecta lentement le vaccin tandis que son patient, un vieux monsieur, poursuivait son récit.

— C'est qu'on y tient, à notre infirmière ! Et ce type qui faisait un boucan d'enfer sous vos fenêtres, il semblait soûl comme un cochon. Pour tout vous dire, j'avais déjà la main sur le fusil, mais j'ai d'abord appelé votre voisin d'en face que je connais bien, et il a rigolé en disant que cet individu avait plutôt l'air d'être votre soupirant, vu qu'il avait des fleurs à la main, et qu'il ne paraissait pas menaçant. Sa femme et lui observaient tout ça planqués derrière les rideaux, au cas où les choses auraient mal tourné. Mais finalement, vous avez fait entrer votre chanteur de charme chez vous, alors ils sont repartis se coucher. Bref, vous nous avez causé du souci.

Sybil esquissa un sourire et rabaissa la manche de la chemise de son patient.

— Voilà, c'est fini. Si vous avez mal, vous pouvez mettre des compresses d'eau chaude. En tout cas, merci d'être attentif à ce qui se passe dans le village. J'aurais pu être embêtée par un ivrogne, c'est vrai. Dorénavant, je saurai que vous veillez sur moi !

Déçu de ne pas obtenir de confidence, il remit son gilet puis sa parka en prenant son temps.

— Ce n'est pas de la curiosité, mais on devient méfiant avec tout ce qu'on lit dans les journaux. Même les médecins ou les pompiers se font attaquer de nos jours ! À La Rochepot, on ne tient pas à ce que vous fermiez votre cabinet, alors on garde un œil sur vous.

— C'est vraiment très gentil.

— Maintenant, si un monsieur se charge de votre sécurité, on se fera discrets, bien entendu.

Il insistait trop pour qu'elle l'ignore, aussi choisit-elle une demi-vérité.

— Il s'agissait d'un ami un peu exubérant.

Plissant les yeux pour la regarder, il finit par hocher la tête.

— Un fiancé, hein ? Eh bien, j'espère qu'on sera invités à la noce !

Avec un clin d'œil complice, il lui tendit sa carte vitale et poursuivit :

— Je plaisante, il ne faut pas rougir. C'est juste qu'on se demande pourquoi une jolie petite femme comme vous est toute seule. Mais il vaut mieux être seule que mal accompagnée, le proverbe dit vrai !

Elle le raccompagna et lui serra la main, puis le suivit du regard tandis qu'il remontait la rue en s'aidant de sa canne. Combien de conversations Guillaume avait-il alimentées depuis son exhibition nocturne ? Dans un village, rien ne passait inaperçu, et chacun commentait le moindre événement. Mais ce n'était pas pire qu'à l'hôpital, elle se souvenait très bien de tous les bavardages dont elle avait fait les frais lors de sa liaison avec son chirurgien. Internes, infirmières, kinés ou aides-soignantes, tout le monde cancanait, il y avait des histoires à longueur de journée. Elle ne regrettait pas ce temps-là, elle était très bien à La Rochepot, et tant mieux si ses voisins se souciaient d'elle.

Elle consulta son agenda pour vérifier qu'elle n'avait plus de patients à recevoir. D'ici l'heure de son rendez-vous avec Laurence, elle avait le temps de faire deux visites. Elle enfila une doudoune, empoigna sa sacoche. Tout en verrouillant sa porte, elle se demanda si elle avait vraiment rougi cinq minutes plus tôt, ou si le vieux monsieur l'avait dit pour s'amuser. Si elle devait s'empourprer dès qu'il était question de Guillaume, à quoi allait-elle ressembler durant leur déjeuner ? Et surtout, que lui dirait-elle ? Plus important encore, comment s'habillerait-elle ? Après s'être montrée en vieux pull informe et en jean troué, puis dans son pyjama et son poncho, elle avait intérêt à trouver une tenue seyante !

Quand elle monta dans sa voiture, elle riait toute seule. Tant pis si ses voisins l'observaient, ce qui était probable, au risque de la prendre pour une folle. Ou pour une femme amoureuse, ce qu'elle était.

**

— Le passage en barrique permet la stabilisation et l'assouplissement des tanins, expliqua Laurence. Il faut y laisser le vin au moins six mois pour qu'il se mêle aux composés volatils du bois et développe ses arômes.

Ralph l'écoutait attentivement, avec l'air d'un élève appliqué, tandis qu'ils charriaient des caisses jusqu'au coffre de la voiture. Chaque année, pour la Saint-Vincent, les producteurs offraient leur vin à la dégustation, et Laurence avait promis trente-six bouteilles du sien.

— Tu essaieras de ne pas te soûler ce jour-là, recommanda-t-elle à Ralph. Marc va t'emmener faire le tour des tentes, rappelle-toi d'être raisonnable !

— Les gens ont le droit de boire gratuitement ?

— Ils achètent un kit de dégustation qui comprend huit tickets plus un verre, et ils se promènent de stand en stand. Un petit coup par-ci, un petit coup par-là, la dose est vite dépassée. Mais on peut aussi se restaurer sur place, par exemple manger des escargots ou d'autres spécialités de la région. La fête attire énormément de monde.

— Vous irez, Robin et toi ?

— Non. On ne peut pas laisser Violette, et pas l'emmener non plus ! Et puis Robin n'est pas encore assez... Il a bien récupéré, mais disons qu'il veut être au mieux de sa forme avant de revoir tous ses copains viticulteurs.

Elle compta les caisses puis ferma le coffre.

— Sybil va m'accompagner jusqu'à Vougeot, je passe la prendre. Ça nous fera une balade entre filles, j'adore ça !

Laurence se sentait gaie, comme chaque jour depuis le retour de son mari et depuis que le mot « guérison » avait été prononcé.

— Je tiendrai compagnie à Robin en t'attendant, j'ai des questions à lui poser sur la fermentation malolactique. Celle des bactéries.

— Eh bien, tu es vraiment intéressé, non ?

— Je me suis pris au jeu, admit Ralph. Je ne pensais pas que ce serait si passionnant.

— Si tu t'accroches, on te trouvera de bons stages, on connaît à peu près tout le monde dans la région.

— J'aimerais bien, oui.

— Génial ! Ton père sera content, il rêvait de te voir trouver ta voie.

— Je sais. On s'est expliqués. C'est grâce à vous que nous sommes réconciliés.

— Rien ne pouvait me faire plus plaisir. Ton père est quelqu'un de bien et il t'aime. Penses-y.

— Si seulement il était moins catégorique, j'accepterais mieux ses discours.

— Je ne crois pas qu'il te fasse de discours. Il te parle parce que tu lui en as enfin donné l'occasion.

— Tu es pour la paix des familles, hein ? ironisa-t-il.

— Oh oui ! Avec ce qui a failli nous arriver, je suis bien décidée à ne plus me laisser empoisonner l'existence par des broutilles ou des querelles sans objet. Je vais veiller sur ma famille comme une louve. D'autant plus que nous ne sommes pas très nombreux et qu'on doit se serrer les coudes.

— Message reçu ! répliqua-t-il en riant. D'ailleurs, si on reste dans le coin, papa et moi, on ne pourra pas s'ignorer, alors qu'à Paris nous n'étions pas obligés de nous croiser.

— Tant mieux. J'ai une grande affection pour Guillaume, sans lui je ne sais pas ce que nous serions devenus. En arrivant ici, il s'est jeté à l'eau, il a tout pris en main et il a gardé le sourire. Voir Robin dans cet état le rendait malade lui aussi, je pense qu'il était mort de peur mais il n'en a rien montré. Il m'a soutenue, rassurée, il était là quand j'ai accouché ! Et en même temps, il avait les vendanges à assurer, François qui menaçait de tout plaquer en lui laissant le bétail sur les bras, et ses visites quotidiennes à l'hôpital parce que c'est lui qui parlait aux médecins, lui seul que Robin voulait voir. Il a dû se sentir très solitaire devant tant de responsabilités. Et ça lui a coûté cher au bout du compte. Si Robin ne l'avait pas appelé au secours, il aurait mené à bien ce grand projet sur lequel il bossait depuis des mois. Mais s'il n'était pas venu, je n'aurais jamais pu m'en sortir seule.

— Et lui s'en serait voulu pour l'éternité.

Ils se turent en apercevant Guillaume qui arrivait de son pas décidé. Il traversa la cour et les rejoignit près de la voiture en sifflotant.

— Tu as l'air bien gai, remarqua Laurence.

— Je *suis* gai ! Tout va bien, non ?

Il la prit familièrement par l'épaule, l'embrassa sur les cheveux.

— Tu pars à Vougeot ?

— Oui. Sybil va m'accompagner.

— Veinarde !

— Tu veux venir ?

— Eh bien, j'adorerais. Mais vous préférez sûrement rester entre femmes…

Il hésitait, inquiet à l'idée de gâcher ses chances. Sybil ne s'attendait pas à le voir ce matin et il l'avait suffisamment surprise en débarquant à l'improviste chez elle, ces derniers temps.

— Je dois aller à la ferme, se résigna-t-il. Je t'emmène avec moi, Ralph ? J'aimerais avoir ton avis sur deux ou trois trucs.

— Mon avis ? s'amusa Ralph. Quel honneur !

— Ne te fais pas plus bête que tu ne l'es. Tu viens ou pas ?

— Bien sûr.

Dans la voiture, Guillaume demanda à son fils s'il avait pensé à rendre le bail de son studio parisien qu'il n'habitait plus.

— Si tu te sens déterminé, autant ne pas dépenser ton argent pour rien. Je vais en faire autant de mon côté pour l'appartement.

— Tu ne retourneras jamais à Paris ?

— « Jamais » est un mot stupide. Mais pour le moment, je vais essayer de m'implanter ici.

— Pourquoi ?

— Parce que je me sens chez moi.

— Et à cause de Robin, non ?

— Parce qu'il y a Robin, en effet.

Arrivant sur le chemin qui menait à la ferme, Guillaume se rangea sur le bas-côté.

— Regarde ça, Ralph… C'est un lieu magnifique et il est plein de nos souvenirs. Quand je pense que j'aurais pu le vendre sans même y réfléchir ! Je vais en faire une maison de famille, me la réapproprier. Un beau projet pour un architecte. J'aimerais que tu te sentes concerné, tu seras chez toi aussi.

Devant eux, les bâtiments étaient éclairés par un pâle soleil d'hiver, et la neige n'avait pas fondu à certains endroits dans les prés alentour. Guillaume descendit de voiture pour le plaisir de finir à pied, son fils à ses côtés. Aux angoisses des derniers mois se substituaient des espoirs très exaltants, peut-être un avenir radieux. En tout cas, il y croyait ce matin-là, ce qui suffisait à le rendre heureux.

Composé par Facompo
à Lisieux (Calvados)

Imprimé en Espagne par
Black Print CPI Iberica
à Barcelone
en juillet 2013

POCKET – 12, avenue d'Italie – 75627 Paris cedex 13

Dépôt légal : octobre 2013
S23680/01